독서하는 마라토너의 여행과 자전거 타기

독서하는 마라토너의 여행과 자전거 타기

발　행 | 2020년 01월 10일
저　자 | 박종필
펴낸이 | 한건희
펴낸곳 | 주식회사 부크크
출판사등록 | 2014.07.15.(제2014-16호)
주　소 | 서울특별시 금천구 가산디지털1로 119 SK트윈타워 A동 305호
전　화 | 1670-8316
이메일 | info@bookk.co.kr

ISBN | 979-11-272-9496-0

www.bookk.co.kr

독서하는 마라토너의 여행과 자전거 타기

박종필 지음

CONTENT

4. 살며 여행하며 (해외 여행기 : 아는 만큼 보인다) 114

5. 자전거로 우리 국토를 누비다 (자전거 여행기) 279

6. 내 삶을 사랑하라! 나의 생활신조는 智德體 함양!!   303
『나는 18년 동안 42.195km를 68회 완주하였고,
9년 동안 인문학 책을 835권 읽었다』

프롤로그

♣ 마라톤

『워털루 전투에서 거둔 영국의 승리는 이튼스쿨 운동장에서 시작됐다.』 1815.06.18. 워털루 전투에서 영국이 프랑스에 승리함으로써 나폴레옹의 몰락을 앞당긴 영국의 전쟁영웅 웰링턴 장군의 명언이다. 서양 근대교육의 방향을 제시한 존 로크의 『교육론』의 서술 순서는 '智德體'가 아니라 '體德智'이고, 이 책의 첫 구절은 『건강한 육체에 건전한 정신이 깃든다.』이다. 이 명언들은 모두 체력증진을 위한 운동의 중요성을 강조한 명언들이라고 생각한다.

대한민국에서 월드컵이 개최되었던 해인 2002년의 삼일절, 나는 석촌호수에서 생애 최초로 10km를 달렸다. 30대 중반의 나이에 건강 관리의 수단으로 적당한 운동을 찾고 있던 상황에서 지인의 권유로 그해 5월 중순에 개최되는 마라톤대회의 10km 부문에 참가 신청을 마친 후 과연 10km를 뛸 수 있을 지 걱정되어 잠실 석촌호수 4바퀴 (10.25km)를 60분의 기록으로 뛰었던 것이 내가 태어나서 뛰어 본 가장 장거리 달리기이자 나의 마라톤 역사의 시작이었다.

그로부터 17년 10개월이 지난 2020.01.08. 현재까지 나는

42.195km를 68회 완주함과 동시에 누적훈련거리 24,301km(지구 둘레 길이<40,120km>의 60.6%의 거리, 일평균 훈련거리: 3.73km)를 달성하였다. 앞으로 개인 최고기록(3:19:48<2004.3.14. 제75회 동아마라톤>)을 경신하기는 어렵겠지만 Fun Run을 지향하는 나는 더 이상 기록에 연연하지 않는다. 결코 짧지 않은 세월을 꾸준히 달릴 수 있었던 원동력은 마라톤은 인간의 체력적 한계라고 여겨지는 42.195km의 거리를 달리는 경주로써 한계를 극복했을 때의 성취감이 경주 도중에 겪게 되는 극도의 고통을 금방 잊게 하는 묘한 매력이 있는 스포츠이기 때문일 것이다. 그래서 나는 마라톤 명언 중에 "Pain is temporary, Pride is forever(고통은 일시적이지만, 긍지는 영원하다)" 라는 명언을 가장 좋아한다.

기원전 490년, 제2차 페르시아전쟁 때 그리스 마라톤 평원에서 페르시아군을 괴멸시킨 아테네군의 전령인 '필리피데스'가 마라톤 평원에서 약 40km의 거리에 있던 아테네까지 단숨에 달려가 승전보를 전하고 숨을 거둔 것에서 마라톤의 역사가 시작되었다고 하는데, 당시 올림피아 경기의 달리기 선수였던 '필리피데스' 조차도 사망할 정도로 마라톤은 극한의 스포츠라는 점이 도전을 즐기는 사람들을 유쾌한 중독에 빠져 들게 하는 이유일 것이다.

마라톤을 직업으로 하는 엘리트 선수든 마라톤을 취미로 하는 마스터즈 선수든 마라톤을 완주한다는 것은 엄청난 고통을 극복해야 한다는 점에서 공통점을 가지고 있다고 생각한다. 엘리트 선수들은 입상하기 위하여, 마스터즈 선수들은 보다 좋은 기록으로 완주하기 위하여 각각 최선을 다할 것이기 때문에 한계 상황에서 극심한 고통을 겪는다는 공통점을 가지고 있다고 생각한다.

마라톤에 있어서 하프코스(21.0975km)는 어느 정도의 훈련을 꾸준히 한다면 큰 고통 없이 완주할 수 있지만 풀코스(42.195km)는 마라톤의 벽이라는 것이 존재하기 때문에 꾸준히 훈련한다고 하더라도 풀코스를 완주할 때마다 매번 마라톤의 벽에 직면하면서 큰 고통을 경험하게 된다. 체력의 한계 상황에서 포기하고 싶은 본능과 완주하겠다는 의지가 치열한 전투를 하여 의지가 본능을 이겨야만 42.195 km를 완주할 수 있다는 것이 마라톤의 공식이다.

내 경험상 마라톤의 주요 구간별 고통의 정도를 보면, 하프(21.0975km) 지점을 통과할 때는 무릎이 뻐근하고 호흡이 다소 거칠어지기는 해도 고통스러울 정도는 아니지만, 30km 지점을 통과할 때는 무릎의 통증이 심해지고 호흡이 힘들게 느껴져 근력과 심폐지구력이 급격히 저하되고 있다는 것을 체감할 수 있고, 마라톤의 벽인 35km 지점에 도달하면 무릎의 통증이 최고조에 이르고 호흡할 에너지마저도 소진되어 걷고 싶은 충동이 뇌리를 지배하여 이 구간에서는 걷는 러너들이 눈에 띄게 증가한다.

그러나, 나는 걷는 것은 더 이상 마라톤이 아니라고 생각하기에 지금까지 풀코스를 68회 완주하는 동안 속도를 줄인 적은 있어도 걸은 적은 단 한 번도 없었다. 이 점에 있어서는 『달리기를 말할 때 내가 하고 싶은 이야기』라는 제목의 마라톤 에세이를 저술한 일본의 대문호 『무라카미 하루키』님도 나와 비슷한 신조를 가지고 있는지 모르겠다. 『무라카미 하루키』님은 이 책에서 이런 말을 하였다.

"만약 내 묘비명 같은 것이 있다고 하면, 그리고 그 문구를 내가 선택하는 게 가능하다면, 이렇게 써넣고 싶다.

무라카미 하루키
작가 (그리고 러너)
1949 ~ 20**
적어도 끝까지 걷지는 않았다. "

이와 같은 마라톤의 벽을 통과했다고 하더라도 마라톤이 끝난 것은 아니다. 여기서부터 자신과의 진정한 싸움이 시작된다. 35km 이후의 구간은 육체적 고통이 너무 심하기 때문에 고통을 빨리 끝내고 싶어 결승선까지 최대한 빨리 도착하고 싶지만 체력의 고갈로 인하여 속도는 급격히 줄어든다. 대한민국의 마라톤 영웅 국민 마라토너 이봉주 선수도 '마라톤에서의 고통을 생각하는 것 자체가 고통'이라고 했다고 하니 아마추어들은 더 말할 필요도 없을 것이다. 이 구간에서는 1km마다 설치된 거리표지판의 간격이 너무 길게 느껴진다.

극한의 고통을 극복하고 40km 지점을 통과할 때는 지금까지 달려 온 백리길이 아까워서라도 절대 포기하지 못하고 오직 결승선만을 생각하면서 달리게 된다.

모든 고통을 이겨내고 올림픽주경기장(잠실종합운동장)의 트랙에서 결승선을 향해 달릴 때는 내가 올림픽 마라톤에서 우승하여 월계관을 쓴 것 같은 희열을 느낀다. 나 자신과의 처절한 싸움에서 이겼다는 성취감은 백오리길 여행에서 겪은 모든 고통을 금방 잊게 하기에 충분하다. 나는 마라톤에서 마의 구간에 해당하는 마라톤의 벽이 없다면 풀코스에 도전하지 않았을지도 모르겠다. 한계에 도전하여 극복하는 묘미가 있기 때문에 17년 10개월 동안 풀코스를 68회 완주하는 유쾌한 중독에 빠진 것 같다. 지구 한 바퀴(40,120km)를 완주하는 그 날까지 나의 마라톤은 계속될 것이다.

이 책에 소개된 마라톤훈련기에는 내가 최강한파든 찜통폭염이든 마다하지 않고 쉼 없이 뛰었던 생생한 훈련기록 등이 담겨있다.

♣ 독서

『머릿속에 도서관은 아니더라도 적어도 서재 정도는 만들어놔야 되지 않을까? 겨우 책꽂이 하나 갖고 있는 것은 내 인생에 너무 무책임한 것은 아닐까?』라는 질문으로 시작된 독서 대장정!! 이 원복 교수님의 『먼나라 이웃나라』 시리즈 12권·『가로세로 세계사』 시리즈 3권으로 2011.1월 시작한 독서대장정이 나의 독서 습관의 시작이었다.

2011.1월 나는 智德體의 조화로운 함양을 위해 9년 동안 꾸준하게 즐겨온 마라톤에 독서를 병행하기로 결심하고 독서대장정을 시작하였고, 2019년말까지 9년 동안 인문학 책을 835권 읽었다. 독서의 중요성은 동서고금의 위인들이 남긴 아래와 같은 명언을 통해서도 충분히 공감할 수 있을 것이다.

"오늘의 나를 있게 한 것은 우리 동네의 도서관이었고, 하버드 졸업장보다   소중한   것은   독서하는   습관이다."

- 빌 게이츠 -

"당신의 인생을 가장 짧은 시간에 가장 위대하게 바꿔줄 방법은 무엇인가? 만약 당신이 독서보다 더 좋은 방법을 알고 있다면 그 방법을 따르기 바란다. 그러나 인류가 현재까지 발견한 방법 중에서만 찾는다면 당신은 결코 독서보다 더 좋은 방법을 찾을

수 없을 것이다."   - 워런 버핏 -

"좋은 책을 읽는다는 것은 과거의 가장 훌륭한 사람들과 대화하
는 것과 같다."   - 데카르트 -

"지금 네 곁에 있는 사람, 네가 자주 가는 곳, 네가 읽는 책들
이 너를 말해준다."   - 괴테 -

독자는 저자의 깊은 통찰력이 담겨있는 한 권의 책을 읽음으로
써 사고력, 상상력, 공감력 등을 확장시킬 수 있고, 저자의 지식
과 지혜를 습득할 수 있으므로 독서는 영원불멸한 영감과 지혜
의 원천이라고 생각한다.

그런데, 운동이든 독서든 좋다는 것은 누구나 공감하지만 작심삼
일로 끝나는 경우가 많은 이유는 사람의 습관 형성에는 일정한
시간이 필요하기 때문일 것이다. 영국 런던대학교의 『제인 워들』
교수의 실험을 통해 사람의 습관 형성에는 평균 66일이 걸린다
는 사실이 확인되었다고 한다. 나는 이 점을 염두에 두고 마라톤
과 독서를 습관화하기 위하여 최선을 다하였는데, 마라톤은 비가
오든 눈이 오든 바람이 불든 평일 저녁 또는 주말에 집 근처 잠
실 석촌호수에 나가 지속적으로 달리기를 한 다음 달리기일기
(www.rundiary.co.kr) 및 페이스북(www.facebook.com)에 훈
련내용을 기록하였고, 독서는 평일에는 출퇴근길 전철에서, 주말

에는 도서관 또는 집에서 꾸준하게 독서를 한 다음 페이스북 (www.facebook.com)에 독후감을 게시하면서 마라톤과 독서를 습관화하였다.

明末淸初의 사상가 고염무의 불후의 명언 『讀萬卷書 行萬里路 (만 권의 책을 읽고, 만 리의 길을 여행하라)』를 실천하지는 못 한다고 하더라도 3千卷의 책을 읽는 그날까지 나의 독서대장정 은 계속될 것이다.

이 책에 소개된 독서대장정 독후감에는 내가 9년 동안 835권의 책을 읽으면서 기록한 독서소감 등이 담겨있다.

♣ 여행

인생을 간접적으로 경험하는 것이 독서라면 인생을 직접적으로 경험하는 것이 여행이다. 동서고금의 지성인들은 아래와 같은 명 언을 통해 여행의 필요성을 강조하였다.

"세계는 한 권의 책이다. 여행하지 않는 자는 단지 그 책의 한 페이지만을 읽을 뿐이다"
- 아우렐리우스 아우구스티누스 -

"여행과 변화를 사랑하는 사람은 생명이 있는 사람이다."

- 바그너 -

"진정한 여행의 발견은 새로운 풍경을 보는 것이 아니라 새로운 눈을 갖는 것이다."

- 마르셀 푸르스트 -

"여행을 떠날 각오가 되어있는 자만이 자기를 묶고 있는 속박에서 벗어나리라."

- 헤르만 헤세 -

"소중한 것을 깨닫는 장소는 언제나 컴퓨터 앞이 아니라 파란 하늘 아래였다."

- 다카하시 아유무 -

조선후기의 학자 김창흡(金昌翕, 1653~1722) 선생은 燕京(지금의 베이징) 여행을 떠나는 아우 창업(昌業, 1658~1721)에게 아래와 같은 요지의 詩를 주었다고 한다. 세상을 직접 체험하는 여행은 견문을 넓혀 인생을 살아가는 지혜를 온몸으로 터득하게 해주므로 여행의 필요성은 아무리 강조해도 지나치지 않다고 생각한다.

"우리 인생 견문이 적으면 아니 되니 안목이 커져야만 가슴도 넓어진다네
 산하를 직접 보면 느껴 앎이 깊으리니 10년 사서 읽음보다 나음을 알 것일세"

나는 일상에서 벗어나 재충전을 통해 삶의 새로운 활력을 찾기 위해 국내외 여행을 자주 하려고 노력하였다. 독서를 통해 여행지에 관한 지식을 습득한 상태에서 여행을 함으로써 '아는 만큼 보인다'는 평범한 진리를 실감할 수 있었다. 이 책에 소개된 이탈리아, 스위스, 프랑스, 미국, 일본, 대만 등 해외여행기에는 여행지의 역사적 배경 설명과 나의 소중한 경험이 오롯이 담겨있다.

♣ 자전거 타기

자전거는 마라톤에 비하면 체력소모가 많지 않으므로 남녀노소 누구나 즐길 수 있는 운동이라고 생각한다. 월 1회 이상 자전거를 이용하는 국내 자전거 인구가 1,300만 명을 돌파할 정도로 우리나라의 자전거 인구가 폭발적으로 증가하고 있다. 한강시민공원에 가보면 자전거 천국임이 실감날 정도로 자전거를 타는 사람들이 많다. 한강은 성내천. 탄천, 양재천, 반포천, 안양천, 홍재천, 청계천, 중랑천 등 주변의 하천들과 자전거도로로 연결되어 있을 뿐만 아니라 『4대강 국토종주 자전거길』의 일부 구간이기도 하다. 인천에서 시작하여 한강과 이화령을 거쳐 부산까지 633km 구간이 자전거길로 잘 조성되어 있어 자전거 마니아들 중에는 이 자전거길을 종주하는 사람들도 많다.

한강시민공원은 자전거를 타는 사람들, 마라톤을 하는 사람들, 인라인스케이트를 타는 사람들, 전동 킥보드를 타는 사람들, 산책을 하는 사람들 등등 다양한 사람들이 공존하고 있어 복잡한 반면, 광나루유원지를 지나면 자전거를 타는 사람들이 대부분이어서 자전거를 타고 마음껏 질주할 수 있고, 팔당대교를 지나 북한강철교에 이르러 북한강 자전거길이나 남한강 자전거길을 달리면 시원한 강바람을 벗 삼아 우리 국토의 숨결을 온몸으로 만끽할 수 있다.

이 책에는 『남한강 자전거길 잠실~남한강대교 왕복 230km 16시간 20분 자전거 여행기』를 비롯하여 내가 우리 국토의 숨결을 온몸으로 만끽하면서 질주했었던 생생한 기록들이 소개되어 있다.

♣ 독서하는 마라토너의 여행과 자전거 타기

독서를 즐기는 사람들, 마라톤을 즐기는 사람들, 여행을 즐기는 사람들, 자전거 타기를 즐기는 사람들. 이와 같은 취미를 갖고 있는 사람들은 많은데, 독서·마라톤·여행·자전거 타기 4가지 모두를 즐기는 사람은 많지 않은 것 같다. 智德體 함양을 생활신조로 하는 나는 4가지 모두를 즐기면서 행복감을 만끽하고 있다. 나의 뜨거운 열정과 불굴의 도전정신이 담긴 이 책이 누군가의 삶에 미력하나마 동기부여가 되었으면 한다.

1. 마라톤 입문 시절 (2002.3월 ~ 2004.2월)

(1) "네 시작은 미약하였으나 네 나중은 심히 창대하리라"

♣ 2002년 6월 한·일 월드컵의 뜨거운 열기

지구촌 축제인 한·일 월드컵대회가 열렸던 2002년 6월은 '붉은 악마'의 뜨거운 함성으로 대한민국 전체가 용광로처럼 달아올랐다. 전 국민이 혼연일체가 되어 뜨거운 응원전을 펼쳐 월드컵 4강 신화를 달성한 것이다.

우리나라의 월드컵 역대 성적을 살펴보면 본선 9회 진출(8회 연속 진출, 1954년 스위스/1986년 멕시코/1990년 이탈리아/1994년 미국/1998년 프랑스/2002년 한국·일본/2006년 독일/2010년 남아공/2014년 브라질)이라는 자랑스러운 역사를 가지고 있는데, 이에 비하여 이웃나라 13억 인구의 중국은 2002년 한·일 월드컵 당시 우리나라와 일본이 개최국 자격으로 자동출전하면서 漁夫之利를 얻어 본선에 단 한번 진출하였을 뿐이고, 그것도 본선 조별리그에서 3패· 무득점· 9실점(對 코스타리카 0:2/對 브라질 0:4/對 터키 0:3)으로 탈락하면서 16강 진출에 실패한 초라한 역사를 가지고 있다. 중국의 시진핑 국가주석이 2011년 국가 부주석 시절에 중국의 축구와 관련하여 세 가지 소망으로 '월드컵 개최, 월드컵 본선 진출, 월드컵 우승'을 언급했던 점만 보아도 중국 축구의 현주소를 확인할 수 있다.

2002년 6월 한·일 월드컵대회의 응원전에서 분출된 전 국민의 뜨거운 열정과 응집력은 그 이후 여러 차례 있었던 촛불집회에서 국민정신으로 승화된 것 같다.

♣ 생애 최초의 10km 달리기

한·일 월드컵대회의 개막전(2002.5.31. 프랑스 對 세네갈)이 열리기 3개월 전인 2002.2.27. 나의 마라톤 역사의 시작을 예고하는 의미 있는 일이 발생하였다. 내가 근무하고 있던 은행의 상사께서 내게 "박 과장! 경향서울마라톤 10km 부문에 함께 참가하자!"라는 제안을 하셨다. 그 당시 내가 근무하고 있던 은행에서 『경향신문 서울마라톤대회』를 공식 후원하면서 은행 직원들이 위 마라톤대회에 무료로 참가할 수 있는 기회를 주었었는데, 위 상사께서는 본인은 수 년 전부터 마라톤 10km 부문을 참가해 왔다고 하시면서 이번 마라톤대회에 함께 출전하자고 내게 제안하셨던 것이다.

나는 그 당시까지 10km를 뛰어 본 경험이 없었기 때문에 위 상사분의 제안에 대하여 쉽게 결정할 수 없는 상황이었다. 그래서 그날 퇴근 후 집 근처 초등학교 운동장을 20바퀴(약 4km)를 뛰어 보았는데, 처음 몇 바퀴를 뛸 때는 다소 힘들었지만 바퀴수가 증가함에 따라 호흡이 안정을 찾아갔고 결국 큰 무리 없이 20바퀴를 완주하였다. 이 날 운이 좋게 4km를 완주했을 수도 있기 때문에 다음 날인 2002.2.28. 다시 한 번 위 운동장에 나가 20바퀴(약 4km)를 달려 보았는데, 역시 큰 무리 없이 20바퀴를 완주할 수 있었다.

그래서 나의 무대는 초등학교 운동장이 아니라 집에서 약 2km 거리에 있는 잠실 석촌호수라고 생각하고, 다음 날인 2002.3.1. 삼일절에 잠실 석촌호수에 나가 석촌호수 네 바퀴(10.25km)를 뛰어 보았는데, 이 날 생애 최초의 10km 달리기에서 60분의 기록으로 큰 어려움 없이 완주하였다.

♣ 공군학사장교 입대 시 체력검사 1.5km 달리기에서 1등을 하다

이처럼 2002.3.1. 생애 최초의 10km 달리기에서 60분이라는 양호한 기록으로 완주할 수 있었던 원동력은 그 당시 기준 정확하게 10년 전인 1992.3.4. 공군학사장교(공군사관후보생) 90기로 입대할 때 30여 명씩 실시한 1.5km 달리기 체력검사에서 2등과

100여 m 간격을 벌리면서 1등을 했었던 기초체력에 있었다고 생각한다.

그 당시 공군학사장교로 입대하기 위해서는 필기시험(전공,영어), 면접시험, 신체검사, 체력검사 등의 4단계 과정을 통과해야 했는데, 필기시험, 면접시험, 신체검사 등 3단계 과정을 입대 전에 실시하여 통과하면 공군교육사령부(경남 진주)에 가입교를 한 상태에서 4단계 과정인 체력검사를 실시하여 이 과정을 통과해야 정식 입교할 수 있었다.

체력검사는 1.5km 달리기, 윗몸일으키기, 팔굽혀펴기 등으로 구성되어 있었는데, 나는 1.5km 달리기가 가장 부담스러운 테스트여서 1992.3.4. 가입교를 하기 1개월 전인 1992.2월초부터 가입교 직전까지 약 1개월 동안 집 근처 고등학교 운동장으로 아침과 저녁 하루 두 차례 나가 운동장을 10바퀴(약 2km)씩 뛰었었다.

이와 같은 훈련 경험이 있었기 때문에 1992.3.4. 가입교를 한 상태에서 실시한 1.5km 달리기에서 우수한(?) 기록으로 완주할 수 있었고, 이후 정식으로 입교하여 4개월간의 기본군사훈련 기간 중 초반 5주(특별내무교육기간 3주 포함) 동안 공군학사장교(공군사관후보생) 90기 동기들의 대표인 '대대장근무후보생' 역할을 수행하면서 동기들의 선두에서 구보훈련을 인솔하는 등 고강도 기본군사훈련을 무사히 마칠 수 있었다고 생각한다.

♣ "훈련에서 흘린 많은 땀! 전투에서 피를 적게 흘린다!"

4개월간의 기본군사훈련 기간 중 많은 추억이 있었는데, 그 중에서 총검술을 하던 전술학 훈련장에서 서쪽으로 40여 km 거리에 위치한 지리산 천왕봉(해발 1,915m)을 바라보면서 "훈련에서 흘린 많은 땀! 전투에서 피를 적게 흘린다!"라는 힘찬 구호를 외치면서 훈련에 매진했었던 일이 가장 멋지고 소중한 추억으로 떠오른다. '훈련에서 땀을 많이 흘린 만큼 전투에서 피를 적게 흘린다'는 보편적 진리는 '마라톤 훈련에서 땀을 많이 흘린 만큼 마라톤 대회에서 고통을 적게 당한다'는 평범한 진리로 적용해 볼 수 있을 것이다. 즉 마라톤 훈련을 열심히 할수록 마라톤 대회에서 고통을 적게 경험할 뿐만 아니라 완주 기록도 향상될 수밖에 없을 것이다.

♣ 10km 부문 신청을 하프코스(21.0975km) 부문으로 변경 신청

이처럼 공군학사장교 기본군사훈련 기간 중에 구보훈련 등을 실시하면서 많은 땀을 흘렸지만 구보훈련은 10km보다 짧은 거리를 뛰었었기 때문에 이로부터 10년이 지난 2002.3.1. 잠실 석촌호수에서 10km를 완주한 것은 내가 태어나서 뛰어 본 가장 장거리 달리기이자 나의 마라톤 역사의 시작이었다.

잠실 석촌호수에서 생애 최초의 10km 달리기를 완주한 나는 자신감이 생겨 직장 상사의 권유에 의해 신청했었던 10km 부문을 하프코스(21.0975km) 부문으로 변경 신청한 다음, 2002.5.12.에 열리는 『경향신문 서울마라톤대회』 하프코스(21.0975km) 부문 참가를 목표로 본격적으로 훈련하기 위하여 2002.3월초부터 평일에는 격일제로 퇴근 후 석촌호수에 나가 석촌호수 네 바퀴 (10.25km)를 달렸고, 주말에는 석촌호수 또는 한강에 나가 하프코스(21.0975km)를 뛰었다. 이와 같이 매주 평균 50km 내외의 거리를 달린 나는 훈련을 반복 할수록 기록이 향상되는 성취감을 만끽하면서 '마라톤의 기록은 훈련량에 비례한다'는 평범한 진리를 터득해갔다.

♣ "네 시작은 미약하였으나 네 나중은 심히 창대하리라 (욥기 제8장 제7절)"

나는 2002.5.12.에 열리는 『경향신문 서울마라톤대회』를 2주 앞 둔 2002.4.28. 『인천일보 인천마라톤대회』 하프코스에 참가하기로 결심하고 대회가 열리는 영종도에 가서 생애 최초로 마라톤 대회에 참가하였다. 대회 참가는 처음이라서 대회 참가 전에 직장 마라톤동호회 회원들에게 조언을 구했더니 오버페이스에 유의하라는 것이 공통된 의견이었다. 초보자들은 대회 분위기에 휩쓸려 오버페이스를 하기 쉬우므로 오버페이스를 하지 않도록 조심하라는 조언이었다.

이와 같은 충고에 유의하면서 2001.3월 개항한 인천국제공항을 품은 영종도의 작열하는 태양과 갯바람을 벗 삼아 역주한 결과 생애 최초로 참가한 마라톤대회의 하프코스(21.0975km) 부문에서 1:55:14의 양호한 기록으로 완주하였다. 공식 대회에서 하프코스(21.0975km)를 완주한 나는 자신감이 배가되어 풀코스(42.195km)에 도전하고 싶은 열망이 용솟음치기 시작하였다. 집 근처 초등학교 운동장 20바퀴(약 4km) 달리기에서 시작된 마라톤 열정이 하프코스(21.0975km)를 완주하고 나니 풀코스(42.195km)를 완주하고 싶은 열망으로 발전하는 과정을 생각하면서 "네 시작은 미약하였으나 네 나중은 심히 창대하리라 (욥기 제8장 제7절)" 라는 성경의 구절이 실감났다.

(2) 연습 삼아 홀로 생애 최초의 42.195km 완주의 성취감을 만끽하다

♣ 잠실 석촌호수 16.5바퀴(42.195km) 완주

2002.4.28.에 열린 『인천일보 인천마라톤대회』에서 하프코스(21.0975km)를 완주한 후 용솟음치기 시작한 풀코스(42.195km) 도전의 열망을 억제할 수가 없어서 동 대회에서 하프코스

(21.0975km)를 완주한 후 2일이 지난 2002.5.1. 석촌호수에서 풀코스(42.195km)에 도전하기로 결심하였다.

2002.5.1. 은 '근로자의 날'이어서 직장인들은 휴무일이었으므로 바나나 한 꾸러미와 이온음료 1.5리터 짜리 한 병을 가지고 잠실 석촌호수로 가서 생애 최초 42.195km(석촌호수 16.5바퀴) 달리기를 시작하였다. 석촌호수 두 바퀴(5.13km)를 달릴 때마다 바나나 1개와 이온음료 1잔씩을 섭취하면서 나 자신과의 처절한 싸움을 시작한 것이다. 하프지점(석촌호수 8.25바퀴)까지는 내가 뛰어본 거리였기 때문에 큰 무리 없이 뛸 수 있었지만 하프지점 이후의 구간은 그야말로 인간의 한계에 도전하는 고통의 시간이었다.

하프지점(석촌호수 8.25바퀴)을 통과했을 때는 무릎이 뻐근하고 호흡이 다소 거칠어지기는 해도 고통스러울 정도는 아니었지만, 30km 지점(석촌호수 11.7바퀴)을 통과했을 때는 무릎의 통증이 심해지고 호흡이 힘들게 느껴져 근력과 심폐지구력이 급격히 저하되고 있다는 것을 체감할 수 있었고, 마라톤의 벽인 35km 지점(석촌호수 13.7바퀴)에 도달했을 때는 무릎의 통증이 최고조에 이르고 호흡할 에너지마저도 소진되어 걷고 싶은 충동이 뇌리를 지배하였지만 결코 걷지 않고 사력을 다해 달려 드디어 42.195km(석촌호수 16.5바퀴)를 4:16:50의 기록으로 완주하는 쾌거를 달성하였다.

체력의 한계 상황에서 포기하고 싶은 본능과 완주하겠다는 의지가 치열한 전투를 하여 의지가 본능을 이겨야만 42.195 km를 완주할 수 있다는 것이 마라톤의 공식이기 때문에 생애 최초로 42.195 km를 완주한 이 날의 성취감은 말로 형용할 수 없는 전율과 환희였다. 이 날을 포함하여 지금까지 15년 동안 42.195 km를 52회 완주하였지만 생애 최초로 42.195 km를 완주했었던 이 날의 성취감이 가장 가슴 벅찬 감격이었다.

♣ 일본의 대문호 『무라카미 하루키』님과 나의 공통점

일본의 대문호 『무라카미 하루키』님이 저술한 『달리기를 말할 때 내가 하고 싶은 이야기』라는 제목의 마라톤 에세이를 보면, 『무라카미 하루키』님은 1983.7.18. 마라톤의 기원인 그리스 아테네에 가서 아테네에서 마라톤 평원까지(마라톤의 기원이 되는 기원전 490년 제2차 페르시아전쟁 당시 '필리피데스'는 마라톤 평원에서 아테네까지 달림) 생애 최초로 42.195 km를 3시간 51분 동안 달렸다고 한다. 이처럼 『무라카미 하루키』님이 생애 최초의 42.195 km 완주를 35세의 나이에 마라톤대회 참가가 아닌 혼자서 연습 삼아 결행하였듯이, 나도 생애 최초의 42.195 km 완주를 34세의 나이에 마라톤대회 참가가 아닌 혼자서 연습 삼아 결행하였다는 공통점이 있다. 『무라카미 하루키』님은 아테네에서 결행하였고, 나는 잠실 석촌호수에서 결행하였다는 차이가 있을 뿐이다.

『무라카미 하루키』님이 이 책에서 밝힌 아래와 같은 소감이 42.195km를 수십 차례 완주한 경험이 있는 나에게 깊은 공감을 준다.

"37km 부근에서 모든 것이 싫증나 버리고, 더 이상 달리고 싶지 않다. 물을 마시는데 필요한 에너지조차 남아 있지를 않다. (중략) 골!! 결승선에 다다랐지만, 성취 같은 것은 어디에도 없다. 내 머릿속에는 '이제 더 이상 달리지 않아도 좋다'라는 안도감만 있을 뿐이다. (중략) 30km까지는 '좋은 기록이 나올지도 몰라'라고 생각하지만, 35km를 지나면 몸의 연료가 다 떨어져 여러 가지에 대해 화가 나기 시작한다. 하지만 완주하고 나면 고통스러웠던 일이나, 한심한 생각을 했던 일 따위는 모두 잊어버리고 '다음에는 좀 더 잘 달려야지'라고 결의하게 된다. 아무리 경험이 쌓이고 나이가 들어도 결국은 똑같은 일의 반복인 것이다. (중략)   아, 힘들다..."

내 경험상 마라톤의 주요 구간별 고통의 정도를 보면, 하프지점(21.0975km)을 통과할 때는 무릎이 뻐근하고 호흡이 다소 거칠어지기는 해도 고통스러울 정도는 아니지만, 30km 지점을 통과할 때는 무릎의 통증이 심해지고 호흡이 힘들게 느껴져 근력과 심폐지구력이 급격히 저하되고 있다는 것을 체감할 수 있고, 마라톤의 벽인 35km 지점에 도달하면 무릎의 통증이 최고조에 이르고 호흡할 에너지마저도 소진되어 걷고 싶은 충동이 뇌리를 지배하여 이 구간에서는 걷는 러너들이 눈에 띠게 증가한다. 이와 같은 '마라톤의 주요 구간별 고통의 정도'에 관한 나의 생각도 위에서 소개한 『무라카미 하루키』님의 생각과 비슷한 것 같다. 대부분의 마라토너들의 생각도 대동소이할 것이다.

(3) 가을의 전설 '춘천마라톤' 공인 코스에서 연습 삼아 홀로 생애 두 번째 42.195km 완주

♣ 『경향신문 서울마라톤대회』 하프코스/『금융노조 거북이 마라톤대회』 하프코스 2주 연속 완주

내가 마라톤에 입문한 계기가 된 『경향신문 서울마라톤대회』가 2002.5.12.에 열려 하프코스(21.0975km)에 출전하여 1:41:03의 기록으로 완주하였고, 2002.5.19.에 열린 『금융노조 거북이마라톤대회』의 하프코스(21.0975km)에 출전하여 1:37:30의 기록으로 완주함으로써 2주 연속 하프코스를 완주하는 기쁨을 누렸다. 2002.4.28.에 열렸던 『인천일보 인천마라톤대회』의 하프코스 최초 완주기록(1:55:14)과 비교했을 때 완주기록이 상승 추세임을 확인할 수 있었다.

♣ 『조선일보 춘천마라톤』을 '가을의 전설'이라고 칭하는

이유

내가 마라톤에 입문했던 해이자 지구촌 축제인 한·일 월드컵대회가 열렸던 해인 2002년 당시에는 우리나라의 마라톤 인구가 많지 않아 풀코스(42.195km) 부문을 운영하는 대회는 많지 않았고 하프코스(21.0975km) 이하 부문만 운영하는 대회가 많았다. 때문에 마라톤에 입문 후 2개월 만에 잠실 석촌호수에서 연습 삼아 홀로 생애 최초로 42.195km를 완주할 정도로 마라톤에 대한 열정이 강했던 나는 풀코스 대회에 참가하고 싶어도 가을까지 기다려야 하는 상황이었고, 특히 초보 마라토너들의 풀코스 데뷔 무대로 애용되는 『조선일보 춘천마라톤대회』는 10월 하순까지 기다려야 하는 상황이었다.

그러나, 나는 『조선일보 춘천마라톤대회』가 열리는 10월 하순까지 5개월 동안 기다릴 수 없어 실제 대회는 아니더라도 실제 코스(춘천 의암호 순환 코스)에서 연습 삼아 홀로 뛰기로 결심하고 다양한 정보를 입수한 결과 새벽 시간대에 뛰면 의암호 주변의 교통량이 많지 않아 큰 무리 없이 실제 코스를 뛸 수 있을 것이라는 정보를 입수할 수 있었다.

『조선일보 춘천마라톤』을 '가을의 전설'이라고 칭하는 이유는 춘천 의암호 주변의 형형색색의 가을 단풍이 절정을 이루는 10월 하순에 대회가 열려 마라톤 참가자들이 만산홍엽의 가을 단풍을 즐기면서 달릴 수 있기 때문일 것이다. 그리고 초보 마라토너들이 풀코스 데뷔 무대로 '춘천마라톤'을 가장 선호하는 이유는 서울 등 대도시에서 열리는 마라톤대회는 시민들의 불편을 최소화하기 위해 교통통제해제를 엄격하게 실시하는 반면, 춘천에서 열리는 '춘천마라톤'은 교통통제해제를 탄력적으로 실시하기 때문에 초보 마라토너들에게 상대적으로 부담이 덜 하기 때문일 것이다.

♣ '춘천마라톤' 공인 코스에서 연습 삼아 홀로 생애 두 번째 42.195km 완주

이처럼 초보 마라토너들에게 인기가 높은 '춘천마라톤'의 실제 코스에서 생애 두 번째 42.195km를 완주하기 위하여 『한·일 월드컵대회』의 개막전인 『프랑스 對 세네갈』의 경기가 열린 2002.5.31. 저녁에 서울에서 춘천으로 이동하여 춘천의 이모 댁에서 1박을 한 후 다음 날 새벽 4시경 일어나 이종사촌 동생과 함께 마라톤 출발지점인 춘천공설운동장으로 갔다.

풀코스 완주는 많은 에너지가 필요하기 때문에 5km 간격으로 급수대가 설치되어 있고, 중반 이후의 구간에는 바나나, 초코파이 등의 간식이 제공된다. 이 날 이종사촌 동생과 함께 마라톤 출발지점으로 이동한 이유는 내가 춘천마라톤 실제 코스인 의암호 둘레를 뛰는 동안 이종사촌 동생이 배낭에 바나나와 이온음료를 담고 자전거를 타고 나를 따라오면서 내게 마라톤 구간 중간중간에 바나나와 이온음료를 공급해주기 위해서였다. 15년이라는 장구한 세월이 흐른 지금 생각해보아도 그때 나를 따라오면서 음식을 공급해준 이종사촌 동생의 정성이 고마울 뿐이다.

그날 생애 두 번째 42.195km를 달리면서 내가 느꼈던 생각은 내가 완주한 바로 그날 달리기일지(www.rundiary.co.kr)에 게시했었던 아래와 같은 글을 통해 생생한 현장감을 느낄 수 있을 것이다. ♣ ♣ ♣

일반적으로 마라톤 초보자가 함부로 풀코스에 도전하는 것은 무모하다고 한다. 마라톤 입문 만 2개월 만인 5/1 잠실 석촌호수에서의 풀코스 완주는 주로(우레탄 도로)가 부드럽고 평탄했기 때문에 가능했을 수도 있다고 생각되었기에 나 자신의 체력 한계를 체험해 보기 위해 춘천마라톤 실제 코스에서 뛰어보기로 하고 6/1을 결전의 날로 설정하고 사전 정보수집에 나섰다.

코스도를 보고 지형 분석을 하였고, 토요일(일요일에 뛰면 다음 날 출근에 지장이 있기 때문에 토요일로 결정) 새벽 시간대에 뛰면 차량의 방해를 받지 않고 뛸 수 있는지 여부에 대한 분석, 주행 중 급수공급에 관한 문제 등을 종합적으로 점검하고 5/31(월드컵 개막전이 있던 날) 퇴근 후 승용차로 서울을 출발하여 춘천에 있는 이모 댁으로 갔다. 그곳에서 자정이 지나 잠자리에 들었지만 새벽에 일찍 기상해야 한다는 강박의식 때문에 깊은 잠을 잘 수가 없었다. 잠을 설친 상태에서 6/1 새벽 4시에 기상하여 이종사촌 동생과 함께 춘천공설운동장으로 가서 준비운동을 했다. 내가 뛰는 동안 사촌 동생은 자전거로 나를 따라오면서 바나나와 이온음료를 공급해주기로 하고 드디어 새벽 4시 46분에 42.195km 완주를 목표로 대장정을 시작하였다.

처음 3km 가량은 경사 6도 정도의 경사로가 계속되었지만 큰 무리 없이 돌파하였고, 6km 정도의 지점에서 만난 의암호는 환상적인 절경이 펼쳐져 빼어난 자연경관에 푹 빠져들게 만들기에 충분하였다. 7km 지점 의암댐을 지나면서부터 대체로 평탄한 호변도로가 계속되었고, 2.5km 간격으로 반영구적으로 설치된 춘천마라톤 공인코스를 알리는 거리표지판은 체력 안배에 도움이 되었다.

17km 지점에서 만난 경사 11도 정도의 300m 가량의 경사로가 부담은 되었지만 뛰는 데 큰 문제는 없었고, 이후 대체로 평탄한 도로가 계속되었다. 23~26km 구간에서는 완만한 경사로가 계속되었는데, 차량들이 과속 질주하고 있는 상황에서 갓길은 거의 없어서 갓길의 황색실선을 밟고 뛰느라 사고의 위험을 느끼기도 했다.

26km 지점 춘천댐을 지나면서부터 심폐기능에는 큰 문제가 없었으나 다리에 힘이 빠지기 시작하였다. 그러나, 오직 정신력에

의지하면서 결코 멈추지 않고 계속 질주하였는데, 30km 지점에서 도로 공사를 하고 있어서 100m 가량을 울퉁불퉁한 자갈길을 뛰었다. 이후 춘천 시내가 가까워지면서 토요일 출근 차량들로 인해 갓길로 뛰는 것도 위험해서 울퉁불퉁한 보도블럭 위로 뛰는 구간도 많았다. 완주 후 돌이켜 생각해 보니 30km 이후 체력이 극도로 저하된 상태에서 보도블럭 위로 뛰었던 것이 무릎 부상의 주원인이었던 것으로 생각된다.

36km 지점 소양2교를 통과 후 37.5km 거리표지판 근처에서 또다시 만난 도로 공사 현장, 횡단보도 신호대기 등은 체력의 한계 상황에서 최대의 고비로 작용되었으나 오직 불굴의 투지로 극복하였다.

40km 지점 공지천사거리에서 또다시 만난 횡단보도에서의 신호대기는 나를 거의 초죽음의 상황으로 내몰았으나 불굴의 의지로 돌파하였다. 시외버스터미널, 경찰서 등의 최종 구간을 지나서 드디어 꿈에 그리던 춘천공설운동장에 도착했을 때의 시각은 8시 38분대였다.

완주 목표 시간은 4시간 이내였고, 완주 기록은 3:52:33이었다. 오늘의 가슴 벅찬 감격과 성취감은 완주한 사람만이 만끽할 수 있는 특권이라고 감히 자부한다.

10/20 공식 대회에서는 교통통제가 되어 신호대기 등의 장애물이 없는 상황에서 달릴 수 있을 것으로 예상되기 때문에 기록경신이 될 것으로 기대된다. 엘리트 선수들도 포기를 생각하게 된다는 35km 이후 구간에서 만난 도로 공사, 신호 대기 등의 장애물을 극복하고 완주한 오늘의 쾌거는 앞으로 고난과 시련의 시간이 왔을 때 이를 극복하는 데 큰 원동력으로 작용할 것으로 확신한다.

(4) 최초 참가 풀코스 마라톤 대회『문화일보 통일 마라톤』에서 동생과 함께 골인 (2002.9월)

♣ 아우는 나의 마라톤 멘토

42.195km 완주자를 연령대별로 분석해보면 40~50대가 가장 많다고 한다. 그 이유는 40대 이후에는 성인병이 발생하여 건강의 소중함을 절감하는 나이이기 때문일 것이다. 이와 같은 통계에 비추어 볼 때, 34세에 마라톤을 시작한 나와 28세에 마라톤을 시작한 나의 동생은 꽤 젊은 나이에 마라톤을 시작한 것 같다.

나보다 다섯 살 아래인 동생은 28세의 나이인 2001년에 마라톤을 시작하였고, 나는 동생보다 1년 늦은 2002년에 마라톤을 시작하였는데, 형제가 같은 운동을 좋아하다 보니 한강, 양재천,

탄천, 석촌호수 등에서 가끔 만나서 함께 훈련을 하는 경우가 있었다. 동생은 나보다 나이도 젊고 체력도 좋아 완주 기록이 나보다 20분 정도 빨랐다. 때문에 동생은 나의 마라톤 멘토로서 훈련요령에 관하여 조언을 아끼지 않았다.

나의 꾸준한 훈련 과정을 지켜본 동생은 내가 처음 참가하는 42.195km 대회에서 나의 페이스메이커가 되어주기로 하고, 2002.9.29.에 열리는 『문화일보 통일마라톤대회』의 풀코스 부문에 나와 함께 출전하기로 의기투합하였다.

『문화일보 통일마라톤대회』의 풀코스는 임진각에서 파주종합운동장까지 왕복하는 코스에서 진행되었는데, 42.195km 거리 중 약 1/3 정도는 언덕 구간이어서 너무 힘들었고 특히 30km 이후 구간은 체력이 소진되어 매우 고전하였지만 동생이 페이스메이커 역할을 잘 해주어 3:44:12
의 기록으로 피니시 라인을 함께 밟을 수 있었다.

생애 최초 풀코스는 2002.5.1. 잠실 석촌호수에서 연습 삼아 홀로 4:16:50의 기록으로 완주하였고, 두 번째 풀코스는 2002.6.1. 춘천 의암호에서 연습 삼아 홀로 3:52:33의 기록으로 완주하였는데, 풀코스 대회 첫 번째 참가이자 생애 세 번째 풀코스 완주인 이번 통일마라톤에서는 동생과 함께 3:44:12의 기록으로 완주함으로써 매번 기록이 경신되는 성취감을 만끽할 수 있었다.

(5) 네 번째 풀코스 완주에서 3:33:22의 기록을 수립하다

나는 2002.11.3. 잠실벌에서 열린 『중앙일보 서울국제마라톤대회』의 풀코스에 출전하여 3:33:22의 기록으로 생애 네 번째 풀코스를 완주하였다. 완주한 바로 그날 런다이어리(www.rundiary.co.kr)에 게시한 아래와 같은 『풀코스 완주기』를 통해 그날의 가슴 벅찬 감동을 다시 한 번 느껴볼 수 있었다.

♣   ♣   ♣

마라톤입문 만 8개월 만에 네 번째 풀코스 완주를 위해 11/3(일) 『2002 중앙일보 서울국제마라톤대회』에 참가했다.

아침 기온이 영상 2도의 추운 날씨였지만 풀코스 출발 1시간 전까지 잠실종합운동장에 가서 현장의 분위기를 파악하였다. 이번 대회는 세계최고기록(2시간 5분 38초)보다 불과 1분정도 뒤진 2시간 6분대 기록보유자 3명을 포함하여 20명의 외국선수들이 참가하였고 한국에서는 국내 2위 기록보유자 김이용 선수, 『2001 춘천마라톤』 우승자 지영준 선수(코오롱) 등 다수의 선수들이 참가하면서 대회 분위기가 고조되었다.

기존에는 동아마라톤과 춘천마라톤이 우리나라의 정상급 대회였는데 중앙마라톤도 이번 대회를 통해 정상급 대회로 급부상하였다. 지난 3월 동아마라톤 우승자의 기록은 2시간 11분대, 10월 춘천마라톤은 2시간 16분대였으나, 이번 중앙마라톤의 1,2,3위는 각각 1초차이로 거의 동시에 골인하면서 2시간 9분대의 기록을 작성하였다.

1,2위의 자리는 아쉽게도 케냐 선수에게 갔지만 3위는 지영준 선수, 8위는 김이용 선수(2시간 10분대)가 차지하면서 한국마라톤의 자존심을 세웠다. 지영준 선수는 자신의 최고기록을 6분정도 단축하면서 이봉주 선수 이후의 차세대 주자의 자리를 확고히 하였고, 김이용 선수는 8위이지만 1위와는 23초라는 근소한 차이를 보이면서 그간의 부진에서 탈출하여 재기에 성공했다.

나는 네 번째 풀코스에 도전하기 위해 등록선수들이 매우 가까이 보이는 선두그룹에서 9시에 42.195km의 대장정을 시작하였다.

지난 9/29 문화일보 통일마라톤에서 3시간 44초 12초의 기록을 작성하였고, 이번에는 3시간 30분의 기록을 목표로 힘찬 출발을 하였다. 5주 만에 풀코스를 다시 뛰기 때문에 약간은 무리라는 생각이 들었지만 그간 꾸준한 훈련(8개월간 누적훈련거리: 1,475km)을 해왔기 때문에 자신감에 충만했다. 문화일보 통일마라톤의 코스에 비하여 이번 중앙마라톤의 코스는 상대적으로 평탄하여 10분 이상의 기록 단축은 가능할 것이라는 생각이 들었다.

팔목에 페이스 조절표를 부착하고 5km마다 시간을 체크하면서 뛰었는데, 21km지점까지는 2분정도 빨리 뛰고 있었다. 동 지점까지는 영상 4도의 쌀쌀한 날씨였지만 오버페이스하지 않고 무난하게 뛰었다. 주로에서 참가자들의 속도를 보니까 4시간 30분 이내 완주기록 보유자들만 출전해서 그런지 중도 포기한 사람이 거의 없었다.

진정한 마라톤은 후반전이므로 반환점 이후 체력 안배에 더욱 신경을 쓰면서 계속 역주하였다. 기온도 낮고 바람도 불고 구름까지 가세하여 날씨가 꽤 추웠지만 풀코스를 3회 완주한 관록 덕분에 큰 무리 없이 극복할 수 있었다.

25km지점을 통과하면서부터 양쪽 무릎이 뻐근하였지만 이제 남은 거리가 17.195km 라고 생각하고 결코 속도를 늦추지 않았다. 5km마다 음료와 물스펀지가 공급되었는데 에너지 보충을 위해 음료는 빠뜨리지 않고 마셨지만 물스펀지는 기온이 낮아 전혀 사용하지 않았다.

30km지점을 통과할 때 페이스 조절표상 시간과 통과시간이 일치하였고 3시간 30분 페이스메이커가 10여 명의 주자들과 함께

무리를 지어 통과하고 있어 합류를 시도하였으나 나보다 속도가 약간 빨라서 오버페이스하지 않기 위해 계속 혼자 역주하였다. 마라톤에 있어 오버페이스는 절대 금물이기 때문이었다. 대회 종료 후 기사를 보니 여자 우승후보 선수가 초반 오버페이스 때문에 32km지점에서 경기를 포기했다고 한다.

추위와 싸우면서 한 번도 걷지 않고 달린 결과 드디어 마라톤의 벽이라고 할 수 있는 35km지점에 도달하였는데, 이곳에서 다시 3시간 30분 페이스메이커를 보았는데 30km지점에서 따라가던 10여 명의 선수가 2~3명 정도로 줄어든 것 같았다. 목표 기록을 달성하기 위해 다시 합류를 시도하고 200m 정도 따라 갔는데 하프코스 출전자들이 거리를 가득 메워 주행에 어려움이 많아 다시 홀로 뛰기로 결심하고 혼자 뛰었다.

38km지점을 통과할 때부터는 하프코스 참가자인지 풀코스 참가자인지 걷는 주자가 많아서 주행에 방해가 되었지만 요령껏 추월하면서 결승선을 향하여 쉼 없이 역주하였다.

40km지점에서 마지막으로 이온음료를 마시고 남은 거리 2.195km를 향하여 진군 또 진군하였다. 잠실주경기장이 시야에 들어오는 지점에 41.195km 거리표지판이 있었다. 이제 남은 거리 1km는 결승선에서 기다리고 있을 가족들의 얼굴을 생각하면서 체력의 한계를 돌파한다는 일념으로 최선을 다했다. 잠시 후

수많은 시민들의 박수갈채를 받으며 주경기장 앞 광장을 통과하여 메인스타디움의 트랙에 들어가기 직전 가족들이 나를 부르는 소리를 들었다.

10/20 춘천마라톤에서 3시간 11분대의 기록을 세웠고, 어젯밤 지리산 종주훈련에서 돌아온 동생과 사랑하는 아내가 나를 향해 사진기 셔터를 눌렀다. 나는 양손을 번쩍 들어 포즈를 취했다.

드디어 꿈에 그리던 메인스타디움의 트랙에 들어섰다. 이제 남은 거리는 350m 정도! 나는 항상 그랬듯이 200m 정도를 남겨 두고 라스트 스퍼트를 하였다. 완주 순간의 짜릿한 성취감을 만끽하기 위해 결승선 20m 전부터 양손을 번쩍 들고 골인하였다. 전광판 시계를 보니 3시간 33분대를 가리키고 있었다.

비록 목표기록에는 3분 정도 초과하였지만 그간 꾸준한 기록 경신(5/1: 4시간 16분대, 6/1: 3시간 52분대, 9/29: 3시간 44분대, 11/3: 3시간 33분대)을 하고 있어 '2003 동아마라톤'에서 '3시간 20분'이라는 목표기록을 세워본다.

기록이 경신될수록 건강증진은 물론이고 성취감은 폭발적으로 증가한다. 이것이 바로 마라톤의 묘미라고 생각한다.
보스톤마라톤 출전의 그날까지 나의 마라톤 기록 경신의 역사는 계속될 것이다.

누구나 건강을 위해서 운동의 필요성은 공감하지만 실행하지 못하는 이유는 적당한 스포츠를 찾지 못해서 인지도 모른다. 일상에서 가장 쉽게 시작할 수 있는 스포츠가 마라톤이라고 생각한다. 해외통신에 의하면 건강에 있어 흡연보다 더 해로운 것이 운동부족이라고 한다. 보약보다 훨씬 더 좋은 마라톤을 생활화하여 자신의 건강과 가족의 행복을 보장받으시길 빈다.

(6) 최초 참가 동계 마라톤대회 『제1회 전마협 동계 하프마라톤』

나는 2003.01.26. 미사리 조정경기장에서 열린 『제1회 전마협 동계 하프마라톤대회』의 하프코스에 출전하여 1:36:00의 기록으로 완주하였는데, 이 대회는 내가 생애 최초로 참가한 동계 마라톤대회였다.   완주한   바로   그   날   런다이어리 (www.rundiary.co.kr)에 게시한 아래와 같은 『하프마라톤 완주기』를 읽고 나니 북풍한설을 벗 삼아 설원을 질주했던 그 시절이 사무치게 그립다.

오늘 아침 7시에 기상하여 TV를 보니 서울지역의 기온이 영상 2.8도라는 자막이 나왔다. 겨울날씨 치고는 춥지 않아 오늘 하프마라톤대회 참가에는 큰 지장이 없어 보였다.

45분 정도 버스를 타고 미사리 조정경기장의 대회진행본부에 도착한 시각이 9시 정도였다. 11시 출발시각까지는 2시간 정도 남은 시점이어서 대회진행요원과 몇몇 참가자들만 나와 있었다.

10시가 가까워지니 『1992년 바르셀로나 올림픽』 마라톤 금메달리스트 황영조 선수(국민체육진흥공단 마라톤 감독)가 보이기 시작했고 연예인 심0홍 님도 보였다.

10:30 경 개회식 때는 다양한 마라토너들이 소개되었다.

참가자 중에는 100여 쌍의 부부 참가자도 있었고 전북 김제의 71세 어르신께서도 참가하여 노익장을 과시했는데 2002년도에 전국대회 50회를 참가한 관록을 갖고 있었다.

또한 2002년 춘천마라톤에서 명성을 날린 어떤 어르신은 풀코스 28회 완주와 100km 울트라마라톤 완주 기록을 보유하고 있었다.

한편, 'KBS 인간시대' 프로에서는 정신지체1급 장애인 엄0봉 님의 참가를 녹화하기 위하여 촬영준비를 하고 있었다. 엄0봉 님은 충남 홍성에서 팔순 어머님을 부양하기 위해 마라톤을 시작하게 되었다고 소개되었는데 나중에 오늘 완주기록을 보니 2시간 정도에 골인한 것 같았다. 오늘 녹화된 장면은 2/10(월) - 2/14(금) 중에 방송된다고 한다.

외국인 참가자도 여러 명 보였고 지방에서 관광버스로 와서 참가한 사람들도 보였다.

11시경 출발선으로 이동하여 출발신호를 기다리면서 각오를 다짐했다. 바람이 약간 불어 체감온도는 영하의 날씨였고 동계 대회 참가를 축하라도 하듯이 출발 직전부터 눈이 내리기 시작했다.

3/16 동아마라톤을 7주 앞둔 상황에서 오늘 대회는 그간의 동계 훈련을 평가하는 의미 있는 대회였다.

지난해 11/17 세계박람회 유치기원 하프마라톤대회 참가 후 10주 만에 참가하는 공식대회로써 지난해 11/10 강남구청장배 하프마라톤대회에서 수립한 최고기록(1시간 33분대)을 경신해 볼 생각이었다.

11:02 출발선을 밟고 힘찬 출발을 하였다.

하프코스는 조정경기장 외곽을 4바퀴 달리는 코스인데 코스의 절반 정도는 아스팔트가 아니고 약간 울퉁불퉁한 보도블럭이어서 주행하는데 약간 부담이 되었다.

첫 번째 바퀴(5.275km)는 23분 정도에 주파하였다. 두 번째 바퀴(10.55km)부터는 내리던 눈이 진눈깨비로 바뀌어 옷을 적시기 시작하였는데 47분 정도에 통과하였다.

세 번째 바퀴부터는 진눈깨비가 점점 심해져 안경을 온통 뒤덮어 시야를 흐리게 하여 안경을 주머니에 넣고 뛰었다.
세 번째 바퀴를 거의 통과할 무렵 1등 선수가 나를 앞질러 갔다. 오늘의 우승자는 1시간 9분대 전후하여 골인한 것 같다.

마지막 네 번째 바퀴부터는 체력이 소진되어 갔지만 최선을 다했다. 오늘도 몇몇 대회의 주로에서 함께 뛰었던 '00석유'라고 새겨진 적색 상의를 입은 40대 정도의 마라토너를 보았는데 계속해서 그분의 뒤를 따라 뛰다가 결승선 150m 정도를 앞두고 평소에도 그랬듯이 라스트 스퍼트를 하여 그분보다 10 여 초 먼저 골인하였다.

오늘 기록은 1:36:00 으로 개인 최고기록 경신은 좌절되었지만 악천후인 것을 감안하면 선전했다고 자평한다.

이제 2/1(토) 구정에는 동생과 함께 석촌호수에서 35km 훈련을 하면서 3/16 동아마라톤 참가를 앞두고 최종 최장거리 LSD훈련을 마무리 할 예정이다.
3/16 동아마라톤 대회에서는 2004년 보스톤마라톤 참가자격 (3:15:00 이내 완주)을 취득하기 위해 나의 모든 에너지를 불태울 것이다.

(7) 세계에서 두 번째로 오래된 마라톤 대회 『2003 서울국제마라톤대회 겸 제74회 동아마라톤대회』 참가

나는 마라톤에 입문한 지 1년 만에 2003.03.16. 『광화문~잠실종합운동장』 구간에서 열린 『2003 동아서울국제마라톤대회』의 풀코스에 출전하여 3:22:20의 기록으로 완주하였다. 완주한 바로 그날 런다이어리(www.rundiary.co.kr)에 게시한 아래와 같은 『풀코스 다섯 번째 완주기』를 읽는 내내 그날의 힘찬 심장박동 소리가 느껴지는 듯했다.

2003 서울동아국제마라톤에서 `차세대 에이스' 지영준 선수(코오롱)가 아쉽게 준우승을 했다.

지영준 선수는 16일 오전 8시 광화문을 출발하여 잠실주경기장에 이르는 42.195㎞ 코스에서 거트 타이스(남아공)와 막판까지 치열한 선두 경합을 벌였지만 2시간8분43초를 기록해 타이스(2시간8분42초)에 1초차로 우승을 내줬다.

나는 악천후 속에 고군분투하여 2002.11.03 중앙일보 서울국제마라톤대회의 기록(3:33:22)을 11분 단축하는 쾌거를 이루었다. 아쉽지만 보스턴 마라톤 참가자격(3:15:00 이내 완주)은 가을의 춘천대회에서 확보해야겠다.

2002.03.01 마라톤입문 이후 지금까지 5회의 풀코스 완주를 하면서 아래와 같이 기록 경신을 반복하고 있기 때문에 하계 훈련을 열심히 한다면 보스턴 출전자격을 금년이내 확보할 것으로 기대한다.

완주회차	완주일자	완주기록
1회	2002.05.01	4:16분대
2회	2002.06.01.	3:52분대
3회	2002.09.29	3:44분대
4회	2002.11.03.	3:33분대
5회	2003.03.16.	3:22분대

- 아래 글은 제가 2003.03.15 동아마라톤 사이트에 게시한 글입니다.

2003 동아마라톤대회 참가자 제위

안녕하십니까?

저는 2002.03.01 마라톤입문 이후 만 1년 보름 동안 누적훈련거리 2,555 km를 달린 초보 마라토너입니다.

내일 개최되는 우리나라 최고의 마라톤대회인 동아마라톤에서 목표기록 3:14:00을 달성하기 위해 지금까지 강도 높은 동계훈련을 해 왔습니다.

여러분께서도 그 혹독한 동장군과 싸워 승리하시고 이제 출발신호만 기다리고 계실 것으로 사료됩니다.

제가 아래에 게시한 글은 저의 마라톤에 대한 애정.열정.집념을 담은 훈련기입니다.

마라톤을 너무도 사랑하시는 여러분들께서도 이 보다 훨씬 더 큰 꿈을 안고 대회에 참가하실 것으로 생각합니다.

여러분 모두가 목표기록을 달성하셔서 마라톤의 진수, 가슴 벅찬 성취감을 만끽하시길 빕니다.

감사합니다.

<<< 2003.03.16 동아마라톤 훈련기 >>>

드디어 오늘(2002.12.28) 2002.03.01 마라톤입문 이후 만 10개월 만에 누적훈련거리 2,000km를 돌파하였다.

지난 10개월 동안의 훈련기록을 개략적으로 소개하면 아래와 같다.

- 훈련기간: 2002.03.01 - 2002.12.28 (10개월)

- 훈련일수: 137일

- 훈련거리: 2,000.51 km

- 평균속도: 11.37 (km/h)

- 훈련강도: 5km 8회,   7.8km 1회,

　　　　　　10.1km 58회,   12.6km 3회,

　　　　　　15.15km 4회,   21.1km 37회,

　　　　　　25.32km 9회,   30km 2회,

32km 1회,　　　　　　42.195km 4회.

- 공인대회 최고기록: 하프 1시간 33분 24초
　　　　　　　　　(11/10 강남구청장배 마라톤대회)
　　　　　　　　　풀코스 3시간 33분 22초
　　　　　　　　　(11/03 중앙일보 서울국제마라톤대회)

이처럼 지속적인 훈련이 가능했던 이유는 2004년에 동생과 함께 꿈의 대회인 보스톤마라톤에 함께 출전하기 위해 2003년도 동아마라톤대회에서 3시간 14분대의 기록을 달성코자 하는 확고한 목표의식이 있었기 때문이다.

누구나 건강을 위해 운동의 필요성은 공감하면서도 운동을 생활화하지 못하는 이유는 확고부동한 목표의식이 부족하기 때문이라고 생각한다. 작심삼일로 끝나지 않기 위해서는 동기부여가 그만큼 중요하다는 뜻이다.

마라톤은 시간과 공간에 크게 제약을 받지 않고 가장 쉽게 할 수 있는 운동이다. 혹자는 무미건조한 운동이라고 생각할 수도 있지만 한 번 심취해보면 가장 좋은 운동이라는 것을 깨달을 것이다.
나는 평일에는 이틀마다 석촌호수에 가서 10.1km씩 뛰고 주말에는 석촌호수나 한강 고수부지에서 21.1km - 30km를 뛰고 있다. 이제는 마라톤이 삶의 중요한 일부가 되어 취미 겸 특기가 되었다.

때로는 금/토/일 3일간 67km를 뛴 적도 있고, 1주 동안 100 km를 뛴 적도 있다. 최초의 풀코스 도전은 마라톤입문 만 2개월 만인 5/1 석촌호수에서 하였는데 4시간 16분대의 기록으로 완주하였다. 두 번째 풀코스 도전은 마라톤입문 만 3개월 만인 6/1 조선일보 춘천마라톤 실제코스에서 홀로 새벽에 뛰었는데 3시간 52분대의 기록이었다.

공인대회 풀코스는 두 번 참가했었는데 9/29 문화일보 통일마라톤에서 3시간 44분 12초, 11/03 중앙일보 서울국제마라톤에서 3시간 33분 22초의 기록을 수립하였다.

은행에 근무하면서 마라톤만 한 것은 아니었다. 마라톤 입문과 동시에 공인중개사 자격시험 공부도 시작하였고 10/20에 동 시험일과 춘천마라톤이 겹쳤는데 동 시험을 포기하는 것은 기회비용이 너무 커서 눈물을 머금고 춘천마라톤을 포기하였다. 춘천마라톤을 포기한 아픔은 12/05 공인중개사 합격자 명단에서 내 이름을 본 순간 어느 정도 치유되었다.

이제 2003.03.16 동아마라톤까지는 얼마 남지 않았다. 새해에도 지금까지의 열정을 지속하여 동계훈련을 게을리 하지 않을 것이다. 오직 맹훈련만이 목표기록 3시간 14분대 진입의 지름길이기 때문이다.

대한민국 최고의 대회, 동아마라톤을 생각하면 벌써부터 가슴이 설렌다. 광화문에서의 힘찬 출발 장면과 잠실종합운동장에서의 골인 순간의 전광판 시간 3:14:00을 상상하면 가슴 벅찬 감동과 성취감을 느낀다.

(8) 최초 참가 지방 마라톤대회 『여주 세종대왕 마라톤』

나는 2003.03.16. 개최된 『2003 동아서울국제마라톤대회』의 풀 코스에서 3:22:20의 기록을 수립한 지 5주 만에 2003.4.20. 『여 주 남한강변 도로 왕복』 구간에서 개최된 『여주 세종대왕마라톤 대회』의 하프코스에 출전하여 1:38:20의 기록으로 골인하였다. 완주 후 런다이어리(www.rundiary.co.kr)에 게시한 아래와 같 은 『雨中走 기록』을 읽고 나니 그 날의 寒氣가 느껴지는 듯하 다. ♣ ♣ ♣

5주 전 동아마라톤대회에 참가한 후에도 훈련을 꾸준하게 해왔 는데 지난 1주 동안은 발등부상과 감기때문에 훈련을 중단했었 다.

3주 앞으로 다가온 경향마라톤대회 풀코스 참가를 앞두고 오늘 은 컨디션 점검주 차원에서 여주 세종대왕마라톤대회 하프코스에 참가하였다.

새벽 6시에 기상하여 가족과 함께 송파 I.C - 서울외곽순환고속도로 - 판교 I.C - 경부고속도로- 신갈 I.C - 영동고속도로 - 여주 I.C를 경유하여 여주군 소재 남한강변 마라톤대회 출발장소에 도착하니 서울에서 1시간 25분 정도가 소요되었다(거리: 87km). 아침 이른 시간대라서 소통은 원활하였으나 그제부터 내린 비가 가랑비로 바뀌어 쉼 없이 내렸다.
승용차를 신륵사(신라시대에 창건되었으며 세종대왕릉이 여주로 이전되면서 동 왕릉을 지키는 사찰로써 유명해졌다고 함) 관광단지 내 주차장에 주차하고 대회장에 갔더니 탤런트 황O식 님의 사회로 식전 행사가 진행되고 있었다.

가랑비가 그치지 않고 계속 내려 긴팔 티셔츠, 반바지, 장갑, 모자를 착용하고 뛰기로 결정하였다. 아직 감기중이라 정상 컨디션은 아니었으나 최선을 다하기로 하고 출발을 하였는데 1km 정도는 주로가 좁아 주자들을 추월하는데 어려움이 있었다.
4km 정도 지점에서 첫 경사로를 만났는데 그 이후 구간에서도 자주 경사길을 달리면서 2002.9.29 『문화일보 통일마라톤대회』 풀코스 참가 시 달렸던 통일로(임진각~파주종합운동장 왕복)의 경사길들이 주마등처럼 지나갔다.

가랑비는 쉼 없이 내렸지만 최선을 다해 달렸다.

5km - 22:12

10.55km - 48:50(반환점)

21.0975km - 1:38:20

비를 맞으며 뛰었지만 후반부가 전반부보다 40초 더 걸린데 그친 것을 보면 선전한 것 같다.

완주 후 가족과 함께 신륵사에 입장하여 사찰의 경건한 분위기에 취해 휴식을 취했다. 신륵사는 우리나라 사찰 중 드물게 강변에 있는 절이라고 한다. 신륵사에서 내려다본 남한강의 물줄기와 백사장이 아늑한 분위기를 연출하였다. 충주에서 시작된 남한강은 양평에 가서 강원도 화천에서 시작된 북한강과 합류하여 한강을 이룬다.

점심식사 후 12:50에 서울을 향해 출발했는데 영동고속도로에서 정체가 심해 서울까지 2시간 40분 정도가 소요되었다. 하프코스 완주 후 운전까지 하고 나니 무척 피곤했지만 보람 있는 하루가 되었다.

완주메달은 보통의 금속메달과 달리 크기는 비슷하지만 세라믹(도자기 재료)으로 제작한 것이 이색적이었다.

내일은 제107회 보스턴마라톤대회가 있는 날이다. 내일 밤에는 TV생중계를 시청하고 싶다. 내년에는 꿈의 대회, 보스턴마라톤대회에 꼭 출전할 수 있도록 하계훈련을 열심히 하여 10/19 춘천대회에서는 3:14:59 이내의 기록을 달성해야겠다.

(9) 『경향서울마라톤대회』에서 폭염과 전투를 치르다

나는 2003.03.16. 개최된 『2003 동아서울국제마라톤대회』의 풀코스에서 3:22:20의 기록을 수립한 지 두 달 만에 2003.5.11. 『잠실종합운동장~판교(하오고개) 왕복』 구간에서 개최된 『경향서울마라톤대회』의 풀코스에 출전하여 3:23:58의 기록으로 골인하였다. 완주 후 런다이어리(www.rundiary.co.kr)에 게시한 아래와 같은 『폭염과의 전투 기록』을 읽고 나니 그 날의 불볕더위가 느껴지는 듯하다.

지난 3/16(일) 동아마라톤에서 3:22:20의 기록을 수립하고 5/11(일) 만 8주 만에 생애 6회차 풀코스에 도전하기 위해 『제33회 대통령기 통일역전마라톤 겸 제3회 경향서울마라톤대회』에 참가했다.

어제는 친구 아들의 돌잔치에 갔다가 밤 10:20에 귀가하여 11시경 잠자리에 들었으나 풀코스 출전에 대한 기대감으로 인한 긴장 때문인지 숙면을 취하지 못했다.
새벽 5시경 기상하여 찹쌀떡 1개, 토마토 1개, 김밥 몇 개로 간단히 식사를 마치고 이번 대회 10km 부문에 참가하는 아내와 함께 07:30 경 집에서 출발하여 잠실종합운동장에 도착하니 시계가 08:15을 가리키고 있었다.

아내는 태어나서 지금까지 5/4(일)과 5/8(목)에 각각 2.5km를 뛰어 본 것을 제외하고는 훈련이 전무한 상태인데, 나의 권유에 의해 10km부문에 출전하게 되어 내심 걱정이 되어 아내에게 유의사항을 잘 설명하고 뛰다가 힘들면 포기하고 회수차량을 타라고 안내했다.

08:20경 직장 직원들의 집합장소에서 직원들 몇 사람과 인사를 나눈 후 물품보관소에 옷을 맡기고 화장실에서 소변을 보고 주경기장 앞 도로의 출발선으로 이동하였다.

09:00경 코미디언 이0식 님의 사회로 서울시장을 비롯한 주요인사가 소개되고 유의사항이 안내되었다. 창공에서는 대회를 축하하는 고공낙하쇼가 있었고 내 앞줄에는 탤런트 심0홍 님과 얼마 전 사하라마라톤에 참가하고 돌아온 시각장애인 이0술 님도 풀코스 출발을 위해 기다리고 있었다.

기온은 15도 정도로 마라톤을 하기에는 무더운 날씨였고 완주 무렵의 기온은 23도 정도로 예상되는 등 폭염과의 전쟁이 예상되었다.

09:20경 출발신호에 따라 동생과 함께 목표기록 3:15:00을 향해 42.195km의 대장정을 시작하였다.

동 기록을 달성하기 위해서는 5km당 23분의 속도로 even pace 를 유지해야 가능하기 때문에 각오를 단단히 하고 잠실벌의 힘찬 함성과 함께 출발하였다.

5km지점까지는 부담 없이 달려 21:50에 통과하였고 10km지점까지도 우려했던 교통통제의 혼란은 없는 상태에서 즐겁게 달렸다. 오늘 대통령의 방미를 위한 출국으로 인해 코스 중 서울공항 부근에서 교통통제를 어떻게 할지 걱정했었는데 1차선만 비워두고 2,3차선을 이용해서 달릴 수 있었다.

18km지점인 판교의 하오고개 직전까지는 무리 없이 달렸는데 하오고개에서는 기온은 올라가고 완만한 경사길이 계속되어 에너지를 많이 소비하였다.

반환점인 21.1km지점의 통과시간을 보니 목표시간대로 통과하고 있었으나 후반부에 기온이 올라가서 고전할 것을 생각하니 목표기록(3:15:00) 달성은 어려워 보였다.

23km지점 정도를 통과할 때 반환점을 향해 달리던 직장 동료가 내 이름을 부르면서 화이팅을 외쳤다.

25km지점부터는 무릎이 아파오기 시작하였다. 2002.03.01 마라톤입문 이후 14개월 동안 풀코스 6회차를 뛰고 있는데도 대부분의 주자들도 그렇듯이 이 지점부터는 항상 다리에 힘이 빠지고 무릎부분에 통증이 수반된다.

30km지점을 통과할 때 시계를 보니 목표시간보다 4분 정도 늦은 상태였고 태양은 이글거리고 있었다. 동아마라톤대회가 3월 중순에, 조선마라톤대회가 10월 하순에 각각 열리는 이유는 그때가 마라톤을 하기에 최적의 기상조건이기 때문일 것이다. 오늘

처럼 기온이 높은 날 최고기록(3:22:20)을 경신하여 보스턴 참가 자격에 해당하는 기록(3:15:00 이내 완주)을 목표로 설정한 것이 무리였다는 생각이 들었다.

마라톤의 벽 32km지점을 돌파하여 35km지점에 도달했을 때는 예상보다 무릎 통증이 심하지는 않았다. 풀코스 6회차 참가를 준비하면서 훈련을 부지런히 해왔던 덕분인지 통증이 참을만했다. 수서I.C 근처를 통과할 때 37.5km 거리표지판이 보였고 시계를 보니 2시간 59분대를 가리키고 있었는데, 후반부의 체력 저하를 감안하면 완주기록은 기존 최고기록보다 늦은 3시간 27분대가 예상되었다.

체력의 한계를 오직 투지로 극복해 가면서 속도를 내려고 하였지만 마음처럼 몸이 움직여 주지 않았다.

강남구를 뒤로 하고 39km 정도 지점인 탄천1교를 지나니 내가 살고 있는 송파구가 나를 반기듯이 시원한 바람이 불었다.

40km 정도 지점인 잠실종합운동장 사거리에서 좌회전을 하여 도로변에서 응원하고 있는 수많은 시민들의 응원에 힘입어 사력을 다했다.

드디어 잠실주경기장 앞 도로에서 우회전을 하여 마지막 경사길을 수많은 시민들과 각종 마라톤동호회 회원들의 우레와 같은 응원에 힘입어 속도를 냈다.

주경기장에 들어가기 직전 사랑하는 아내가 나를 부르고 있었다.

나는 10km부문에 생애 최초로 출전한 아내가 무사히 완주를 했는지 궁금했지만 물어 볼 상황이 아니었다.

주경기장으로 들어가는 남직문을 통과할 때는 1936년 베를린올림픽에서 우승한 故 손기정 선생과 1992년 바르셀로나올림픽에서 우승한 황영조 선수의 감격을 나도 느끼고 있다는 환상에 빠졌다.

드디어 메인스타디움에 입성하여 마지막 400m의 트랙을 둘러보니 주자들이 4~5명 달리고 있었다. 내 바로 앞 주자는 나보다 50m정도 앞에서 달리고 있었다. 항상 그랬듯이 결승선을 100m정도 앞두고 라스트 스퍼트를 하여 내 바로 앞 주자를 추월하고 두 팔을 번쩍 들고 골인하였다.

전광판의 시계는 3:23:58을 가리키고 있었다.

비록 목표기록 달성은 실패하였지만 풀코스 참가자 2,100 여 명 중 69등을 하였으므로, 폭염과의 전투에서 선전한 것으로 자평한다.

목표기록 달성은 기온이 평균 7~8도 정도로 시원한 10월 하순에 개최되는 조선일보 춘천마라톤에서 달성해야겠다.

오늘 동생은 3시간 16분대에 골인하였고 아내도 생애 최초 10km 출전에서 1시간 27분대의 기록으로 무사히 완주했다.

오늘 마라톤대회에서 무엇보다도 기쁜 일은 아내가 마라톤에 데

뷔(?)했다는 점이다.

올가을의 『조선일보 춘천마라톤대회』 한 달 전인 9월경에 아내가 나와 함께 하프코스에 출전할 수 있도록 아내의 훈련지도에도 신경을 써야겠다.

나는 2002.03.01 마라톤 입문 이후 지금까지 14.5개월 동안 누적훈련거리 3,011km를 달렸다.

마라톤은 정직한 운동이기 때문에 지금까지처럼 부지런히 훈련을 계속한다면 2003.10.19 춘천마라톤에서 목표기록을 달성하여 보스턴마라톤 참가자격을 취득할 것으로 전망한다.

(10) 최초 입상 마라톤 대회 『제3회 금융노조 마라톤』 (2003.5월)

나는 2003.05.11. 개최된 『경향서울마라톤대회』의 풀코스에서 3:23:58의 기록을 수립한 지 2 주 만에 2003.5.24. 상암동 월드컵공원 일원에서 개최된 『제3회 금융노조 마라톤대회』 17km코스에 출전하여 1:09:30의 기록으로 5위로 골인하였다. 완주 후 런다이어리(www.rundiary.co.kr)에 게시한 아래와 같은 『마라톤대회 생애 최초 입상 소감문』을 읽으면서 그날의 영광과 환희의 순간이 생생하게 떠올랐다.

♣ ♣ ♣

오늘 전국금융산업노동조합 주최로 서울 상암동 월드컵공원 일원(평화의 공원에서 출발하여 노을공원~하늘공원 외곽 2바퀴를 돌고 평화의 공원으로 골인)에서 제3회 금융노조 거북이마라톤대회가 있었다.

오전 09:25 가족과 함께 서울월드컵경기장에 도착하여 가볍게 몸을 풀고 동료직원들도 만났다.
가족은 5km 가족부문에 출전하고 나는 하프코스에 참가하였다.
출발할 때 선두에서 출발하여 처음부터 내 페이스를 유지하면서 뛰었는데 1.5km지점부터 선두그룹이 형성되었다.

1위는 처음부터 2위 그룹과 150m 정도의 차이를 벌리고 단독 선두로 나갔고 2위 그룹에 3명이, 5위는 나보다 100m 정도 앞서 가고 있었고 나는 6위로 달리고 있었다.

남자 17km 부문은 6위까지 시상하기 때문에 6위를 유지하려고 노력하였다. 5km지점부터 13km지점까지는 나는 6위를 유지하면서 5위보다 100m 정도 뒤에서 달리고 있었다.
그런데, 13km지점부터 5위와 거리를 좁히면서 15km 정도 지점에서는 5위와 200m 정도 동반주를 하다가 내가 5위를 추월하면서 5위로 달리기 시작하였다.
16km정도 지점부터는 속도를 내기 시작하였고 결승선을 500m

정도 앞두고 라스트 스퍼트를 시작하였다. 결국 나는 1:09:30의 기록(속도 : 14.68km/h)으로 5위로 골인하였고 6위와 7위는 나보다 각각 100m, 200m 정도 뒤로 골인하였다.

비록 오늘 대회가 유명한 대회는 아니지만 2002.03.01 마라톤에 입문한 이후 처음으로 입상하는 영광을 안았다.

상품으로 수입 전기다리미와 쌀 4kg을 받았다.

(11) 지리산 천왕봉(해발 1,915m)을 2시간 23분 만에 오르다

2003.07.21. 지리산 천왕봉(해발 1,915m)을 2시간 23분 만에 올랐다. 등정 후 런다이어리(www.rundiary.co.kr)에 게시한 아래와 같은 『지리산 천왕봉 등정기』를 읽고 나니 17년 전 30대 중반의 청춘시절이 사무치도록 그립다.

>>> 태산이 높다한들 하늘 아래 뫼이로다... <<<

지금은 하계휴가기간이라서 고향에 내려와 있다.

7/20(일) 가족과 함께 지리산자연휴양림(경남 함양군 마천면 소재)을 숙소로 정하고 지리산 벽소령에서 흘러내리는 시원한 계곡

물에서 피서를 하였다.

7/21(월) 새벽 4시에 기상하여 8km 거리에 있는 백무동매표소에 갔는데 당직 근무자가 기상특보를 안내하면서 낮부터 폭우가 쏟아질 것으로 예보되어 입산을 통제한다고 했다.

서울에서 지리산 천왕봉에 오를 목적으로 이곳 경남 함양 땅까지 왔는데 기상때문에 등산을 못한다고 생각하니 가슴이 너무 아팠다. 다시 숙소로 돌아가서 6시부터 9시까지 취침을 하고 9시경 다시 일어나 하늘을 바라보니 화창한 날씨였다.

그래서 다시 백무동매표소에 10:14에 도착하여 입산자 명단에 이름을 기록하고 혼자서 외로이 천왕봉(해발 1,915m)을 향해 대장정을 시작하였다.

지리산 천왕봉에 가장 빨리 오를 수 있는 코스는 중산리(경남 산청군) ~ 법계사 ~ 천왕봉코스(5.4km)로, 4시간 정도 소요된다고 한다. 이곳 백무동 ~ 하동바위 ~ 장터목산장 ~ 천왕봉 코스는 7.5km 거리로, 평균적으로 등산 5시간, 하산 4시간이 소요된다고 한다.

나는 오후가 되면 비가 내려 위험하고 계곡에서 기다리고 있는 가족들이 걱정을 많이 할 것 같아 빠른 속도로 주파하기로 각오를 단단히 하고 산을 오르기 시작하였다.

출발부터 급경사가 계속되었고 단체로 등산하는 여러 팀을 추월하면서 계속 전진하였다.

66

출발 후 25분이 경과되었을 때 하동바위(해발 900m)에 이르렀고, 50분이 경과하여 참샘에 이르러 물통에 생수를 가득 채우고 쉼 없이 계속 올랐다.

출발 후 55분이 경과하여 소지봉(해발 1,312 m)에 이르렀고 몇 km를 더 가니 망바위에 도달하였다. 참고로 소지봉 직전까지는 계곡이라서 급경사의 연속이었는데 이곳을 지나 장터목대피소까지는 비교적 완만한 경사로였다.
출발 후 1시간 52분 만에 장터목대피소(해발 1,653 m, 백무동에서 5.8km, 천왕봉에서 1.7km지점)에 이르렀는데 비구름이 온통 장터목을 가득 메우고 있어 천왕봉에 가는데 위험할지도 모른다는 불길한 예감이 들었지만 걸음을 멈추지 않고 계속 걸었다.

출발 후 1시간 55분 만에 제석봉(해발 1,806 m) 고사목지구에 이르렀고 잠시 후 통천문을 통과하여 드디어 구름위에 우뚝 솟은 천왕봉에 도달한 시각이 12:37으로, 백무동에서 출발한 지 2시간 23분 만에 정상에 오른 것이다.
1989년 대학 3학년 때 이곳에 처음 왔으니까 만 14년 만에 다시 천왕봉에 오른 것이다.
정상 표지석에 새겨진 문구(앞면: 지리산 천왕봉 해발 1,915m, 뒷면: 한국인의 기상 여기서 발원되다)는 14년 전과 동일했다.
정상 표지석의 문구를 음미하니 가슴이 뭉클해졌고, 사방을 둘러보니 태산준령의 연속이었고,

구름이 아래쪽에 뭉게뭉게 떠있는 모습을 보니 내가 신선이 된 것 같은 기분이었다.

민족의 영산 지리산 천왕봉의 장엄함을 가슴속에 간직하고 천왕봉에 오른 지 25분 만에 하산하기 시작하였다.
쉼 없이 걸어 오후 1:02에 하산을 시작한 지 2시간 3분 만인 3:05에 백무동에 도착하였다.
하산 도중 오후 2시 정도에 비가 내리기 시작하였는데 다행히 폭우가 내리지는 않았다.

오후 3:05에 가족과 합류하여 귀향길에 올랐는데, 3:30경 지리산 일성콘도(전북 남원시 산내면 소재) 근처에서 멋진 장면을 보았다.
금년 8월에 파리에서 개최되는 세계육상선수권대회에 참가 예정인 이0주, 지0준, 김0용 선수는 각각 전지훈련 중이라고 하는데, 김0용 선수가 일성콘도 앞 도로에서 훈련하고 있었다. 혹서기 고지훈련 차원에서 이곳 지리산에서 훈련하고 있는 것 같았다.
2002.11.03. 『중앙일보 서울국제마라톤대회』에서도 가까이에서 본 적이 있었는데, 그때 그 복장 그대로였다. 한국마라톤의 2인자 김0용 선수를 이곳에서 보니 너무 멋져 보였다.

(12) 5주 동안 동아/조선/중앙 메이저 대회에서
풀코스 3회 완주

2003.9.28. 동아일보 백제큰길마라톤대회(3:36:34), 2003.10.19. 조선일보 춘천마라톤대회(3:30:05) 참가에 이어 2003.11.2. 중앙일보 서울국제마라톤대회(3:27:58)를 완주함으로써 5주 동안 풀코스를 3회 완주함과 동시에 2002.3.01 마라톤 입문 이후 20개월 동안 풀코스를 9회 완주하는 기록을 수립하였다. 완주 후 런다이어리(www.rundiary.co.kr)에 게시한 아래와 같은 『중앙일보 서울국제마라톤대회 참가기』을 통해, 5주 동안 풀코스를 3회 완주하는 강행군을 하면서 피로가 누적되었을 것인데도 불구하고 완주기록은 단축되고 있음을 확인할 수 있다.

9/28 동아일보 백제큰길마라톤대회(3:36:34),

10/19 조선일보 춘천마라톤대회(3:30:05) 참가에 이어

11/2 오늘 중앙일보 서울국제마라톤대회(3:27:58)를 완주함으로써 5주 동안 풀코스를 3회 완주하였고 2002.3.01 마라톤 입문 이후 20개월 동안 풀코스를 9회 완주하는 기록을 수립하였다.

오늘 대회에서는 에스토니아 선수가 2:09:15의 기록으로 우승하였고 2위는 탄자니아, 3위와 4위는 케냐 선수였고, 우리의 기대주 김O용 선수(구미시청)는 2:13:05의 기록으로 5위를 하였고, 6

위는 삼성전자 소속의 선수였다.

오늘 대회는 5주 동안 세 번째 풀코스 출전이어서 기록에 연연하지 않기로 하고 참가했다.

오늘은 과거 대회에서 'OVER PACE'로 후반부에 고전했던 점을 시정하기 위해 전반부에 천천히 뛰어 하프 통과시간이 1시간 40분대였다.

작년 중앙일보 대회에서도 16.5km(판교 I.C 근처) 지점에서, 반환점을 돌아오는 엘리트 선수들을 보았었는데 오늘도 그 지점에서 선두그룹을 보았다.

선두그룹에는 흑인선수들만 보였고 200m 정도 뒤에서 김O용 선수를 포함한 두 번째 그룹이 달리고 있었다.

결승선을 10km 앞둔 32.2km지점을 통과할 때 시간이 2시간 35분대여서 체력이 어느 정도 남아 있는 것을 감안하면 나머지 10km를 53분 정도에 달리면 3시간 29분 이내에 골인할 것이라는 계산이 나왔다.

25km지점부터 40km지점까지는 한 여자 선수와 앞서거니 뒷서거니 하면서 달리다가 40km지점에서 내가 치고 나가면서 내가 먼저 3:27:58의 기록으로 골인하였다.

오늘 함께 출전한 동생은 3시간 19분대의 기록으로 골인하였다.

이제 올 시즌을 마감하고 내년 봄 동아마라톤대회를 기약해야겠다.

2. 마라톤 전성기 시절 (2004.3월 ~ 2005.2월)

(13) 마라톤 입문 2년 만에 풀코스 개인 최고기록 (3:19:48) 수립

나는 2004.03.14. 개최된 『서울국제마라톤대회 겸 제75회 동아마라톤대회』에 출전하여 풀코스 도전 10회차 만에 3시간 20분대의 벽을 격파하고 3:19:48의 기록으로 [2003 동아마라톤대회]에서 수립했던 개인 최고기록(3:22:20)을 2분 32초 앞당기는 쾌거를 달성하였다. 완주 후 런다이어리(www.rundiary.co.kr)에 게시한 아래와 같은 『풀코스 개인 최고기록 달성 기록』을 읽는 내내 16년 전 그 당시 42.195km 전 구간에서 펼쳐졌던 나의 투혼이 생생하게 느껴졌다.

♣　　♣　　♣

나는 2004.03.14.에 개최된 [서울국제마라톤대회 겸 제75회 동아마라톤대회]에 출전하여 풀코스 도전 10회차 만에 3시간 20분대의 벽을 격파하고 3:19:48의 기록으로 [2003 동아마라톤대회]에서 수립했던 개인 최고기록(3:22:20)을 2분 32초 앞당기는 쾌거를 달성하였다.

이번 대회는 작년 대회 때와는 달리 날씨가 매우 좋아 엘리트(프로)부문뿐만 아니라 마스터즈(아마추어)부문에서도 역대 국내대회 최고기록이 나와 동아마라톤대회가 세계적인 대회로 발전하고 있음을 보여주었다.

나는 어젯밤 잠을 제대로 이루지 못한 상태에서 새벽 4:40 기상하여 인절미,바나나,이온음료,커피 등으로 간단한 식사를 마친 후 전철을 이용하여 마라톤 출발장소인 광화문역으로 갔다.

날씨가 제법 쌀쌀하게 느껴졌지만 출전 선수들이 속속 도착하고 있었고 나는 스트레칭을 하다가 7시 직전에 함께 출전하는 동생을 만났다.

동생과 함께 서로를 격려하며 가볍게 몸을 풀다가 07:30 경에 출발 대기선으로 이동하였다.

하늘에는 KBS 중계방송 헬기가 요란하게 움직인 가운데 출발 직전 주요인사가 소개되었는데 작년에 참석했던 고건 국무총리는 대통령권한대행을 하고 있어서 그런지 참석하지 않고 교육부 총리가 참석하였다.

출발 당시 날씨는 구름이 잔뜩 끼어 있었고 기상예보에 의하면 강수 확률이 60%라고 하여 작년 대회의 악몽이 생각났는데 비가 오지 않기를 빌면서 출발준비를 하였다.

출발 직전 국가대항전인 [2002 부산아시안게임]을 제외하고 국내 대회에 7년 만에 출전하는 국민마라토너 이봉주 선수와 차세대 주자 지영준 선수에게 격려의 박수를 보내 달라는 사회자의 요청에 따라, 등록선수들보다 50m 정도 후방에 대기하고 있던 1만 3천 여 명의 마스터즈 참가자들이 뜨거운 박수갈채를 보내면서 선전을 기원하였다.

8시 정각에 출발신호가 울리자 동생과 함께 천천히 출발하면서 가능하면 끝까지 동반주 하기로 하고 목표기록(3:15:00)을 향해 105리길의 대장정을 시작하였다.

남대문, 을지로입구를 지나 동대문운동장에서 유턴하여 5km 지점을 통과한 시간을 보니 목표시간보다 30초 빨랐으나 힘들다는 생각은 없었다.

다시 을지로입구, 종각을 지나 10km 지점인 동대문지하철역을 통과한 시간을 보니 목표시간보다 1분 정도 빨랐고 아직도 크게 힘들다는 생각이 들지 않은 것을 보니 오늘의 컨디션은 양호하다는 생각이 들었다.

답십리를 지나 15km지점인 군자동에 도달했을 때 동생이 배에 약간의 통증이 있어 천천히 뛴다고 하여 나는 약간 속도를 올려 달리기 시작하였다.

어린이대공원, 광진구청을 통과하여 20km지점인 자양동에 도달하여 바나나와 음료수를 마실 때 동생이 나보다 50m 정도 앞에서 달리고 있는 모습을 발견하고 서로 화이팅을 외쳤다.

지금까지의 강북코스를 마치고 잠실대교에 진입하여 잠실대교 중간 정도에 있는 하프지점을 통과한 기록은 1:35:36으로, 후반부에 체력 저하가 심하지 않다면 목표기록(3:15:00) 달성의 가능성이 보였다.

잠실대교를 건너 잠실로 향할 때 예상과 달리 바람이 거의 없어 레이스에 지장을 주지 않았다.

잠실역사거리, 올림픽공원(평화의 문)을 지나 25km지점인 천호역사거리 초입을 통과할 때도 심하게 피곤하지는 않았다.

그런데, 길동사거리, 한국체대를 지나 30km 지점인 올림픽선수촌아파트에 도달하는 과정에서는 무릎에 약간의 통증이 시작되어 27.5km 지점과 30km 지점에서 자원봉사자에게 뿌리는 물파스를 뿌려 달라고 부탁하였다.

30km 지점에서 바나나와 이온음료를 마시면서 허기를 달랜 다음 계속 역주하여 올림픽공원 옆 임마뉴엘교회, 석촌역사거리를 지나 내가 살고 있는 송파역을 통과한 직후 34.3km 지점에 응원나온 아들과 딸이 내게 파이팅을 외치면서 " 삼촌은 지나 갔어! "라고 하였다.

사랑하는 가족의 응원에 힘입어 35km 지점인 탄천교에 도달하여 이온음료를 마시면서 통과기록을 보니 목표시간보다 1분 정도 늦었다. 종반부 체력 저하 현상을 감안하면 목표기록 달성이 난망 시 되었지만 '최선을 다하자'는 각오를 다지고 무릎에 뿌리는 물파스를 지원받고 힘을 냈다.

삼성의료원, 일원동 아파트촌을 지나 38km 지점에 있는 영동대로를 통과할 때의 내리막길이 다리의 근력이 저하된 상태에서 다리에 엄청난 충격을 주었다. 막판 속도를 내려고 했으나 근육 경련(쥐)의 징후가 있어 자제하였다.

39km 지점인 대치동을 통과하니 마지막 오르막 코스인 탄천2교가 인간의 한계를 시험하고 있었다.

'사점(Dead Point)'인 40km 지점에 이르러 마지막으로 음료를 마시고 뿌리는 물파스 지원을 받고 사력을 다하였으나 속도는 줄어들고 있었다.

종합운동장사거리를 지나 41km 지점에 이르니 잠실종합운동장이 보이기 시작하였고 시계를 보니 3시간 15분대를 가리키고 있었다. 이미 목표기록의 달성은 불가능하였으나, 반드시 개인최고기록(3:22:20) 경신 및 20분벽 돌파를 목표로 설정하고 필사의 각오로 최선을 다했다.

드디어 잠실종합운동장 입구에 이르러 우회전하니 사랑하는 가족들이 마지막 응원전을 펼쳤고 수많은 시민들이 결승선을 향하는 선수들에게 뜨거운 격려의 박수를 보내고 있었다.

마침내 잠실주경기장 남직문을 통과하여 트랙에 들어온 시간을 보니 3:18:30을 가리키고 있어 마지막 400m 트랙에서 역주하지 않으면 20분벽 돌파도 어려울 것 같아 장내 아나운서의 격려 멘트에 힘입어 속도를 내려고 하였지만 쉽지 않았다.

결승선을 150 여 m 남겨두고 시계를 보니 3:19:20를 가리키고 있어 100m를 남겨두고 라스트 스퍼트를 하였다.

" 골인기록 - 3:19:48 "   " 순위   - 1,818 위 "

2002.03.01. 마라톤 입문 이후 만 2년 동안 누적훈련거리 4,753km를 주파하면서 이룬 쾌거였다. 풀코스 10회차 완주에 개인 최고기록을 경신하여 너무 기쁘고 이런 가슴 벅찬 성취감이 마라톤의 묘미라고 생각한다.

체코의 전설적인 마라톤 영웅 '에밀 자토펙'의 "그냥 뛰고 싶으면 100m를 뛰어라. 그러나, 인생을 경험하고 싶으면 마라톤(42.195km)을 해라." 라는 명언이 오늘처럼 가슴 뭉클하게 느껴지기는 처음이다.
오늘 풀코스 9회차에 출전한 동생의 완주기록은 3:16:07(순위: 1454 위)으로 자신의 최고기록(3:11:??)보다 5분 정도 늦어 너무 아쉬웠다.
완주 후 동생과 함께 기념촬영을 하고 우리 가족과 합류하여 식사를 함께 하면서 가슴 따뜻한 가족애를 나누었다.

(14) 동생이 보스턴마라톤 참가자격 기준 기록을 달성한 경향서울마라톤대회

2004.5.9. 『제4회 경향서울마라톤대회』에서 풀코스를 완주함으

로써 2002.03.01. 마라톤 입문 이후 2년 2개월 동안 풀코스 11회를 완주하였다. 완주 후 런다이어리(www.rundiary.co.kr)에 게시한 아래와 같은 『동생의 보스턴마라톤 참가자격 획득 기록』을 읽으면서 1897년에 시작하여 세계에서 가장 오랜 역사와 권위를 자랑하는 보스턴마라톤에 관하여 다시 한 번 생각하게 되었다.   ♣   ♣   ♣

오늘   제4회   경향서울마라톤대회   풀코스를   완주함으로써 2002.03.01 마라톤 입문 이후 지금까지 2년 2개월 동안 풀코스 11회를 완주하였다.
지난 5/5(수)에 과음을 하고 어젯밤에는 수면시간이 너무 짧아 컨디션이 좋은 상태는 아니었고 비가 내리고 있음에도 불구하고 동생과 함께 출전하여 'fun run'하였다.

동생은 이번이 10회차 풀코스 도전인데 개인 최고기록(2002년도 춘천마라톤, 3시간 11분대)을 3분 정도 경신(3:08:58)하여 보스턴마라톤 참가자격(3시간 10분 이내, 연령대 구간별로 5~10분씩 차이가 있고, 여성은 남성보다 30분 늦음)을 쟁취하는 쾌거를 이루었다.

보스턴마라톤 참가자격 기준 기록
18-34세----남자 3:10, 여자 3:40
35-39세----남자 3:15, 여자 3:45
40-44세----남자 3:20, 여자 3:50

```
45-49세----남자 3:30, 여자 4:00
50-54세----남자 3:35, 여자 4:05
55-59세----남자 3:45, 여자 4:15
60-64세----남자 4:00, 여자 4:30
65-69세----남자 4:15, 여자 4:45
70-74세----남자 4:30, 여자 5:00
75-79세----남자 4:45, 여자 5:15
80세 이상---남자 5:00, 여자 5:30
 * 기록인정 유효기간은 2년임
```

비가 내리는 가운데 9시경 출발선상에 섰는데 열린우리당 의장, 한나라당 대표, 서울시장, 경찰청장, 외환은행장 등 주요인사가 소개되었다.

9시 2분경 출발을 알리는 축포소리를 듣고 42.195km의 대장정에 나섰다.   10km지점 통과기록은 45분, 하프지점 통과기록은 1시간 36분, 30km지점 통과기록은 2시간 18분, 32km지점 통과기록은 2시간 31분, 완주기록은 3시간 27분 27초였다.

오늘 기록은 오늘 코스와 비슷한 2003 중앙일보 서울국제마라톤대회에서 수립한 기록(3:27:58) 보다 31초 빨랐다.

오늘 레이스의 초반에는 비가 내렸으나 중반이후에는 비가 그쳐 뛰기에는 좋았다.

(15) 소주 1병 마신 다음 날 참가한 『제4회 금융노조 마라톤대회』

소주 1병을 마신 다음 날인 2004.5.16. 『제4회 금융산업노동조합 마라톤대회』의 하프코스에 출전하여 1:34:40의 기록으로 완주하였는데, 음주후유증을 감안하면 좋은 기록이다. 완주 후 런다이어리(www.rundiary.co.kr)에 게시한 아래와 같은 『알콜 해독 하프코스 완주기』을 읽으면서 마라톤이 숙취 해소에 도움이 된다는 나의 마라톤철학이 지금도 유지되고 있음을 성찰해보았다.

♣　♣　♣

어제 일기예보에 의하면 오늘 비가 온다고 하여 하프코스 참가를 포기하고 어제 초등학교에 다니는 아들의 친구들의 부모님들과 회식을 하면서 소주 1병 정도를 마셨다.

그런데, 아침에 기상해 보니 어제 일기예보와 달리 날씨가 맑아 승용차로 가족과 함께 여의도로 갔다. 나는 하프코스에 출전하고 가족은 5km 코스에 출전하였다.

작년에는 본 대회 하프코스에 출전하여 5위를 하였는데, 오늘은 음주후유증으로 10위 정도하였다. 나중에 행운권 추첨에서 전기주전자를 받는 행운을 안았다.

(16) 10월의 태양도 뜨거웠다 『동아일보 백제큰길 마라톤대회』

2004.10.10. 『동아일보 백제큰길 마라톤대회』에서 풀코스를 완주함으로써 2002.03.01 마라톤 입문 이후 2년 7개월 동안 풀코스 12회를 완주하였다. 완주 후 런다이어리 (www.rundiary.co.kr)에 게시한 아래와 같은 『10월의 태양과의 전투 기록』을 읽으면서 '마라톤대회 참가자 사망사고'에 관하여 다시 한 번 생각하게 되었다.

3:14:59 을 목표로 하고 뛰었지만 후반부의 폭염때문에 좌절되었다. 2002.03.01 마라톤 입문 이후 지금까지 풀코스 12회를 완주하였다.

25km지점까지는 5km당 23분의 속도로 페이스를 유지했는데 그 이후 구간에서 모자를 안 쓴 상태에서 뜨거운 태양을 그대로 받아 체력이 급격히 소진되었다. 모자를 준비하지 않은 것을 후회한 첫 대회였다.

항상 그랬듯이 35km이후 구간을 통과할 때 너무 힘들어 '마라톤을 왜 하나?'라는 생각을 하면서 뛰었지만 완주 후 공주소방서(?)에서 나와 뿌려준 시원한 물줄기가 11/7 중앙일보 서울국제마라톤대회 출전에 대한 의지를 북돋아 주었다.

오늘 날씨는 너무 무더워 이런 날에 오버페이스를 했다가는 지난 주 뉴스에서 보도된 '마라톤대회 참가자 사망사고'처럼 사망할 수도 있겠다는 생각이 들었다.

폭염을 감안할 때 나의 풀코스 12회차 완주기록(3:28:15)은 나쁘

지 않은 기록으로 생각되며,

나와 함께 출전한 동생은 3:09:00의 좋은 기록으로 11회차 풀코스를 완주하였다. 동생은 자신의 최고기록(3:08:58 - 2004.5.09 경향마라톤대회)에는 2초 미달하지만 무더위에 선전한 것이다.

동생이 나보다 마라톤 실력도 좋지만 다섯 살 차이라는 세월의 무게도 완주기록의 차이에 영향을 미쳤을 것으로 생각된다.

(17) 나의 마라톤 전성기는 끝났는가?

2004.11.07. 『아시아마라톤선수권대회 겸 중앙일보 서울마라톤대회』에서 42.195km를 완주함으로써 2002.03.01 마라톤 입문 이후 2년 8개월 동안 풀코스 13회를 완주하였다. 완주 후 런다이어리(www.rundiary.co.kr)에 게시한 아래와 같은 『짤막한 완주기』를 읽으면서 '나의 마라톤 전성기는 끝났는가?'라는 회상에 빠져들었다.

한편, 마라톤 서브쓰리(풀코스를 3시간 이내에 주파)를 생각하니 원희룡 제주도지사께서 2005년에 발간한 『나는 서브쓰리를 꿈꾼다』라는 제목의 자서전이 떠올랐다. 이 책은 2001년에 마라톤에 입문한 저자가 마라톤에서 육체적 한계 상황을 극복해 가는 일련의 과정, 가난했던 어린 시절의 일화로부터 학력고사 전국수석·사법고시 전체수석을 하기까지의 스토리, 자신의 공부비법 등을 담고 있다.　　♣　♣　♣

동생과 함께 참가하였다.
동생은 3시간 3분대의 기록을 달성하여 자신의 최고기록(3:08:58 - 2004.5.09 경향마라톤대회)을 경신하였다.
동생은 마라토너들의 꿈인 서브쓰리(풀코스를 3시간 이내에 주파)를 할 날이 얼마 남지 않은 것 같다.
나의 완주 기록(3:43:19)은 다소 저조하였지만 즐거운 마음으로 생애 13회차 풀코스를 완주하였다.

3. 마라톤 Fun Run 시절 (2005.3월 ~ 현재)

(18) 탄천로(송파구)에서 뛰다가 훈련 중인 이봉주 선수를 보다

2005.3.5. 탄천로에 나가 자전거를 타는 아들을 따라 뛰다가 국민마라토너 이봉주 선수를 보았다.

그 당시 런다이어리(www.rundiary.co.kr)에 게시한 아래와 같은 『아들과의 추억 일기』를 읽고 나니 지금은 대학생이 된 15년 전 초등학생 아들과의 소중한 추억이 사무치도록 그립다. 왜냐하면 이미 지나간 그 시절은 절대로 다시 오지 않을 것이기 때문이다.　　　　　♣　　♣　　♣

아침에 석촌호수에서의 10.1km 훈련에 이어 오후에 아들과 함께 탄천로에 나가 10km훈련을 하였다.

초등학교 3학년생 아들은 오늘부로 그간 즐겨 탔던 어린이용 자전거와 이별을 하고 처음으로 성인용 자전거를 탔고 나는 아들을 따라서 천천히 달렸다.

탄천로는 잠실종합운동장 바로 옆 한강에서 시작하여 용인시 죽전까지 포장된 자전거전용도로로, 24km 정도 되는데 훈련하기에 좋은 장소이다.

아들이 처음으로 성인용 자전거를 타기 때문에 처음에는 5km만 뛰려고 하였는데 아들이 더 할 수 있다고 하여 탄천교(잠실종합운동장에서 4.7km 지점)에서 시작하여 성남비행장 초입(잠실종합운동장에서 9.7km 지점)까지 가서 반환하여 돌아오는 중이었다.

아들과 다양한 화제를 가지고 대화를 하면서 뛰었는데 최근 흥행중이며 2주 전에 가족과 함께 관람했었던 영화 "말아톤"에 관하여 대화를 나누기도 하고, 마라톤 세계최고기록(2:04:55)과 한국최고기록(2:07:20)에 관하여 얘기를 하던 중, 아들이 한국최고기록 보유자인 이봉주 선수가 세계에서는 몇 위 정도 하냐고 묻기에 25위 정도 될 것이라고 대답을 하고 있는데, 100m 정도 전방에서 빠른 속도로 달려오고 있는 사람이 있어서 아들에게 "저기 뛰어오는 사람은 선수처럼 잘 달린다"고 얘기를 하였는데, 잠시 후 5m 정도 전방(잠실종합운동장에서 7.5km 지점, 오후 4시 13분경)에서 보니 이봉주 선수였다.

청색 훈련복에 선글라스를 착용하고 분당 쪽을 향해 뛰고 있었는데 내가 한눈에 알아보고 "안녕하세요!"라고 인사를 했더니 "예!"라고 답례하였다. 사람에게는 영감이라는 것이 있는 것 같았다. 이봉주 선수에 관하여 얘기하고 있었는데 이봉주 선수를 본 것이다.

2003년 여름에는 휴가차 가족과 함께 지리산자연휴양림(경남 함양군 마천면 소재)에서 1박을 하고 14년 만에 지리산 천왕봉에 다녀오는 길에 지리산 일성콘도(전북 남원시 산내면 소재) 앞 도로에서 훈련 중인 한국 마라톤의 2인자 김O용 선수를 본 적이 있었는데 오늘은 한국 마라톤의 1인자인 이봉주 선수를 탄천로에서 본 것이다. 국민마라토너 이봉주 선수를 가까이에서 보니 마라토너로서 기분이 흐뭇했다.

(19) 영국영화 『불의 전차』를 생각하며 안면도 백사장 달리기

2005.5.14. 직장 야유회를 안면도로 갔었는데, 맨발로 해변을 달리는 선수들의 모습으로 시작되는『1924년 파리올림픽』을 배경으로 영국 육상선수들의 이야기를 그린 영국영화 「불의 전차」를 생각하면서 안면해수욕장 백사장에서 3km를 달렸다.   그 당시 런다이어리(www.rundiary.co.kr)에 게시한 아래와 같은 『안면도 백사장 달리기 기록』를 읽고 나니 15년 전의 소중한 추억이 그리움으로 다가왔다.

직장에서 안면도로 야유회를 갔다.

펜션에서 과음하다 늦은 시간에 취침하였는데 다음 날 일찍 기상하여 안면해수욕장에 나가 갯바람을 맞으며 조깅을 하고 나니 숙취가 해소되었다.

뛰는 동안, 맨발로 해변을 달리는 선수들의 모습으로 시작되는 『1924년 파리올림픽』을 배경으로 영국 육상선수들의 이야기를 그린 영국영화「불의 전차」가 생각났다.

(20) 강변북로에 휘몰아친 강풍과의 전투 『제6회 경향 신문 서울마라톤대회』

2006.4.16. 『제6회 경향신문 서울마라톤대회』에서 42.195km를 완주함으로써 2002.03.01 마라톤 입문 이후 4년 1개월 동안 풀코스 17회를 완주하였다. 완주 후 런다이어리 (www.rundiary.co.kr)에 게시한 아래와 같은 『강풍과의 전투기록』을 읽으면서 '맞바람이 마라톤 기록에 미치는 영향'에 관하여 생각해보았다.

♣　♣　♣

2002.03.01 마라톤입문 이후 지금까지 풀코스 17회를 완주하였다. 반환점 이후 강한 맞바람때문에 너무 힘든 대회였다.

강풍 때문에 걷는 사람들도 많았고 포기 후 회수차량에 탑승하는 사람들도 많았다. 왕복코스라서 지루하고 주변에 건물이 없어 강풍에 취약한 코스였다.

(21) 이봉주 선수가 우승한 『2007서울국제마라톤대회 겸 제78회 동아마라톤대회』

2007.3.18. 『2007서울국제마라톤대회 겸 제78회 동아마라톤대회』에서 42.195km를 완주함으로써 2002.03.01 마라톤 입문 이후 5년 동안 풀코스 19회를 완주하였다. 완주 후 런다이어리 (www.rundiary.co.kr)에 게시한 아래와 같은 『국민마라토너 이봉주 선수의 쾌거 기록』을 읽으면서 '선수시절 20년 동안 풀코스를 41회 완주한 이봉주 선수의 성실성'에 관하여 다시 한 번 경의를 표했다.

<구간 기록>

5km: 25분	10km: 49분
15km: 1시간 15분	20km: 1시간 40분
하프: 1시간 47분	32.2km: 2시간 52분
40km: 3시간 39분	풀: 3시간 52분 49초

풀코스 19회차 출전을 앞두고 후반부의 급격한 체력 저하를 예방하기 위해 오버페이스를 하지 않으려고 다짐했다.
또한 후반부에 발생하는 무릎 통증을 완화시키기 위하여 이번에는 양쪽 무릎에 파스를 부착하고 뛰었다.
하프지점을 1시간 47분에 통과하면서 목표기록 4시간 달성을 조심스럽게 기대해 보았다.
후반구간은 전반구간보다 18분이 더 소요된 2시간 5분에 달렸지만 진정한 마라톤구간인 32.2km이후의 10km 구간에서는 평소

보다 빠른 1시간 만에 주파하였다.

초·중반부에 오버페이스를 하지 않았기 때문에 마지막 10km구간을 급격한 체력 저하 없이 질주하였고, 특히 40km 이후의 2.195km 구간에서는 평소 조깅수준의 속도인 13분 정도에 달렸다.

레이스 도중 25km지점(군자교 부근)에서 이봉주 선수가 2시간 8분대의 기록으로 우승했다는 소식을 자원봉사자로부터 듣고 무척 흥분되었고 사기가 진작되었다.

완주 후 이봉주 선수가 2시간 8분 4초의 기록으로 2위와 25초 차이로 우승하였음을 확인하였다. 자신이 2000년 동경마라톤에서 수립한 한국최고기록(2:07:20)에는 44초 뒤지지만 만 37세의 노장임을 감안하면 쾌거였다.

금일 이봉주 선수의 기록은 국내에서 한국선수가 달성한 최고기록이며 올 시즌 세계최고기록이라고 한다.

이봉주 선수는 1990년 전국체전에서 2위를 하면서 마라톤을 시작하였고, 1996년 애틀란타 올림픽에서 2위를 하면서 제1의 전성기를, 2001년 보스턴마라톤에서 우승하면서 제2의 전성기를, 오늘 『2007서울국제마라톤』에서 우승하면서 제3의 전성기를 맞이하였다. 2008년 베이징올림픽에서 선전하기를 기원한다.

17년간 풀코스 35회를 완주한 이봉주 선수의 성실성에 경의를 표한다.

(22) 제주도에서 10km 달린 후 국토 최남단 『마라도』 여행

직장에서 2007.4.14(토) ~ 4/15(일) 1박 2일 일정으로 서울에서 비행기를 타고 제주도로 야유회를 갔었는데, 이 야유회에 참가하느라 2007.4.15. 서울에서 개최된 『경향신문 서울마라톤대회』의 풀코스에 출전하지 못한 아쉬움을 달래기 위해, 4/15(일) 새벽 5:50경 기상하여 '한화콘도 제주'에서 '명도암 유스호스텔'까지 왕복 10km를 48분(06:02 ~ 06:50) 동안 뛰었다. 그 당시 런다이어리(www.rundiary.co.kr)에 게시한 아래와 같은 『제주도/마라도 여행기』를 읽고 나니 13년 전의 소중했던 추억들이 그리움으로 다가왔다.

♣　　♣　　♣

직장에서 4/14(토) ~ 4/15(일) 1박 2일 일정으로 서울에서 비행기를 타고 제주도로 야유회를 갔다.

첫째 날 저녁, 각종 해산물을 안주 삼아 과음한 후 '한도콘도 제주'에서 투숙하였다.

둘째 날 새벽, 이번 직장 야유회에 참가하느라 오늘 서울에서 개최되는 『경향신문 서울마라톤대회』의 풀코스에 출전하지 못하는 아쉬움을 달래기 위해, 동료 직원들이 깊은 잠에 빠져있는 5:50경 기상하여 '한화콘도 제주'에서 '명도암 유스호스텔'까지 왕복

10km를 48분(06:02 ~ 06:50) 동안 뛰고 나니 숙취가 해소되었다.

아침식사 후 유람선을 타고 국토 최남단 마라도에 갔었는데, 석촌호수 규모의 작은 섬에 불교사찰, 교회, 성당 등 우리나라 3대 종교시설이 모두 있다는 것이 이채롭게 느껴졌고, 중국음식점, 관광용 카트, 등대 등도 관광객들의 눈길을 끌었다.

(23) 마라톤의 매력, 풀코스 20회차 완주

2007.10.03. 『제5회 국제평화마라톤대회』에서 풀코스를 완주함으로써 2002.03.01 마라톤 입문 이후 5년 7개월 동안 풀코스 20회를 완주하였다. 완주 후 런다이어리(www.rundiary.co.kr)에 마라톤에 관한 나의 철학을 담은 『마라톤의 매력』이라는 제목의 에세이(아래 참조)를 게시하였다.

>>> 마라톤의 매력 <<<

가을은 운동하기에 매우 좋은 계절이다. 운동을 거창하게 생각하면 쉽게 시작할 수 없다. 비교적 쉽게 시작할 수 있는 운동이 걷기이다. 집 근처 학교운동장이나 공원에 가보면 파워워킹을 즐기는 사람들이 많다. 시작이 반이라고 했다. 당장 오늘부터 가벼운

복장으로 학교운동장에 나가 가족과 함께 걷기를 시작해 보시지요! 일단 시작한 운동이 작심삼일로 끝나지 않기 위해서는 운동습관을 형성하는 것이 중요하다고 생각한다. 인간의 행동이 습관으로 형성되는 데는 평균 66일이 소요된다고 한다. 누구나 건강한 생활을 위하여 운동의 필요성은 공감하고 있다. 따라서, 운동의 필요성을 공감하고 일단 운동을 시작하였으면 이를 악물고 10주 동안 실천하면 습관이 된다.

『ASICS (ANIMA SANA IN CORPORE SANO) : 건강한 신체에 건전한 정신이 깃든다』

라는 평범한 진리도 건강한 신체의 중요성을 강조하고 있다.

건강을 위해 시작한 운동, 마라톤!

나는 2002년 3월 마라톤입문 이후 지금까지 5년 7개월 동안 풀코스를 20회 완주하면서 마라톤의 매력에 푹빠져 산다. 그러나, "過猶不及"이라고 했다. 풀코스 개인최고기록(3:19:48)를 달성했던 전성기(?)때는 매년 풀코스를 4~5회 완주하였지만, 요즘은 기록에 연연하지 않고 펀런(Fun Run)하기 위하여 봄과 가을에 한 차례씩만 풀코스를 완주한다.

우리나라의 마라톤인구도 300만 명이 넘는다고 한다. 마라톤은 단순한 운동이라 재미가 없다고 생각하기 쉬운데 나름대로 멋과 맛이 있는 운동이다. 경제적으로 부담이 없는 운동이고 러너스하이(RUNNERS' HIGH, 중간 강도의 운동을 30분 이상 계속했을 때 느끼는 행복감)도 만끽할 수 있는 장점이 있다.

개천절인 오늘, 2007.03월 동아마라톤대회에서 풀코스를 마지막으로 완주한 후 7개월 만에 생애 20회차 풀코스에 출전하였다. 강남구체육회에서 주최한 국제평화기원 마라톤대회(잠실종합운동장~양재천~탄천 왕복)에 출전한 것이다. 지구상의 유일한 분단국가, 한반도의 평화를 기원하는 대회의 취지에 맞게 주한 미8군 사령관, 주한 외국 외교관 등 다수의 외국인들도 참가하였다.

또한, 2004년 아테네올림픽 마라톤대회에서 35㎞ 지점까지 선두로 달리다 아일랜드 출신 종말론자의 습격을 받아 넘어지면서 페이스를 잃는 바람에 동메달을 따는 데 그쳤던 리마(37세, 브라질) 선수도 초청인사로 소개되었다.

출발 직전 가랑비가 내렸지만 햇볕이 쬐는 날씨보다는 이처럼 약간 흐린 날씨가 마라톤을 하기에는 시원해서 좋다. 레이스 초반에 우연히 3:30 페이스메이커와 함께 뛰게 되었다. 오늘 목표기록은 4시간이므로 굳이 3:30 페이스메이커의 속도에 맞출 필요는 없었지만 비교적 평탄한 코스라서 힘들이지 않고 3:30 페이스메이커를 따라 갔는데 10km 지점(서초구 양재동 시민의 숲 근처)은 내가 먼저 통과하였다. 통과기록이 49분대였는데 목표기록 4시간을 감안하면 오버페이스를 한 것이기 때문에 약간 속도를 늦췄다. 5km마다 설치된 급수대에서 생수를 빠짐없이 마셨고 평균10km마다 공급되는 초코파이, 바나나도 에너지 비축을 위하여 꼬박꼬박 챙겨 먹었다. 양재천과 탄천은 한강시민공원과 연결되는 자전거전용도로라서 자전거가 자주 다녀서 주자와 충돌하는 장면도 몇 차례 목격하였다. 그러나, 나는 평상시에 이곳에서 훈련하기 때문에 지형지물을 잘 파악하고 있어 다른 낯선 코스보다 편안한 마음으로 달렸다.

풀코스의 전반부는 평소 주말의 훈련거리여서 비교적 쉽게 달렸고, 하프지점(송파구 장지동)을 1시간 45분대의 기록으로 통과하였다. 후반부의 체력 저하를 감안하더라도 3시간 50분 이내에 골인할 수 있을 것 같은 느낌이 들었다. 세계적으로 유명한 보스턴, 뉴욕, 시카고, 런던, 베를린 마라톤대회는 전체 시민의 축제로 자리잡아 수십만 명의 응원인파가 42.195km 전 구간에 걸쳐 박수갈채를 보낸다고 하는데, 우리나라는 동아마라톤, 춘천마라톤 등 몇 개 메이저대회를 제외하고는 응원인파가 거의 없다. 오늘 코스에도 응원 인파는 없었지만 풀코스 도전은 어디까지나 자기 자신과의 고독한 싸움이기에 박수갈채를 보내는 응원 인파가 없으면 어떠하랴!

한참을 달려 25km지점(서울공항: 성남비행장)에 도달하자 계속해서 직전 주로가 뻗어 있어 체력이 저하된 상태에서 무척 지루하고 피곤한 레이스가 계속되었다. 춘천마라톤은 의암호를 한 바퀴 도는 곡선 코스여서 만산홍엽의 가을단풍을 감상하면서 달리는 즐거움이 있는데 이곳 코스는 약간 삭막하였다. 그러나, 날씨는 계속해서 구름이 태양을 가리고 있어 무덥지 않아 마라톤을 하기에 최적의 날씨에 감사하면서 힘을 냈다.

지루한 코스와 악전고투한 끝에 드디어 반환점(27km지점, 성남시 모란시장 근처)에서 유턴하였다. 이제 결승선까지는 약 15km가 남았다. 중간중간에 초코파이, 바나나를 섭취하였지만 에너지는 바닥을 향해 질주하고 있었다. 그렇지만 풀코스 완주 19회의 관록(?)을 가진 내가 이 정도에 좌절할 수는 없었다. 북동쪽에 있는 남한산성과 정북쪽에 있는 북한산을 바라보며 그 정기를 받아 에너지가 고갈되는 그 순간까지 최선을 다하겠다고 각오를 새롭게 하였다.

극도의 피로와 싸우면서 드디어 마라톤의 진정한 시작 지점인 32km지점(송파구 문정동)을 2시간 45분대에 통과하였다. 누군가 말하기를 '마라톤은 32km 이후의 10km 구간을 달리는 것이다'고 하였다. 지금까지는 풀코스의 워밍업 구간이었다. 앞으로 남은 10.195km 구간이 마라톤의 진수를 체험할 수 있는 최대 승부처이다. 극한의 육체적 고통으로 인해 포기하려는 본능과 자기와의 싸움에서 승리하려는 강인한 의지가 치열한 전투를 하여 전자가 승리하면 풀코스 완주의 성취감은 만끽할 수 없게 된다. 체력 저하를 감안하여 남은 구간을 1시간 이내 주파하면 3시간

45분대에 골인할 수 있을 것으로 예상되었다. 이제부터는 체력이 아닌 정신력과의 싸움이 시작된다. 풀코스 완주 19회 동안 항상 그랬듯이 이 구간에서는 항상 '왜 뛰고 있는지' 내 자신에게 질문하면서 회의를 느끼곤 한다. 육체적 고통이 감내하기 어려워 다시는 마라톤을 하지 않겠다고 다짐하지만 완주 후에는 성취감에 젖어 불과 몇 분 전의 다짐을 잊어버린다.

37km지점(탄천1교, 강남구 대치동)에 이르자 결승선인 잠실종합운동장이 멀리서 보였다. 주자들 중 절반 정도는 에너지가 고갈되어 걷고 있었다. 이제 5km 정도를 더 달리면 또 한 번의 완주를 하면서 풀코스 20회를 완주하게 된다는 성취감을 가슴에 안고 결코 걷지 않고 쉼 없이 달렸다.

강남경찰서를 통과하여 청담교 옆 40km 지점(DEAD POINT)에 도달하여 마지막 급수대에서 물을 2컵 마셨다. 이제 남은 2.195km 구간은 오직 불굴의 투지로 달려야 한다. 결승선인 잠실종합운동장을 눈앞에 두고 라스트 스퍼트를 시도해 본다. 그러나 체력이 소진되어 300m 정도를 질주하다가 거친 숨을 몰아쉬면서 속도가 다시 떨어진다. 육체의 처절한 고통과 사투하면서 드디어 잠실종합운동장(메인스타디움)의 남직문을 통과한다.

불과 3일 전 베를린에서 2시간 4분 26초의 기록으로 남자마라톤 세계기록 역사를 새로 쓴 "하일레 게브르셀라시에(34·에티오피아)"가 최고의 성취감을 만끽했듯이 나도 이 문을 통과할 때면 항상 가슴 벅찬 감동에 젖는다. 이것이 마라톤을 지속하는 이유가 아닐까?

메인스타디움 안의 수많은 관중의 응원에 힘입어 결승선을 향하여 사력을 다해 라스트 스퍼트를 하였다. 드디어 결승선을 두 손번쩍 들고 통과하면서 42.195km의 대장정을 마감하였다.

달성기록 - 3:42:58

2002.03월 마라톤 입문 이후 5년 7개월 동안 7,773km를 달려왔고, 풀코스를 20회 완주함으로써 나의 마라톤 역사에 한 획을 그었다.

귀가 후 대학후배가 가족과 함께 우리 집에 놀러와 저녁식사를 함께 하면서 즐거운 시간을 보냈다.

(24)   불암산(4호선 상계역) ~ 수락산(7호선 장암역) 2山 종주(15.3km)

2007.10.20. 불암산(상계역) ~ 수락산(장암역) 2산 종주를 하면서   호연지기를   키웠다.   종주   후   런다이어리 (www.rundiary.co.kr)에 게시한 아래와 같은 『산행기』를 읽고

나니 13년 전 30대 후반의 청춘시절이 너무 그립다.

♣　♣　♣

10:22 - 가락동 집에서 출발　　10:37 - 송파역 출발

11:41 - 상계역 도착　　　　　　11:46 - 불암산 공원 입구 출발

12:40 - 불암산 정상 (해발 507M) 도착

12:50 - 불암산 정상 출발　　13:33 - 상계4동 사무소 통과

13:45 - 동막골 통과　　　　　15:11 - 수락산 정상(637M) 도착

수락산은 정상부근에 치마바위, 하강바위, 철모바위 등 암봉이 많아 위험한 구간이 많았다. 정상에 아이스크림 장수가 있었으나 강한 바람으로 인해 체감온도가 영하여서 사먹는 등산객이 별로 없었다.

15:21 - 수락산 정상 출발　　16:08 - 석림사 통과

16:13 - 식당가 통과　　　　　16:28 - 장암역 출발

17:37 - 가락동 집 도착

2산 종주를 하고 나니 무릎이 상당히 아프다.

(25) 동계훈련을 게을리 한 혹독한 대가를 치른
『2008서울국제마라톤대회 겸 제79회 동아마라톤

대회』

 2008.03.16. 『2008서울국제마라톤대회 겸 제79회 동아마라톤 대회』에서 42.195km를 완주함으로써 2002.03.01 마라톤 입문 이후 6년 동안 풀코스 22회를 완주하였다. 완주 후 런다이어리 (www.rundiary.co.kr)에 게시한 아래와 같은 『저조한 마라톤 기록』를 보면서 역시 마라톤은 정직한 운동이라는 것을 새삼 실감했다.   ♣   ♣   ♣

- 장소 : 광화문-잠실종합운동장
- 시간 : 4시간 20분 51초 (08:08 - 12:28:51)

4개월 전 중앙마라톤 출전 이후 훈련을 거의 하지 않은 상태에서 출전하여 너무 힘들었다.
역시 마라톤은 정직한 운동이라는 것을 실감했다.

(26) 하계훈련을 열심히 하여 평균 완주기록을 회복한 『2008 중앙서울마라톤대회』

2008.11.02.『2008 중앙서울마라톤대회』에서 풀코스를 완주함으로써 2002.03.01 마라톤 입문 이후 6년 8개월 동안 풀코스 24

회를 완주하였다. 완주 후 런다이어리(www.rundiary.co.kr)에 게시한 아래와 같은 『양호한 마라톤 기록』를 보면서 역시 마라톤은 땀 흘린 만큼 기록이 향상되는 정직한 운동이라는 것을 다시 한 번 깨달았다.

♣　　♣　　♣

- 장소 : 잠실종합운동장-서울공항 후문 왕복
- 시간 : 3시간 40분 26초 (08:00 - 11:40:26)

풀코스 24회차 완주

구간별 통과시간은 아래와 같다.

5km : 23분대	10km: 46분대
12.5km: 59분대	하프지점: 1시간 42분 52초
32.195km: 2시간 41분대	41.195km: 3시간 35분대
42.195km: 3시간 40분 26초	

(27) 하프코스 개인 최고기록(1:32:04)을 세운 『제9회 금융노조 거북이마라톤대회』

2009.09.12. 『제9회 금융노조 거북이마라톤대회』의 하프코스에서 1:32:04의 기록으로 완주함으로써, 2004.4.11. 분당마라톤대회에서 세운 기존 개인 최고기록(1:32:28)을 5년 5개월 만에 24

초 앞당겼다. 완주 후 런다이어리(www.rundiary.co.kr)에 게시한 아래와 같은 『쾌거 기록』을 보면서 하프코스 개인 최고기록을 24초 앞당기는데 5년 5개월이 소요되었다는 사실에 마라톤은 인고의 세월이 필요하다는 것을 다시 한 번 생각하게 되었다.

♣   ♣   ♣

- 장소 : 잠실선착장 ~ 반포대교 왕복
- 시간: 1시간 32분 4초 (10:05 - 11:37:04)
- 거리 : 21.0975km

나의 가족, 내 친구 가족, 딸 친구 가족 등은 5km 가족부문에 참가하였고, 나는 하프코스 개인부문에 참가하였다.
나는 1:32:04의 기록으로 완주함으로써, 2004.4.11. 분당마라톤대회에서 세운 기존 개인 최고기록(1:32:28)을 5년 5개월 만에 24초 앞당겼다.

(28) 2011.3월~2013.3월 풀코스 6개 대회에서 전부 3시간 30분대 기록 수립

2013.03.17. 『2013서울국제마라톤대회 겸 제84회 동아마라톤대회』에 참가하여 3:36:45의 기록으로 풀코스 37회차를 완주함으로써, 2011.3월부터 2013.3월까지 출전한 풀코스 6개 대회에서

모두 3시간 30분대 기록을 수립하였다(아래 완주기 참조).

오늘 오전에 [광화문-남대문-을지로-청계천-종로-신설동-군자교-어린이대공원-서울숲-자양동-잠실대교-잠실역-석촌호수-배명고사거리-송파구민회관-아시아선수촌아파트-잠실종합운동장] 코스에서 진행된 『2013서울국제마라톤대회 겸 제84회 동아마라톤대회』에 참가하여 3:36:45의 기록으로 풀코스 37회차를 무사히 완주하였다. 이번 완주는 智德體 함양을 목적으로 2년 전에 시작했던 독서 대장정이 252권을 돌파한 시점이어서 더욱 의미가 있는 완주였다.

오늘 대회에서 케냐의 철각 프랭클린 쳅크워니(29)이 2:06:59의 기록으로 우승하였는데, 작년 동아마라톤대회에서 수립된 국내 마라톤 대회 최고기록(2:05:37)이 경신되지 않아 다소 아쉬움이 남는다.

마라톤에서 좋은 기록을 수립하기 위한 3대 조건은 코스, 컨디션, 날씨라고 하는데,

오늘 레이스가 펼쳐진 시간대의 평균 기온이 9도 정도로 마라톤을 하기에 최적의 날씨여서 나는 오늘 대회에서 아래와 같은 최근 대회의 기록 중에서 두 번째로 좋은 기록으로 완주하였다.

(1) 2013-03-17 2013서울국제마라톤대회 겸 제84회 동아마라톤대회 / 42.195km / 3시간36분45초
(2) 2012-11-04 2012중앙서울마라톤대회 / 42.195km / 3시간

36분25초

(3) 2012-10-03 제10회 국제평화마라톤대회 / 42.195km / 3시간37분55초

(4) 2012-03-18 2012서울국제마라톤대회 겸 제83회 동아마라톤대회 / 42.195km / 3시간39분55초

(5) 2011-11-06 2011중앙서울마라톤대회 / 42.195km / 3시간38분15초

(6) 2011-03-20 2011서울국제마라톤대회 겸 제82회 동아마라톤대회 / 42.195km / 3시간36분50초

오늘 기록은 2004.3.14. 제75회 동아마라톤대회에서 수립한 개인최고기록(3:19:48)에 비하면 17분 정도 늦지만 세월의 무게를 감안하면 그런대로 좋은 기록이라고 자평한다.

일기예보에 의하면 오늘 오전에는 맑은 날씨이고(밤부터 비가 내릴 것으로 예보), 기온은 출발시각인 8시 10분경에는 6도, 골인 예상 시각인 11시 50분경에는 11도로 각각 예보되어, 마라톤을 하기에 최상의 날씨가 될 것으로 예상되어 좋은 기록의 완주를 기대하면서 광화문 이순신 장군 동상 앞 도로의 스타트라인에 섰다.
오늘 대회를 생중계하는 MBC의 중계 헬기가 세종로 상공에서 요란하게 비행하고 있는 가운데 출발신호를 기다리는 2만여 명의 참가자들의 표정에서 백오리길 여행을 반드시 완주하겠다는

비장한 각오를 읽을 수 있었다.

나는 프로 선수들을 가까운 곳에서 보기 위하여 아마추어 선수들 중에서 제일 앞부분에서 출발 대기를 했었는데, 수십 명의 엘리트 선수들의 표정을 통해 자신과의 치열한 전투를 앞둔 전사들의 팽팽한 긴장감을 느낄 수 있었다.

08시 정각에 프로 선수들이 출발하였고, 마스터즈 선수들은 본인들의 기존 완주기록 순서대로 그룹을 편성하여 그룹별로 순차적으로 출발하였는데, 나는 08:05:35에 출발하면서 목표 완주기록을 작년 가을에 출전한 중앙마라톤대회의 완주기록(3:36:25)을 경신하는 것으로 설정하였다

을지로 왕복 구간에 있는 5km 지점과 10km 지점을 각각 22분대에 통과하였고, 청계천변을 따라 왕복한 후 종로, 동대문, 신설동을 거쳐 용두동에 있는 하프 지점을 1시간 38분대에 통과하면서 후반의 체력 저하를 감안하더라도 풀코스를 3시간 36분대에 완주할 수 있을 것 같은 예감이 들었다.

뚝섬 서울숲에 있는 30km 지점을 2시간 24분대에 통과하였고, 자양동에 있는 32.2km 지점을 2시간 37분대에 통과하면서 앞으로 남은 10km의 거리를 1시간 이내에 주파하면 풀코스를 3시간 36분대에 완주할 수 있겠다는 계산을 해보았다. 누군가 말하기를 마라톤은 32.2km 지점 이후의 10km 구간을 달리는 것이라고 하였다. 결과적으로 3:36:45 의 기록으로 골인하였으므로 최종 10km 구간을 59분대에 주파한 셈이다.

마라톤은 에너지 소모가 많은 운동이기 때문에 경기 도중 간식

과 음료수를 적당하게 섭취해야 하므로 5km 구간마다 이온음료를 1잔씩 마셨고, 20km 지점에서는 바나나 1개, 30km 지점에서는 초코파이 1개를 각각 섭취한 덕분에 최종 10km 구간의 체력 저하를 최소화할 수 있었다.

결승선을 800여 미터 앞둔 지점인 종합운동장역부터 올림픽주경기장까지의 주로는 약간 언덕이지만 수많은 시민들의 응원에 힘입어 라스트 스퍼트를 하였다.

오늘 풀코스 37회차 완주기록(3:36:45)은 불과 21초 차이로 작년 가을에 출전한 중앙마라톤대회의 완주기록(3:36:25)을 경신하지는 못했지만 최근 대회의 기록 중에서 두 번째로 좋은 기록으로 완주한 것에 만족한다.

나는 금년 가을에 또 한 번의 마라톤 풀코스에 도전할 것이며 지금까지 풀코스에 도전하여 단 한 번의 포기도 없었듯이 나는 또 한 번 완주하여 또 한 번의 성취감과 환희를 만끽할 것이다. 지구 한 바퀴(40,120 km)를 완주하는 그날까지 나의 도전은 계속될 것이다.

(29) 2014.5.3.에 이어 2014.5.5.에도 연습 삼아
홀로 풀코스 완주

 2002.03.01 마라톤 입문 이후 2017.02.26. 한강에서 42.195km

를 완주하기까지 15년 동안 풀코스를 52회를 완주하였는데, 이 중에서 6회는 대회 참가가 아닌 연습 삼아 홀로 완주한 것이다 (①풀코스 1회차/2002.05.01./잠실 석촌호수/4:16:50, ②풀코스 2회차/2002.06.01./춘천 의암호/3:52:33, ③풀코스 38회차 /2013.05.17./한강시민공원<한강대교~구리암사대교   왕복> /4:26:29, ④풀코스 42회차/2014.05.03./한강시민공원 <여의나 루역~광진교 왕복>/4:54:00, ⑤풀코스 43회차/2014.05.05./한 강시민공원<잠실대교~팔당역 왕복>/5:05:00, ⑥풀코스 52회차 /2017.02.26./한강시민공원 <여의나루역~광진교 왕복>/5:00:00, 아래 참조).

특히 2014.5.3.과 2014.5.5.은 격일로 2회 완주하였는데, 이 때 왼발 엄지발가락의 발톱이 빠지는 영광의 상처를 가졌다. 그 당 시 런다이어리(www.rundiary.co.kr)에 게시한 아래와 같은 『훈 련 일기』를 보면서 "훈련에서 흘린 많은 땀! 전투에서 피를 적 게 흘린다!"라는 평범한 진리를 다시 한 번 반추하였다.

> * 제목 : 석촌호수에서 생애 첫 풀코스 완주
> **(2002.05.01.)**
> - 장소 : 석촌호수
> - 시간 : **4시간 16분 50초** (05:00 - 09:16:50)
> - 거리 : 42.195km

* 제목 : 춘천마라톤 실제코스에서 혼자서 풀코스 완주
  (2002.06.01.)
- 장소 : 춘천 조선일보마라톤 실제 풀코스
- 시간 : **3시간 52분 33초** (05:00 - 08:52:33)
- 거리 : 42.195km

* 제목 : 풀코스 38회차 완주
  (2013.05.17.)
- 장소 : 한강시민공원(한강대교~구리암사대교 왕복)
- 시간 : **4시간 26분 29초** (06:26 - 10:52:29)
- 거리 : 42.195km

* 제목 : 풀코스 42회차 완주
  (2014.05.03.)
- 장소 : 한강시민공원 (여의나루역~광진교 왕복)
- 시간 : **4시간 54분** (07:24 - 12:18:00)
- 거리 : 42.195km

* 제목 : 풀코스 43회차 완주
  (2014.05.05.)
- 장소 : 한강시민공원 (잠실대교~팔당역 왕복)
- 시간 : **5시간 5분** (08:42 - 13:47:00)
- 거리 : 42.195km

* 제목 : 마라톤 입문 15주년 기념 풀코스 52번째 완주
  (2017.02.26.)
- 장소 : 한강시민공원(여의나루역-광진교 왕복)
- 시간 : **5시간** (11:08 - 16:08:00)
- 거리 : 42.195km

(30) 2016.01.24. 영하 16.5의 최강한파 속에 석촌호수 네 바퀴(10.25km)를 달리다.

오늘 정오 뉴스에서 오늘 최저기온은 영하 18도, 정오 현재 기온은 영하 15.7도라고 보도한 점에 비추어 볼 때, 오늘 뛰었던 시간대(09:00 ~ 10:00)의 기온은 영하 16.5도 정도로 추정된다. 3/20 열리는 제87회 동아마라톤대회를 56일 앞둔 오늘 아침 영하 16.5도의 한파 속에 석촌호수 네 바퀴(10.25km)를 달렸다.

15년 만에 찾아온 한파라고 하여 귀마개,마스크 등으로 중무장하고 달렸는데, 뛰면서 발생한 뜨거운 입김(기체)이 마스크 위로 올라가 눈썹에 맺혀 물방울(액체)이 되었다가 영하 16.5도의 살을 에는 듯한 맹추위로 인해 물방울이 금방 고드름(고체)으로 바뀌었다.

오늘 혹한기 훈련은 마라톤 입문 이듬해인 2003년에 영하 16도 한파 속에 석촌호수에서 달렸었던 추억을 떠오르게 한 멋진 훈련이었다.

오늘의 소중한 동계훈련이 8주 후에 출전하는 동아마라톤대회에서 42.195km를 49회째 완주하는데 밑거름이 될 것으로 확신한다.

(31) 2016.05.08. 아시아 최초 슬로시티, 신안 증도 우전해수욕장 백사장에서 10km를 달리다.

어젯밤 처가댁 가족들과의 성대한 만찬으로 인해 쌓인 숙취를 해소하기 위해 오늘 아침 6시에 기상하여 엘도라도리조트 바로 옆에 있는 우전해수욕장(길이 4.2km, 너비 100m)에 나가, 모래 해변이 비교적 탄탄한 구역에서 왕복 5회 10km를 1시간 동안 달리면서 청정 바다와 멋진 해변의 풍경을 추억의 앨범에 담았다.

이곳 엘도라도리조트에서 우전해수욕장을 지나면 신안해저유물 발견기념비가 있다고 한다.

1975년 한 어부의 그물에 청자가 걸리면서 신안해저유물이 발견된 후 중국 송·원시대의 유물 28,000여 점이 1976~1984년에 발굴되어 국립중앙박물관 등에 보관중이라고 한다.

중국 시안의 진시황 병마용갱도 1974년 한 농부가 우물을 파다가 우연히 발견했다고 하니 동서고금을 막론하고 농·어민들의 기여가 큰 것 같다. ^^

(32) 2018년은 42.195km를 8회 완주하여 역대 최다 완주 횟수를 기록한 해다.

나는 2002.03.01. 마라톤 입문이후 2020.01.08. 현재까지 17년 10개월 동안 42.195km를 68회 완주하였으므로 연 평균 3.8회를 완주한 셈이고, 누적훈련거리를 24,301km 달렸으므로 일 평균 3.73km를 달린 셈이며, 지구 둘레 한 바퀴(40,120km)의 60.6%의 거리를 달린 셈이다. 이처럼 나는 42.195km를 연 평균 3.8회 완주하였는데, 런다이어리(www.rundiary.co.kr)에 게시된 아래와 같은 기록을 통해 확인할 수 있듯이 2018년은 42.195km를 8회 완주하여 역대 최다 완주 횟수를 기록한 해였다.

① 2018-12-26 풀코스 62회째 완주(나홀로 연습주) / 42.195km / 5시간20분

② 2018-12-15 풀코스 61회차 완주(나홀로 연습주) / 42.195km / 5시간

③ 2018-11-04 풀코스 60회차 완주(나홀로 연습주) / 42.195km / 3시간47분47초

④ 2018-10-07 제16회 국제평화마라톤대회/ 42.195km / 3시간59분55초

⑤ 2018-10-03 88서울올림픽 30주년 기념 2018손기정마라톤대회 /42.195km/3시간59분28초

⑥ 2018-09-23 풀코스 57회째 완주(나홀로 연습주) / 42.195km / 5시간17분

⑦ 2018-05-06 풀코스 56회째 완주(나홀로 연습주) /

42.195km / 5시간7분

⑧ 2018-03-18 2018서울국제마라톤대회 겸 제89회 동아마라톤대회/42.195km/3시간52분10초

(33) 2018.12.15. 생애 최초로 영하의 날씨(출발 時 기온 : 영하 5도 / 도착 時 기온 : 영하 1도) 속에 42.195km를 완주하다.

오늘 새벽 5시경 기상하여 한강시민공원 잠실지구에 나가 영하 5도의 한파 속에 반포대교에서 강동대교까지 왕복 42.195km[잠실대교 남단~반포대교 남단~한강 도하~반포대교 북단(1차 반환)~옥수역~뚝섬유원지~강동대교 북단~수석교(2차 반환)~잠실철교 북단~한강 도하~잠실철교 남단~잠실대교 남단]를 5시간 동안 (06:12~11:12) 달리면서 언제 봐도 아름다운 한강변의 초겨울 풍경을 추억의 앨범에 담았다.

오늘 풀코스 완주는 2002.03.01. 마라톤 입문이후 현재까지 16년 9.5개월 동안 61번째 완주이자 올해 7번째 완주이며, 나의 마라톤 인생 약 17년 동안 영하 17도의 최강 한파 속에서도 마라톤 훈련을 실행해본 경험은 있지만, 영하(출발 時 기온 : 영하 5도 / 도착 時 기온 : 영하 1도)의 날씨 속에 42.195km를 달린 경험은 이번이 처음이어서 오늘의 풀코스 완주는 의미가 깊은

질주였다.

뿐만 아니라 풀코스 완주는 체력 소모가 많아 중간중간에 초코파이,바나나,과일,생수 등의 에너지를 보충하면서 달려야 하는데, 오늘은 배낭에 초코파이 3개와 생수 300m 3병을 담은 상태에서 출발하였는데, 초코파이 2개와 생수 2병만을 섭취하면서 42.195km를 완주함으로써 42.195km 61회 완주 중 가장 적은 열량을 보충하면서 완주하는 새로운 경험을 하였다.

오늘 풀코스 완주는 공식 대회 참가가 아닌 연습 삼아 42.195km를 완주한 것인데, 풀코스 61회 완주 중에 연습 삼아 42.195km를 달린 것은 오늘이 9번째이다.

122년 역사의 보스턴마라톤대회 다음으로 오랜 역사와 전통을 자랑하는 90년 역사의 "2019서울국제마라톤대회 겸 제90회 동아마라톤대회"가 2019.03.17. 개최되고 2018.12.17.부터 접수가 시작된다.

대한민국 달림이들이 가장 참가하고 싶어하는 동아마라톤대회가 13주 후에 개최되는 것이다. 꿈의 대회인 동아마라톤대회 출전을 위해 동계훈련을 열심히 할 것을 다짐해본다.

(34) 2019.02.08. 미국 샌프란시스코 금문교(金門橋)의 중간 지점까지 왕복 2.8km를 달리다.

나는 2002.3월부터 2019.2월 현재까지 17년 동안 42.195km를 64회 완주할 정도로 마라톤을 즐기고 있어 여행을 가서 좋은 러닝코스를 발견하면 뛰고 싶은 충동이 일어난다. 세계적인 작가이자 일본의 대문호인 '무라카미 하루키'님도 좋은 러닝코스로 보스턴의 찰스강, 뉴욕의 허드슨강, 교토의 가모가와강 등을 추천한 바 있다.

나는 세계에서 가장 아름다운 다리라고 알려진 금문교를 뛰어서 건너보는 것도 나의 마라톤 역사에서 매우 의미가 있을 것 같다는 생각이 들어 금문교의 보행로를 따라 출발점인 포트 포인트(샌프란시스코 쪽)에서 도착점인 비스타 포인트(마린카운티 쪽)까지 왕복 5.6km의 뛰고 싶었으나 함께 여행하고 있는 일행이 나를 기다리게 하고 싶지 않아 일행이 포트 포인트의 기념품점에서 쇼핑을 하는 잠깐의 시간 동안만 뛰기로 하고 금문교의 중간 지점까지만 왕복 2.8km를 달려보기로 하고, 구두를 신은 상태에서 스마트폰 카메라를 장착한 셀카봉을 오른손에 들고 금문교의 보행로를 따라 뛰기 시작하였다.

폭이 2m 정도 되는 보행로에는 산책을 하는 사람들과 자전거를 타는 사람들이 많이 있었는데, 뛰는 사람은 나 혼자뿐이었다. 태평양의 시원한 바람과 파란 하늘과 이국적인 정취를 벗 삼아 나 홀로 뛰면서 중간중간에 잠깐씩 멈춰 셀카봉에 장착된 스마트폰 카메라와 바지 주머니에 담아온 별도의 디지털카메라를 교대로 사용하여 셀카를 찍어 소중한 순간을 추억의 앨범에 담았다.

금문교의 중간지점에서 반환할 때 많은 인증사진을 찍었는데, 다리가 미세하게 흔들리는 것이 느껴져 약간 아찔했는데, 나중에 알고 보니 교량 중심부에서 8m 가량의 길이를 흔들릴 수 있게 건설함으로써 강풍과 강진에 유연하게 대처할 수 있게 한 것이 금문교 기술의 핵심이라고 한다.

금문교의 보행로를 뛰는 동안 샌프란시스코 만(San Francisco Bay)에 있는 아름다운 섬들이 그림처럼 펼쳐져 너무나도 멋진 이국적인 풍경을 연출하였는데, 특히 1996년에 제작된 '마이클 베이'감독(주연 : 니콜라스 케이지, 숀 코넬리)의 영화 "더 록(THE ROCK)"에 등장하는 '알카트라즈 섬(Alcatraz Island)'이 선명하게 보여 무척 인상적이었다.

4. 살며 여행하며

(해외 여행기 : 아는 만큼 보인다)

"讀萬卷書 行萬里路

(만 권의 책을 읽고, 만 리의 길을 여행하라)"

(35) 『6박 8일 동안의 이탈리아/스위스/프랑스 가족여행기』 (2010.10.10.~2010.10.17.)

♣ 챌린지 투어를 시작하며

2010.03월 챌린지투어 대상자로 선정된 순간부터 벌써 마음은 유럽에 가 있었다. 당초 계획으로는 중학교에 다니는 아들과 딸의 여름방학에 맞춰 8월초에 출발할 예정이었으나 이때 갈 경우 아내는 사정이 있어 함께 갈 수 없었기 때문에 가족 전체가 함께 갈 수 있도록 하기 위하여 여행사에 연락하여 어렵게 10월 중순에 출발하는 일정으로 변경하였다.

♣ 여행 일정

그런데, 이번에는 여행사의 사정으로 인해 약간의 일정 조정이 필요하게 되었다. 처음에는 10/09(토)에 출국하여 10/16(토)에

귀국하는 일정이었고, 여행 코스가 인천공항-헬싱키-파리-몽블랑(알프스산맥 최고봉)-밀라노-베로나-베니스-피렌체-로마-헬싱키-인천공항 코스였는데, 항공사가 토요일 출발노선을 일요일 출발노선으로 변경함에 따라 여행사의 일정도 10/10(일)에 출국하여 10/17(일)에 귀국하는 일정으로 변경되었고, 여행 코스도 위 코스를 역순으로 하여 로마에서 시작하여 파리에서 마치는 것으로 바뀌었다. 토요일에 귀국하여 일요일에 푹 쉬면서 어느 정도 시차적응을 한 상태에서 월요일에 출근할 계획이었는데 일요일에 귀국하는 일정으로 바뀌게 되어 어느 정도의 피로는 감수할 수밖에 없게 되었다.

♣ ♣ 첫째 날

♣ 세계 최대 규모의 담수호, 바이칼호수

드디어 10/10(일) 오전 10시 49분 우리 가족은 인천공항에서 헬싱키 행 Finnair에 몸을 실었다. 비행거리는 7,039km, 비행시간은 9시간 25분 정도 소요된다는 안내메시지를 기내 모니터에서 확인할 수 있었다. 비행경로는 중국-몽골-러시아 상공을 경유하여 핀란드 헬싱키에 도착하는 코스였고, 평균 고도는 11km 정도로 비행하였는데, 비행 도중 몽골을 지나 러시아에 진입했을 때 세계 최대 규모의 담수호(민물 호수)인 바이칼호수가 그 위용을 자랑하고 있었다. 지도상으로 보면 바이칼호수가 한반도의 절반 정도의 면적은 되어 보이는데, 실제 호수의 상공에서 내려다보니 망망대해처럼 엄청난 규모로 보였다.

♣ 헬싱키 반타 국제공항 ~
HOLIDAY INN ROME POMEZIA

헬싱키 공항에 착륙을 몇 분 앞두고 헬싱키 상공에서 헬싱키 시가지를 조망하였는데 서울에 비하면 상대적으로 아담한 도시로 느껴졌다. 헬싱키 공항에서 로마행 Finnair로 환승하기 전에 1시간 정도 면세구역에서 아이쇼핑을 하였는데 면세가격이지만 한국의 물가에 비하면 대체로 비싸다는 느낌이 들었다. 헬싱키에서 로마까지 비행거리는 2,235km, 비행시간은 3시간 정도 소요되었는데, 폴란드-체코-오스트리아 상공을 통과하는 코스인 것 같았다. 로마공항에 저녁 7시경에 도착하여 대기하고 있던 전세버스를 타고 로마 외곽에 있는 HOLIDAY INN ROME POMEZIA라는 호텔로 이동하여 여행 첫날밤을 보냈는데, 호텔 규모가 생각보다 작게 느껴졌지만 장시간 비행으로 인해 쌓였던 피로를 풀 수 있도록 편안한 휴식을 제공해 주었다.

♣ ♣ 둘째 날
♣ 이탈리아 정통 카푸치노

둘째 날 새벽 6:45경 호텔의 모닝콜에 따라 기상한 후 창문을 열었더니 호텔 근처 주택가에서 닭 우는 소리가 들렸다. 한국의 농촌에서 닭 우는 소리를 들으면서 기상했던 추억이 떠올랐는데,

동서고금을 막론하고 사람과 가까이 있었을 닭인데도 이곳 로마
에서 접하게 되니 색다른 느낌이 들었다. 아침 식사는 호텔에서
뷔페로 하였는데, 메뉴는 빵,햄,치즈,요플레,커피 등으로 구성된
간단한 양식이었고, 이탈리아 정통 카푸치노를 맛볼 수 있어서
좋았다.

♣ 고대 로마제국의 중심지, 포르 로마노

아침식사를 간단히 마친 후 전세버스를 타고 로마시내로 가서
처음으로 방문한 곳은 『포르 로마노』였다. 이곳은 고대 로마제국
의 중심지로 상업,정치,종교 등 시민생활에 필요한 모든 기관들
이 밀집해 있던 지역이었으며, 현재도 유적이 발굴되고 있다고
한다. 이곳에는 고대 로마제국 시절 전쟁에서 적을 섬멸하고 위
풍당당하게 돌아오는 군대가 통과했던 개선문이 있었는데, 이 콘
스탄티누스 1세의 개선문이 파리에 있는 나폴레옹이 세운 개선
문, 서울에 있는 독립문, 평양에 있는 개선문 등의 모티브가 되
었다고 한다.

♣ 모든 길은 로마로 통한다

포르 로마노에서 콜로세움으로 이동하기 위하여 포르 로마노를
나가기 직전에 고대 로마제국 시절에 건설된 도로를 걸었는데,
정교하게 다듬어진 평평한 돌로 만들어 진 도로가 2천 여 년
전에 건설되었다고는 상상이 안 될 정도로 튼튼하게 보였으며,

마침 비가 오고 있었는데도 전혀 질퍽거리지 않았다. 고대 로마 제국은 정복하고자 하는 지역으로 신속하게 이동하기 위하여 이 렇게 견고한 도로를 건설하였었고, 이 도로를 통해 군대와 군수 물자를 신속하게 이동시켜 주변 국가들을 복속시켰고, 이러한 위 대한 로마문명이 세계 최강 고대 로마제국의 초석이 되었을 것 이라는 생각이 들었다.

가이드의 설명에 의하면, 고대 로마제국은 로마에서 정복한 지역 으로의 도로는 건설하였지만, 정복한 지역들 간의 도로는 거의 건설하지 않았다고 하는데, 그 이유는 정복당한 국가들 간에 동 맹하여 로마에 대항하는 것을 차단하기 위해서라고 하였다. 도로 가 이렇게 건설되다 보니 모든 길은 로마로 통할 수밖에 없었다 고 한다.

♣ 가장 위대하고 웅장한 건축물, 콜로세움

비를 맞으며 고대 로마의 유적 중에서 가장 규모가 큰 원형경기

장인 콜로세움의 내부로 입장하였는데, 약 5만 명의 관중들을 수용하였다는 시설답게 그 규모가 웅장하게 보였다. 로마제국의 역사를 통틀어 가장 위대하고 웅장한 건축물로 손꼽을 수 있는 이 원형 경기장은 잔인함을 즐기는 로마인 관객들을 위해 검투사들의 격투 시합장으로 또는 맹수들의 사냥시합을 벌이던 곳으로 사용되었다고 한다. 이 원형 경기장의 개관기념 행사는 100일 동안 로마주민들의 열렬한 호응 속에 계속되었는데 이 기간 중 5,000여 마리의 맹수들과 100여 명의 검투사들이 잔인함을 즐기는 관객들의 구경거리가 되기 위해 희생되었으며, 특히 프로부스 황제 때는 100여 마리의 굶긴 젊은 사자들을 동시에 풀어놓고 검투사들과 사투를 벌이게 하여 원형경기장을 전율과 흥분의 도가니로 몰아넣는 진기록도 수립하였다고 하니 인간의 잔인한 본성에 서글픈 마음이 들었다.

♣ 로마시내 벤츠 투어

콜로세움 관람을 마친 다음부터 점심 식사를 하기 전까지는 벤츠 승합차를 타고 관광을 하였는데, 트레비분수, 치르코 맛씨모(대전차 경기장), 진실의 입, 판테온 등의 순서로 분주하게 움직였다.

♣ 트레비분수

먼저 트레비분수를 방문하였는데, 이 분수는 로마에서 볼 수 있는 바로크양식의 마지막 걸작품으로서 트리톤신과 두 해마가 끌어올린 커다란 조개 위에서 넵튠신이 위엄있게 서있는 대리석 조각이 중앙에 자리잡고 있으며, 좌우에 있는 길들여진 해마와 길들여지지 않은 해마는 고요한 물과 풍랑의 물을 각각 상징하고 있고 위 부분에 있는 4개의 여인상들은 4계절을 상징하고 있다고 한다. 이 분수에 동전을 던지고 감으로써 다시 로마로 올 수 있다는 전설 때문에 로마를 다시 방문하기를 기원하는 많은 관광객들이 등을 돌려 동전들을 집어넣는 광경들이 매일 연출되고 있다고 한다. 동전을 한 번 던지면 로마로 돌아오고, 두 번 던지면 연인과의 사랑이 이루어지고, 세 번 던지면 연인과 헤어진다는 전설이 있다고 설명한 가이드의 말이 인상적이었다.

♣ 100년 전통의 이탈리안 아이스크림 '젤라또'

트레비분수를 구경하면서 바로 옆 아이스크림 가게에서 100년 전통의 이탈리안 아이스크림 '젤라또'를 먹었는데, 로마의 상큼함과 여유로움을 만끽할 수 있었다.

♣ 대전차 경기장 : 영화 '벤허'와 '글래디에이터'

다음으로 『치르코 맛씨모』라는 고대 로마제국시절의 대전차 경기장을 방문하였다. 이곳은 고대 로마제국의 가장 오래되고 가장 큰 경마장으로서 약 25만 명의 관중을 수용할 수 있었으며, '비게'라고 불리는 2두전차나 4두전차의 경주를 했던 곳이며, 수많은 그리스도교 신자들이 순교를 당하기도 했던 곳이라고 한다. 경마장 양쪽으로 두 언덕이 있는데, 팔라티노 언덕은 황제궁과 귀족들의 저택이 있는 구역이며, 아벤티노 언덕은 서민들의 주거 구역이었다고 한다. 2천 년 전의 전차경기장을 구경하고 있다 보니 영화 '벤허'와 '글래디에이터'의 여러 장면들이 떠올랐다.

♣ 진실의 입

다시 벤츠 승합차를 타고 코스메딘의 성모 마리아 성당 입구에 있는 '진실의 입'을 관람하였는데, 오드리 햅번이 출연한 영화 『로마의 휴일』에 등장한 곳으로도 유명하다. '진실의 입'은 하신의 얼굴을 하고 있는 석상으로서 거짓말을 한 사람이 석상의 입에 손을 넣으면 그 손이 잘린다는 전설을 간직하고 있다고 한다. 가이드의 설명에 의하면, 당시 세금 탈루를 방지하기 위하여 과세의 근거가 되는 자료를 허위로 신고한 사람들을 시범 케이스로 손을 잘라 공포 분위기를 조성하였다는 전설이 있다고 한다. 이러한 공포 정치도 고대 로마제국을 유지하는 하나의 수단이었을 것이라는 생각이 들었다.

♣ 세계 최대 규모의 돔 : 판테온

여전히 비가 내리고 있는 가운데, 점심 식사 전 마지막으로 판테온을 관람하였다. 캄포 마르시오 지역에서 가장 중요한 고적인 판테온은 현존하는 로마제국의 건물들 중에서 가장 보존이 잘되어 있으며, 2천 여 년의 오랜 역사를 간직하고 있다고 한다. 판테온은 그리스어로 '모든 신들'이란 뜻으로서 기원 전 27년과 25년 사이에 아우구스투스 대제의 사위 아그립빠에 의해 세워졌으며 이 신전은 중요한 별들의 신을 모시는 곳이었다고 한다.

철근 골조를 사용하지 않은 돔으로서는 판테온의 돔이 세계에서 제일 큰 돔인데, 세계에서 가장 큰 성당인 성 베드로 대성당의 돔의 직경(42미터)보다 1.3미터가 더 크다고 한다. 판테온을 관람하면서 로마제국 건축가들의 뛰어난 수학능력과 로마제국의 고도로 발달된 건축술에 감탄하지 않을 수 없었다.

판테온 안에는 몇 명의 유명한 이탈리아 예술가들의 무덤들이 있었는데, 교황 레오 10세에 의해 성 베드로 대성당의 건축책임자로 임명되어 로마를 중심으로 약 20km 반경 안의 모든 고적들과 유물들을 답사·연구할 수 있는 특전을 받기도 하였던 라파엘로의 무덤이 왼쪽에 있었다.

라파엘로는 1520년 4월 6일 37세를 일기로 사망했는데, 그는 생전에 판테온 안에 묻힐 것을 열망했다고 한다. 19세기 후기 이탈리아 왕국으로 통일된 후 판테온은 왕들의 영묘로 사용되었는데, 오른쪽에는 초대 국왕 비토리오 엠마뉴엘레 2세의 무덤이, 왼쪽에는 2대 국왕 움베르토 1세와 왕비 마르게릿타의 무덤이 있었다.

♣ 이태리 정통 마르게리따 피자와 전통 스파게티

판테온을 마지막으로 오전 관광을 모두 마친 후 이탈리아에서의 첫 점심식사로 이태리 정통 마르게리따 피자와 전통 스파게티를 먹었는데, 화덕에서 갓 구운 피자가 식욕을 자극했고, 스파게티, 바게뜨빵 등이 허기를 달래 주었다.

♣ 세계 3대 박물관 중의 하나, 바티칸 박물관

오후에는 세계 3대 박물관 중의 하나인 바티칸 박물관을 방문하기 위하여 전세버스를 타고 바티칸 박물관으로 이동하였는데, 박물관에 입장하기 위하여 대기하는 사람들의 행렬이 장사진을 이루고 있었다. 대기 행렬의 길이가 대략 1km 이상은 되어 보였고, 이 행렬의 맨 뒤에서 기다리면 몇 시간은 기다려야 할 것 같아 입장 제한시간 이내에 입장할 수 있을 지 걱정되었는데, 가이드가 사전예약이 되어 있다면서 예약을 한 사람들이 대기하고 있는 줄로 일행들을 안내하였다. 그런데, 예약자들의 대기 행렬도 대략 200m는 되어 보였는데, 다행히 40~50분 정도 기다리다가 입장할 수 있었다.

바티칸 박물관이 속해 있는 바티칸 시국의 영토는 성 베드로 대성당을 비롯하여 여러 건축물들로 구성되어 있는데, 이 구역을 바티쿠스라고 불렀으며, 바티쿠스라는 이름은 예언자를 뜻하는 바티에서 유래되었다고 한다. 박물관 건물로 사용되고 있는 건물들은 견고한 레오네 성벽으로 둘러져 있는데 이 성벽은 로마를 침략한 사라센족으로부터 성 베드로 대성당과 성 바오로 대성당의 귀중한 보물들을 약탈당한 7년 후인 서기 852년 교황 레오 4세의 명령에 의해 축조되었다고 한다.

♣ 르네상스의 거장, 미켈란젤로와 라파엘로

바티칸 박물관 정문 위에는 현대에 와서 만든 미켈란젤로와 라파엘로의 대리석상이 있었는데, 바티칸 박물관의 건축에 가장 기여한 이들 두 사람을 기리기 위하여 이들의 대리석상을 세웠다고 한다.

♣ 교황을 선출하는 곳, 시스틴 성당

바티칸 박물관에서 가장 인상적인 곳은 1481년에 완공된 시스틴 성당으로, 이 성당은 새로운 교황을 선출할 때 선거를 하는 장소로 사용되는 등 중요한 의식들을 위해 사용되고 있다고 한다. 시스틴 성당의 작품 중의 작품이라고 할 수 있는 미켈란젤로의 천정화와 벽화 "최후의 심판"때문에 이 성당을 찾는다고 해도 과언이 아닐 정도로 성당 안에는 이 작품들을 관람하는 관광객들이 인산인해를 이루고 있었다.

♣ 미켈란젤로의 천정화

천정화는 네모난 여러 그림들로 구성되어 있었는데, 천정화가 거대함에도 불구하고 각각의 그림주위에 그려져 있는 테두리 장식으로 종횡의 구획을 만들고 종적으로 3부분으로 나누어서 구분이 잘 되어 있고 완벽하게 균형과 조화를 이루었다. 미켈란젤로의 천정화를 대하는 순간 거대한 작품 규모와 신의 경지에 도달한 듯한 그의 초인간적인 재능에 압도당해 숙연해졌다.

♣ 미켈란젤로의 "최후의 심판"

시스틴 성당의 제대 뒤 벽을 채우고 있는 벽화 "최후의 심판"은 천정화의 완성 22년 후 교황 클레멘테 7세의 부름을 받은 미켈란젤로가 다시 로마로 돌아와 만든 작품이라고 하는데, 이 벽화는 교황 클레멘테 7세가 사망함으로써 후임자인 교황 바오로 3세 시대까지 계속되어 7년 후인 1541년에 완성되었다고 한다.

최후의 심판에는 300 여 명의 인물들이 등장하는데 혼돈 속에 있는 인간들의 극적인 순간들을 묘사하여 격동기의 시대상을 반영시켰고, 이 벽화에 등장하는 인물들은 완전 나체로 그려져 있었는데 이로 인해 미켈란젤로는 종교개혁을 일으킨 마틴 루터파의 일원이란 의심을 받고 종교재판에 회부될 뻔 했다고 한다. 특히 교황의 의전 담당관인 비아지오 다 체세나 추기경은 이 벽화가 음란하다고 혹평을 했는데, 미켈란젤로는 이 추기경을 그리스 신화 속의 뱀에 감겨 있고 나귀의 귀를 갖고 있는 미노스와 같이 만들어 지옥(벽화의 오른쪽 밑 구석)에 넣어 통쾌하게 보복을 했다고 한다.

바티칸 박물관에 전시된 불후의 명작들을 약 2시간 동안 감상하기에는 너무 짧은 시간이었지만 성 베드로 대성당과 성 베드로 광장의 관람 일정이 예정되어 있어 아쉬움을 뒤로 한 채 카톨릭교의 본산지인 성 베드로 대성당으로 발걸음을 옮겼다.

♣ 세계 최대 규모의 성당, 성 베드로 대성당

성 베드로 대성당은 1506년 공사가 시작되어 120년 동안 당대 최고의 건축가였던 브라만테, 미켈란젤로를 거쳐 비뇰라, 폰타나, 마데르노 등의 손에 의해 완성된 세계에서 가장 큰 성당이라고 한다. 대성당 안에 들어간 순간 그 화려한 예술성과 웅장한 규모에 압도되어 잠시 입을 다물 수가 없었다. 서울에 있는 명동성당 규모의 10배 정도는 되어 보였다. 성 베드로 대성당은 전 세계 카톨릭의 중심지이며 바로크 건축기술과 예술의 집대성지로 초대 교황인 사도 베드로의 무덤 위에 지어졌다고 한다. 길이

187m, 돔의 높이 132.5m의 어마어마한 공간 속에 황금과 대리석으로 치장된 르네상스와 바로크 예술의 보물창고라고 한다. 위대한 바로크의 영광을 보여주는 건물이나 성당 건립기금을 마련하기 위한 면죄부 발급은 결국 종교개혁의 시발점이 되었다고 한다.

성당 안쪽에는 소박한 모습과는 달리 사람들의 주목을 가장 많이 받는 성 베드로 동상이 있다고 하여 그 쪽으로 이동하고자 하였으나, 퇴장시간이 임박했다면서 그 쪽으로의 이동은 제한하고 있어 위대한 성자의 모습을 볼 수 있는 행운은 갖지 못하여 못내 아쉬웠다.

♣ 세계 최소 규모의 독립국, 바티칸시국

성 베드로 대성당의 관람을 마치고 성 베드로 광장으로 이동하는 도중에 바티칸시국을 경비하고 있는 스위스 용병들의 모습을 보면서 이곳이 이탈리아와 바티칸시국의 국경선임을 실감할 수 있었다. 이탈리아가 19세기 후기에 들어 근대 통일국가로 탈바꿈하면서 교황청은 교황청 직속의 교황령을 상실하게 되고 이탈리아의 지배를 받게 되었는데, 이러한 문제를 해결하기 위하여 바티칸시국은 1929년 이탈리아와 라테란 협약을 체결하여 교황청 주변지역에 대한 주권을 인정받게 되고, 이를 통해 세계 최소 규모의 독립국이 되었다고 한다. 바티칸시국의 영토권은 산피에트로 대성당(성 베드로 대성당)과 그 주변, 로마에 있는 성당과

궁전을 포함한 13개 건물, 카스텔 칸돌포
의 교황 하계관저에 국한된다고 한다.

♣ 세계에서 가장 유명한 광장, 성 베드로 광장

다음으로 성 베드로 대성당 앞에서 위용을 과시하고 있는 성 베
드로 광장으로 발걸음을 옮겼다. 성 베드로 광장은 세계에서 가
장 유명한 광장으로 베르니니가 만들었다고 한다. 타원형 광장과
사다리꼴 광장이 이어져 있어 베드로가 예수에게서 받았다는 천
국의 열쇠를 상징하는 것처럼 보였다. 혹자는 팔을 벌려 사람들
을 감싸 안은 예수 그리스도의 모습을 형상화한 것이라고 해석
하기도 한다고 한다. 광장을 둘러싸고 있는 주랑에는 도리아식으
로 만들어진 284개의 기둥이 4열로 늘어서 있으며 이 기둥들은
광장에 표시되어 있는 어느 지점에 서면 기둥들이 한 개로 보인
다고 하여, 광장의 중앙 쪽으로 가서 기둥들을 바라보니 4열로
늘어선 기둥들이 각각 하나로 보였다.

성 베드로 광장에서 성 베드로 대성당 쪽을 바라보면 맨 오른쪽
에 교황님께서 계시는 방이 있다고 하여 시선을 그곳으로 돌렸
더니 다른 방들과는 달리 불이 켜져 있었다. 성탄절, 부활절 등
카톨릭의 주요 행사가 있을 때 교황님께서 이곳에서 창문을 열
고 손을 흔드는 모습을 TV를 통해 보았던 일이 파노라마처럼
스쳐 지나갔다.

♣ 비토리오 엠마누엘레 2세 기념관

성 베드로 광장에서 가족과 함께 기념사진을 열심히 찍은 후 아쉬움을 뒤로 한 채 전세버스를 타고 저녁 식사를 하는 식당으로 이동하는 도중에 로마 시내에 있는 비토리오 엠마누엘레 2세 기념관을 보았다. 베네치아 광장을 지긋이 내려다보고 있는 신고전주의 양식의 흰색 대리석 건물로 이탈리아 통일을 이룩한 초대 국왕 비토리오 엠마뉴엘레 2세를 기념하는 건물이라고 한다. 정면에 보이는 기마상이 그의 동상이고 그 아래 1차 세계대전 때 전사한 무명용사들을 기리는 불꽃이 있었다. 햇살 좋은 날 파란 하늘 아래 보이는 흰색 대리석 외벽이 눈부시게 아름답고 야경 또한 일품이라고 하는데, 우리가 통과한 시간대는 해가 저물고 있는 시간대라서 그 찬란함을 만끽할 수 없어 아쉬웠다.

♣ 이태리 해물코스요리 "마레 에 몬티(MARE E MONTI)"

저녁 식사는 이태리 해물코스요리 "마레 에 몬티(MARE E MONTI)"가 제공되었는데, "마레 에 몬티(MARE E MONTI)"란 바다(MARE)와 산(MONTI)이란 의미로써, 산해진미와 일맥상통하는 말이라고 한다. 푸짐하고 맛깔스러운 음식들의 향연을 즐길 수 있었는데, 전식으로 석화,브루스케타,낙지요리,훈제연어,해물모듬조림,홍합 등을 먹었고, 본식으로 마레 에 몬티 스파게티(SPAGHETTI MARE E MONTI), 샤벳트와 해물모듬 숯불구이 등을 즐겼고, 후식으로 과일과 와인을 맛보면서 푸짐한 만찬의 향연에 빠졌다. 이곳에서의 저녁 식사는 이번 단체 여행에서 해외 현지 첫 저녁식사여서 가족별로 자기소개의 시간을 갖으면서 서로 보다 가까워지는 계기가 되었다.

저녁 식사 후 숙소로 돌아와 밤 10시경 취침을 하였는데, 첫날 일정이 매우 바쁘게 돌아가서 모두 지친 나머지 금방 잠들었다.

♣ ♣　셋째 날

♣ 올리브유와 와인

로마에서의 추억을 가슴에 담고 르네상스의 발원지인 피렌체로 이동하기 위하여 전세버스를 타고 고속도로를 달리다가 중간에 한국인이 운영하는 휴게소에 들러 올리브유,와인,올리브크림,올리브비누 등을 구경하였는데, 생각보다 가격이 비쌌다. 그곳에서 한국어판 로마관광 안내 서적을 구입하였는데, 이 책을 통해 어제 로마에서 관람했던 주요 유적지,예술품 등의 사진을 보면서 어제의 일정을 회상할 수 있었다.

♣ 르네상스의 발원지, 피렌체

피렌체에 도착하여 받은 첫 느낌은 유럽의 중세 풍경을 그대로 유지하고 있는 고풍스러움 그 자체였다. 붉은 지붕들이 연이어 나른하게 늘어서있고 그 중간 둥근 쿠풀라와 길쭉한 종탑이 정적을 깨주는 것 같은 느낌이었다. 르네상스가 시작된 토스카나

주의 주도로 예로부터 상공업이 발달해 베네치아, 밀라노와 더불어 이탈리아 북부 강력한 공국으로 명성을 떨쳤고 이런 富를 바탕으로 예술가들을 후원하고 르네상스를 주도하며 유럽의 문화와 지성을 선도해 갔고, 오늘날 도시는 정적에 싸여 있지만 르네상스의 정신은 사라지지 않고 도시를 지탱하고 있는 것 같은 느낌이 들었다.

♣ 시뇨리아 광장

피렌체에서의 본격적인 관광에 앞서 점심식사로 이태리 정통 스파게티와 오렌지를 먹었다. 점심 식사 후 식당 앞에 있는 시뇨리아 광장부터 관광하였다. 시뇨리아 광장은 피렌체에서 보기 드문 넓은 공간으로 공국 시절 시민들의 토론장이었고, 피렌체를 무대로 활동하던 수도사 사보나롤라가 화형에 처해지기도 했던 곳이라고 한다. 비케오 궁 옆의 <넵튠의 분수>, 미켈란젤로의 <다비드> 등 여러 르네상스 시대 조각품들의 모조품들로 장식되어 있었다.

♣ 단테의 생가

다음은 장편 대서사시 '신곡'을 쓴 단테의 생가를 관람하였는데, 단테, 단테의 아내, 단테의 연인 등 삼각관계에 있었던 세 사람이 서로 이웃에 살고 있었다고 한다. 저승 세계로의 여행을 주제로 한 '神曲'은 이탈리아 문학의 중심적인 서사시이자 중세 문학의 위대한 작품으로 평가되고 있다고 하는데, 위인의 생가라고 해서 특별하지는 않았고 평범한 주택으로 보였다.

♣ 세계에서 세 번째로 큰 성당, 두오모 성당

단테를 뒤로 한 채 다음은 피렌체의 상징인 두오모 성당으로 이동하였다. 이 성당은 1296년 건축이 시작되어 1436년에 완성되었다고 하는데, 흰색, 핑크, 녹색의 대리석과 성상과 벽화, 기둥조각들이 어우러진 파사드는 매우 화려하면서 웅장한 느낌을 주었다. 화려한 외부만큼이나 내부의 예술품들도 화려한데 바닥의 정교한 대리석 문양, 도나텔로, 질베르티 등의 작품인 스테인드글라스, 베네디토 마이아의 십자가 등 헤아릴 수 없을 만큼의 예술품으로 가득했다. 두오모 성당은 바로 옆에 있는 산 지오바니 세례당, 지오토의 종탑과 함께 우아한 고전미의 극치를 보이고 있었다.

♣ 면세품 쇼핑

로마의 성 베드로 대성당, 런던의 성 바울 대성당에 이어 세계에서 세 번째로 큰 성당이라는 피렌체의 두오모 성당을 추억 속에 간직한 후 면세점 관광에 나섰다. 피렌체는 가죽 제품이 유명하여 이곳 면세점은 가죽으로 만든 점퍼, 가방, 지갑, 구두 등을 판매하고 있었는데, 가격이 상당히 비쌌다. 예를 들어 선글라스가 40~50만원 정도로 비쌌지만 꽤 많은 한국인 관광객들이 쇼핑을 즐기고 있었다.

♣ 피렌체 전망대, 미켈란젤로 광장

피렌체 시내 관광을 마친 후 마지막으로 피렌체 시내의 전경을
조망할 수 미켈란젤로 광장으로 이동하였다. 광장 중앙에는 <다
비드> 모사품이 우뚝 서 있었으며, 피렌체 시내를 한눈에 바라볼
수 있었다. 잔잔하게 늘어서 있는 건물들의 붉은 지붕들이 인상
적이었으며, 중간에 우뚝 솟아 있는 종탑, 두오모, 베키오 궁이
웅장한 자태를 뽐내고 있었다. 이곳에서 바라보는 노을의 애잔한
느낌은 다른 곳 그 어디에서도 볼 수 없을 만큼 아름답다고 하
는데, 우리가 갔을 때는 아직 오후 햇살이 따사롭게 비추고 있어
서 노을을 감상할 수는 없었다.

♣ 세계에서 가장 오래된 대학, 볼로냐 대학

피렌체 관광을 마치고 물의 도시 베네치아(베니스)로 이동하기
위하여 고속도로를 달리던 도중에 에미니아로마냐 주의 주도인

볼로냐 근처를 통과하였다. 과거 대학시절 사법고시를 준비할 때 문화사를 공부하면서 세계 최초의 대학교인 볼로냐대학교를 암기한 적이 있었는데, 지금 그곳을 통과한다고 생각하니 감회가 새로웠다. 가이드의 설명에 의하면 로마의 대학생들이 볼로냐대학교까지 와서 무도회를 즐기는 낭만이 살아 있다고 한다. 로마에서 볼로냐까지는 대략 서울에서 부산까지의 거리가 되어 보이는데 무도회를 즐기기 위해 장거리를 이동한다고 하니 젊음이 부러웠다.

볼로냐 대학교는 세계에서 가장 오래된 대학으로서 1088년에 설립되었는데, 원래는 신성로마제국의 프리드리히 1세가 이 대학의 상징을 기증하였으나, 19세기의 역사학자인 조수에 카르두치에 의해 실제로 이 대학의 역사가 1088년까지 거슬러 올라간다는 것이 밝혀진 후 공식인정을 받았고, 최근 1988년에는 개교 900주년 기념식을 열기도 하였다고 한다. 최초 이 대학의 설립 당시에는 교회법과 민법을 강의하였었고, 2000년에 이 대학은 새로운 이름 '알마 마테르 스투디오름(Alma Mater Studiorum)'을 지었는데, 이것은 학문의 모교라는 뜻이며, 모든 학문이 퍼져 나간 곳이라는 뜻으로 세계 최초의 대학임을 강조하기 위한 이름이라고 한다. 이 대학을 직접 보지는 못했지만 유서 깊은 대학의 근처를 통과한다는 사실만으로도 이탈리아가 고대와 중세 시대에는 세계적인 국가였음을 짐작할 수 있었다.

♣ Base Hotel

저녁 무렵 베니스 외곽에 있는 Base Hotel에 도착하여 달걀 스크램블, 돼지고기 등으로 식사를 하였는데, 연일 서양식으로 식사를 하여 한식이 그리워진 아들은 호텔에서 제공된 식사는 조금만 먹고, 부족한 부분은 한국에서 가지고 간 햇반, 김, 김치 등으로 보충하였다.

♣ ♣ 넷째 날

♣ 물의 도시, 베네치아

아침 일찍 기상하여 출렁이는 물살 위를 떠돌아다니는 곤돌라와 화려한 가면이 떠오르는 도시 베네치아 관광을 시작하였다. 12세기 무렵에는 아드리아해 연안의 맹주로 부와 권력을 동시에 지니고 찬란한 문화의 꽃을 피웠고, 그 시절의 여유로움은 오늘날까지 사라지지 않고 도시 곳곳에 남아 베네치아를 찾는 여행자들에게 낭만과 멋을 선사하고 있는 베네치아를 관광하기 위하여 맨 먼저 소형 유람선을 타고 베네치아의 중심지로 이동하였는데, 이동하는 도중에 수신기를 통해 들려오는 가이드의 베니스 역사에 관한 설명이 매우 흥미로웠다.

♣ 탄식의 다리와 카사노바

베니스의 중심지에 가서 제일 먼저 방문한 곳은 탄식의 다리였다.

베니스 최고의 포토 포인트라고 하는 탄식의 다리는 두칼레 궁에서 운하 건너편의 감옥 Prigioni으로 건너가기 위해 만들어진 다리로 1602년에 만들어졌는데, 두칼레 궁에서 재판을 받아 형을 선고받은 죄인들이 이 다리를 건너 감옥으로 가면서 다리의 창문을 통해 바깥 세계를 바라보며 탄식을 한데서 다리 이름이 유래되었고, 우리가 잘 아는 카사노바 역시 이 곳에 투옥되었으며 유일하게 탈옥을 감행하여 성공한 인물이라고 한다. 현지 가이드의 설명에 의하면, 카사노바는 천 여 명의 여인들을 희롱했었는데 마지막으로 베네치아 공국의 재판장의 부인을 희롱했을 때 재판장이 재판도 없이 카사노바를 투옥시키자 카사노바는 탈옥하면서 '재판장 당신이 재판도 없이 나를 투옥했으니 나도 재판 없이 탈옥 한다'라는 취지의 메모를 남겼다고 한다. 카사노바다운 재치가 느껴졌다.

♣ 두칼레 궁전 : 세계에서 가장 큰 유화, Paradiso

탄식의 다리를 배경으로 사진을 촬영하려는 관광객들이 너무 많아 기념사진을 찍는 것이 쉽지 않았지만 어렵게 몇 장의 사진을 찍은 후 두칼레 궁전 쪽으로 이동하였다. 산 마르코 성당이 웅장하면서 화려하다면 흰색,회색,핑크 대리석이 만들어 낸 마름모꼴 문양을 가진 외벽이 안정되게 화려한 건물인 두칼레 궁전은 9세기에 베네치아 공국의 총독 관저로 만들어진 후 몇 번의 보수 공사를 거쳐 15세기 때 완성되어 지금까지 내려왔다고 한다. 내부에는 베네치아파 화가들의 천정화가 그려져 있고, 대평의원회의 방 Saladel Maggior Consiglio에는 세계에서 가장 큰 유화라고 하는 틴토레토의 벽화 <파라다이스 Paradiso>가 그려져 있다고 하는데, 시간상 입장할 수는 없었지만, 얼마 전 KBS TV의 『걸어서 세계속으로』에 소개되어 TV에서 보았던 기억이 떠올랐다.

두칼레 궁전 앞 광장에는 대형 석탑 두개가 우뚝 서 있었는데, 죄인들을 석탑에 매달아 공개처형한 후 두칼레 궁전의 외벽의 여러 기둥 중에 왼쪽에서 아홉 번째 기둥과 열 번째 기둥에 목을 매달아 공포 분위기를 조성하였다고 한다. 그래서 이들 2개의 기둥에는 피가 흐른 자극이 지금도 남아 다른 기둥들이 흰색인 것과는 달리 이들 기둥들은 갈색을 띠고 있었다. 베네치아는 동양과 서양 간의 중개무역을 담당했던 지중해 최대의 상업도시였기 때문에 공정한 상거래 질서를 확립하기 위하여 재판이 일별

백계하는 분위기였을 것으로 추측되었다.

♣ 세익스피어의 희극 '베니스의 상인'

이와 같은 살벌한 장면을 보니 세익스피어의 희극 '베니스의 상인'이 떠올랐다. 베니스의 상인 안토니오는 친구 바사니오로부터 포샤에게 구혼하기 위한 여비를 마련해 달라는 부탁을 받고, 가지고 있던 배를 담보로 하여 유대인 고리대금업자 샤일록으로부터 돈을 빌리면서 변제를 못하면 자기의 살 1파운드를 제공한다는 증서를 작성하게 되었는데, 안토니오는 배가 돌아오지 않아 생명을 잃을 위기에 처하게 되지만 남장을 한 포샤가 베니스 법정의 재판관이 되어, '살을 베되 피를 흘리지 말라'고 선언함으로써 샤일록은 패소하여 재산을 몰수당하고 그리스도교로 개종할 것을 명령받게 되고, 그 후 안토니오의 배는 돌아오고 샤일록의 딸 젠카도 애인 로렌조와 결혼한다는 로맨틱한 줄거리를 가지고 있지만, 당시 런던 시민이 가지고 있던 반유대인 감정을 배경으로 하고 있고, 이 극에서 샤일록은 단순한 악당이 아니라 오히려 비극적 인물로 묘사되고 있는 점이 주목을 끄는 것 같다.

♣ 베니스의 명물, 곤돌라

베니스의 카페 거리를 지나 베니스의 명물인 곤돌라를 타러 갔다. 인공섬들 사이에 있는 운하들을 통과할 때 사용하는 필수 교통수단인 곤돌라는 한 배에 6명씩 승선하고, 사공 한 명이 노를 저으면서 천천히 움직이는데, 움직일 때마다 약간씩 흔들리기 때문에 '흔들리다'라는 의미의 '곤돌라'라는 명칭이 생겼다고 한다. 흔들리는 쪽배를 타고 운하를 구경하니 베니스의 진수를 맛보는 것 같은 느낌이 들었다. 좁은 운하를 통과하면서 사방에 펼쳐진 형형색색의 오래된 건물들을 감상하였는데, 통상적으로 1층은 창고, 2층은 상가, 3층은 주택, 4층은 노예들의 숙소로 사용되었다고 한다. 1층이 창고로 사용된 이유는 해수면과 1층 바닥의 높이 차이가 별로 없어 1층에는 습기가 많아 상가 또는 주택으로 사용하기에 적합하지 않았기 때문이라고 한다.

♣ 118개의 인공섬, 베니스

베니스는 118개의 인공섬들이 약 400개의 다리들로 연결되어 있는 물의 도시인데, 조류로 인해 인공섬의 기반인 기둥들이 조금씩 침하되고 있어 언젠가는 베니스가 물속에 잠겨 버릴 수 있기 때문에 베니스의 외곽에 방파제 공사를 할 예정이라고 한다. 베니스가 물에 잠기고 있다는 말을 듣고 나서 해수면과 1층 바닥

의 높이 차이를 보니 대략 70cm 정도 되어 보였다. 가이드의 설명에 의하면, 비가 많이 오면 베니스 거리가 약간 물에 잠기기 때문에 이동식 징검다리를 설치한다고 하면서 길가에 있는 이동식 징검다리를 가리켰다.

♣ 세계에서 가장 아름다운 응접실, 산 마르코 광장

곤돌라 체험을 마치고 산 마르코 광장으로 이동하였다. 19세기 초 유럽을 정복한 프랑스의 나폴레옹은 산 마르코 광장을 '세계에서 가장 아름다운 응접실'이라고 격찬하였다고 하며, 베네치아를 찾는 사람들이 예외 없이 찾는 베네치아 관광의 중심 포인트라고 한다. 이 광장은 사면이 대리석 건물로 둘러싸여 있었는데, 나폴레옹이 잠시 머물렀었다는 건물의 맞은편은 산 마르코 성당이, 왼편은 구검찰청이, 오른편은 신검찰청이 각각 산 마르코 광장을 에워싸고 있어 마치 홀과 같은 느낌이 들어 나폴레옹이 감탄할만한 곳이라는 생각이 들었다.

♣ 세계 최초의 카페, 플로리안

구검찰청 건물의 1층에는 세계 최초의 카페 <플로리안>이 있었는데, 이곳에서 커피 한 잔을 실내에서 서서 마시면 1유로, 실내의 테이블에 앉아서 마시면 5유로, 야외의 테이블에서 앉아서 마시면 9유로 정도 하는데도 불구하고 야외의 테이블에는 산 마르코 광장의 아늑한 분위기를 즐기려는 손님들이 끊이지 않았다.

우리 가족도 핫초코 한 잔의 여유를 즐겼다.

♣ 산 마르코 성당

베네치아의 대성당으로 베네치아의 수호성인인 성 마르코의 유
해를 안치하기 위하여 지어졌다는 산 마르코 성당은 여러 차례
의 화재와 증축 공사로 인해 원래 건축양식인 비잔틴양식을 기
본으로 로마네스크부터 르네상스양식까지 복합된 모습을 하고
있었다. 곡선이 화려한 아치문 상단의 모자이크는 비잔틴양식에
따라 금색으로 화려하게 장식되어 있으며 뒤에 보이는 둥근 돔
의 곡선이 우아하며, 하단 아치 중 중앙의 반원은 최후의 심판
을, 양쪽 면은 성 마르코의 유해가 운반되는 과정을 묘사하고 있
었는데, 이런 멋진 예술품들을 감상하면서 카톨릭이 지배하던 중
세의 예술세계에 심취되는 느낌이었다.

♣ 대운하 투어, 수상택시

다시 두칼레 궁전을 지나 선착장에서 대운하를 관광하기 위하여
12인승 모터보트인 수상택시를 탔다. 곤돌라를 탔을 때는 작은

인공섬들 사이에 있는 소운하 위주로 관광하였는데, 수상택시를 타니 작은 인공섬들이 모여 형성된 큰 블록들 사이에 있는 대운하 위주로 구경하였다. 대운하 투어는 도보로는 교통 사정상 모두 볼 수 없는 대운하를 전용 수상택시를 이용하여 고성능 수신기를 통하여 가이드의 자세한 설명을 들으며 악천후 속에서도 편안하게 관광할 수 있는 프로그램인데, 수상택시를 타고 쾌속 질주하면서 베니스의 진면목을 감상할 수 있었다.

♣ 헤밍웨이의 "누구를 위하여 종을 울리나"

산 마르코 광장부터 시작하는 약 4km의 대운하를 달리다 보면 나폴레옹이 그의 부인이던 조세핀을 닮아서 좋아했다는 산타 마리아 살루테 성당, 작가 헤밍웨이가 "누구를 위하여 종을 울리나"를 집필하였던 그리티 궁전, 세익스피어의 '베니스 상인'의 배경이 되었던 리알토 시장, '결혼행진곡'을 작곡한 바그너가 생을 마감하였던 벤드라민 궁전 등 수없이 많은 중세시대부터의 건축물들이 유럽의 역사에 자신들의 발자취를 남긴 위인들의 흔적을 간직하고 있어 이번 여행에서 가장 아름다운 추억을 만들 수 있었다.

♣ 베네치아를 대표하는 아이콘, 리알토 다리

대운하 투어는 수상택시를 타고 40분 정도 진행되었는데, 투어 중간 정도에 통과한 리알토 다리가 매우 인상적이었다. 베네치아를 대표하는 아이콘으로 대운하의 가장 좁은 곳에 걸쳐 있는 이 다리는 19세기까지는 대운하에 놓인 유일한 다리였다고 한다. 처음에는 나무로 만들어진 다리였으나 잦은 화재와 붕괴로 인하여 대리석으로 개조했으며, 이 일대는 베네치아에서 가장 번화한 곳으로 주변에 어시장과 식료품 시장이 들어서 있고, 해 질 녘 다리 위에서 바라보는 대운하의 풍경은 장관이라고 한다.

♣ 괴테, "베네치아, 너는 머리로 이해할 수 없어 마음으로 담아 간다"

대운하 투어를 마지막으로 베니스 여행을 마치고 줄리엣의 도시 베로나로 출발하기 직전에 베니스 현지 가이드가 작별 인사로 했던 멘트가 매우 인상적이었다. 독일 문학의 최고봉을 상징하는 괴테가 베니스를 여행한 후 베니스의 아름다움에 감탄하여 "베네치아, 너는 머리로 이해할 수 없어 마음으로 담아 간다"라는 명언을 남겼다고 하면서, 우리들도 베니스의 추억을 가슴에 담아 가기 바란다고 하였다.

♣ 나폴레옹 → 괴테, "여기도 사람이 있군"

나폴레옹이 1808년에 괴테를 만나 "여기도 사람이 있군"이라는 묘한 말을 했던 것에 대하여 당대 최고의 영웅이며 천재로 칭송되던 나폴레옹이 괴테를 자신에 버금가는 인물로 인정한 것이야말로 최상의 찬사를 한 것이라고 여긴다고 하는데, 이처럼 위대한 괴테가 베니스에 대하여 격찬을 했다는 가이드의 멘트를 듣고 나니 낭만과 고풍스러운 아름다움이 흘러넘치는 이 도시는 세계 여행객들의 로망일 수밖에 없다는 생각이 절로 들었다.

♣ 줄리엣의 도시, 베로나를 향하여

베니스에서의 추억을 가슴에 담고 밀라노로 가는 길의 중간쯤에 있는 베로나로 이동하기 위하여 베니스를 출발하였다.

베로나로 가는 도중에 중국인이 운영하는 식당에 들러 돼지고기, 포도 등으로 점심 식사를 하였는데, 식당 앞 공터에 태극기와 오성홍기가 나란히 걸려 있는 것으로 보아 한국인과 중국인 관광객들이 많이 이용하는 식당인 것 같았다.

♣ 원형극장 아레나

베로나에 도착하여 맨 먼저 방문한 곳은 원형극장 아레나였다. 이 곳은 베로나에서 가장 유명한 관광명소로 1세기 무렵 건축된

원형극장은 이탈리아에서 세 번째로 큰 규모를 자랑하는데, 12세기에 발생한 대지진에도 불구하고 예전의 형태를 그대로 유지하고 있고, 한 때 이곳에서 검투경기가 열리면 베로나 시민 모두가 들어갈 수 있었고, 현재는 연극제와 오페라 축제의 메인 공연장으로 사용되고 있다고 한다.

♣ 한여름밤의 오페라 축제 : 베르디의 <아이다>

1913년 베르디 탄생 100주년 기념 공연으로 오페라 <아이다>가 이곳 아레나에서 연주된 것을 계기로 시작된 한여름밤의 오페라 축제는 매년 6월말부터 8월말까지 거행되는 베로나 최고의 이벤트인데, 베르디의 <아이다>를 시작으로 <토스카>,<카르멘>,<리골레토>,<로미오와 줄리엣> 등이 공연되고, 공연 무대도 아름답지만 공연 시작 전 모든 관객이 촛불을 켜고 공연을 기다리는 모습 또한 아름답다고 한다.

원형극장 아레나에서 줄리엣의 집까지는 약 600~700m의 거리로 베로나 도심을 관통하였는데, 서울의 명동을 통과하는 기분이 들었고, 골목길 좌우로 유명 상표의 상점들이 즐비하였다. 특히, 비교적 짧은 거리였지만 4~5개의 은행들이 영업을 하고 있는 것으로 보아 이곳이 베로나의 중심지임을 짐작할 수 있었다.

♣ 전 세계 연인들의 성지, 줄리엣의 집

드디어 전 세계의 연인들의 성지, 줄리엣의 집에 도착하였는데, 집 안마당에 세워놓은 줄리엣의 동상 앞에는 사람들이 줄을 지어 그녀의 가슴을 어루만지며 기념촬영을 하고 있었는데, 이는 동상의 가슴을 만지면 사랑이 이루어진다는 속설이 있기 때문이라고 한다. 세익스피어의 <로미오와 줄리엣>은 중세시대 이탈리아가 황제와 교황의 세력다툼이 극심했던 때에 베로나의 한 가문을 소재로 쓰였는데, 황제파 가문의 로미오와 교황파 가문의 줄리엣의 비극적인 사랑을 생각하니 가슴이 아팠다.

♣ 에르베 광장

우리 가족도 줄리엣의 동상을 배경으로 기념사진을 촬영한 후 근처의 에르베 광장으로 이동하였다. 에르베 광장은 구시가의 중심 광장으로 광장 중심의 분수가 시원한 물줄기를 뿜어내며 여행자들에게 휴식처를 제공하고 있었고, 과거에는 약초시장이었다고 하는데 현재는 노천시장이 형성되어 있어 저렴한 가격으로 기념품 쇼핑이 가능하였고, 광장 주변에 카페, 레스토랑 등이 많이 있어 외식하기에 좋은 장소로 보였다.

♣ 이태리 경제의 중심지, 밀라노

줄리엣의 도시, 베로나를 뒤로 하고 고속도로를 달려 저녁에 이태리 경제의 중심지인 밀라노에 도착하였다. 밀라노에서의 야간 관광 일정은 베르디의 "춘희"와 "아이다"가 초연된 곳으로 유명한 스칼라극장, 유리지붕이 우아하고 멋진 아치형 회랑 비토리오 에마뉴엘레 2세 회랑, 이탈리아 최대의 고딕 양식의 건축물인 두오모 성당 순으로 진행되었는데, 이탈리아 반도에서 유럽 대륙으로 진출하는 관문 역할을 하는 말라노의 야경이 고전과 현대가 조화를 이룬 멋진 모습으로 기억되었다.

♣ 유럽 3대 오페라극장 중의 하나, 스칼라극장

밀라노 패션쇼로도 유명한 화려한 도시 밀라노는 이탈리아에서 가장 부유한 롬바르디아 주의 주도이며 다른 이탈리아 도시와는 다르게 현대적인 느낌을 주었다. 맨 먼저 방문한 곳은 밀라노시청 맞은편에 있는 스칼라 극장이었는데, 이곳은 마리아 칼라스와 우리나라 성악가 조수미 님의 주무대이기도 했던 전 세계 성악도들의 꿈의 무대이며 파리, 빈과 더불어 유럽 3대 오페라극장으로 꼽히는 곳이라고 한다. 1778년에 완공되었으나 1943년에 공습으로 파괴되었다가 3년 후인 1946년에 재건된 건물로 수수한 외부와 달리 내부는 매우 화려하다고 하는데 밤이라서 입장할 수는 없어 아쉬웠다.

♣ 밀라노의 응접실, 비토리오 에마뉴엘레 2세 회랑

스칼라극장에서 두오모 성당으로 이동하는 중간에 비토리오 에마뉴엘레 2세 회랑이 있었는데, 이곳은 '밀라노의 응접실'이라고도 불리우는 아케이드로 유리로 만든 거대한 천장이 매우 아름답고 이색적이었다. 내부는 매우 화려하게 꾸며져 있고 바닥에는 섬세한 모자이크들이 깔려 있었고, 양편에 카페, 레스토랑, 각종 명품샵들이 들어서 있었다. 내부를 걷다보니 관광객들이 모여 있는 곳을 발견할 수 있었는데, 이곳은 소원을 비는 곳이라고 한다. 바닥의 모자이크는 12궁도를 나타내는 것들인데, 그 중에서 황소의 생식기를 발뒤꿈치로 밟고 한 바퀴 돌면 소원이 이루어진다고 하여 그 부분만 움푹 패어 있었다. 가이드의 설명에 의하면, 이곳에는 7성급 호텔이 있는데, 보안때문에 일반인들은 출입문을 쉽게 찾을 수 없다고 하였다.

♣ 고딕양식 건축물의 정수, 두오모 성당

비토리오 에마뉴엘레 2세 회랑을 지나가니 세계에서 네 번째로 큰 성당으로 밀라노의 상징인 두오모 성당이 아름다운 자태를 뽐내고 있었다. 500 여 년에 걸쳐 완공된 이 성당은 전형적인 고딕양식의 135개의 탑이 마치 숲이 우거진 듯한 느낌을 주었고, 내부는 높은 천정으로 인해 장중한 느낌이 들고 스테인드글라스가 눈부시게 빛났다. 이렇게 많은 뾰족탑으로 구성된 건물은 처음 보았는데, 높은 뾰족탑은 하나님께 보다 가까이 가고자 하는 인간들의 열망을 반영한 것이라고 한다.

♣ 레오나르도 다빈치의 <최후의 만찬>

다음은 레오나르도 다빈치의 <최후의 만찬>이 보존되어 있어 유명한 『산타 마리아 델레 그라치에 성당』을 구경하고 싶었으나 이번 관광코스에는 없어 못내 아쉬웠다. <최후의 만찬>은 예수 그리스도가 수난 전 '너희들 중 한 명이 나를 배신할 것이다'라고 말하는 순간을 묘사한 그림인데, 2차 세계대전 중 수도원이 폭격되어 식당 전체가 무너졌으나 이 그림이 있는 벽만 홀로 우뚝 서 있어 보존된 그림으로 레오나르도 다빈치가 1495~98년까지 템페라 기법으로 그렸다고 한다.

이 그림 속 인물들은 모두 성서에 표현된 각자의 특징을 갖고 있는데, 그 예가 예수의 오른쪽에서 손가락 하나를 들고 있는 사도 토마스를 들 수 있다고 한다. 다 빈치는 사도 토마스가 예수의 상처 속에 손가락을 넣어봐야 예수의 부활을 믿겠다고 말했던 것을 알고 그림 속에 표현했다고 한다.

♣ COSMO HOTEL PALACE

밀라노에서의 야간 관광을 마치고 숙소인 COSMO HOTEL PALACE에 가기 전에 한국인이 운영하는 식당에 들러 돼지갈비, 김치, 공기밥 등으로 저녁식사를 하였는데, 이번 여행 일정 중 처음으로 먹어 본 한식이라서 모두들 즐겁게 먹었다.

♣ ♣ 다섯째 날
♣ 알프스산맥의 최고봉 몽블랑(해발 4,807m)을 향하여

여행 다섯째 날 아침 호텔에서 뷔페식으로 아침식사를 하였는데, 이번 여행 일정 중 가장 풍부한 메뉴가 제공되었다. 각종 과일, 쿠기, 카푸치노 등으로 즐겁게 식사를 마치고 알프스산맥의 최고봉 몽블랑(해발 4,807m)을 가장 근접하여 조망할 수 있는 에귀 뒤 미디 전망대(해발 3,842m)를 향하여 출발하였다. '몽블랑은 산 중의 산이다. 모든 산들이 바위로 그들 왕좌를 만들고 구름으로 치마를 만들고 또한 눈으로 그의 왕관을 만들었다'라고 표현한 『바이런』의 시 구절처럼 몽블랑은 알프스의 순수하고도 웅장한 아름다움을 모두 갖추고 있다는 생각에 사로잡혀 벌써부터 가슴이 설렜다.

♣ 프랑스의 마지막 마을, 샤모니

당초 계획으로는 몽블랑을 이탈리아 쪽에서 조망할 수 있는 헬브른 전망대(교황의 하계휴양지)를 갈 예정이었으나, 케이블카의 보수공사로 인해 몽블랑을 프랑스 쪽에서 조망할 수 있는 에귀 뒤 미디 전망대를 가는 것으로 변경되었다. 에귀 뒤 미디 전망대에 가기 위해서는 우선 프랑스의 샤모니로 가야 하는데, 이탈리아에서 샤모니로 가기 위해서는 몽블랑 터널을 통과해야 했다. 몽블랑 터널 입구부터 프랑스 지역이므로 간단한 통과절차가 진행되었고, 도로안내판에 표시된 터널 길이를 보니 11.6km 정도 되었다. 터널 속을 한참 동안 달린 전세버스가 터널을 통과하고 고불고불한 비탈길을 내려가니 드디어 몽블랑을 관광할 수 있는 프랑스의 마지막 마을, 샤모니가 우리를 반겼다.

♣ '악마의 저주받은 산'으로 불렸던 산, 몽블랑

샤모니는 18세기만 해도 아르브강 오른편에 위치한 아담한 목조 가옥들이 옹기종기 모인 작은 마을이었다고 하는데, 지금은 강을 중심으로 시내가 펼쳐지며 관광 도시의 면모를 갖추고 있었다. 인간의 접근을 거부해서 '악마의 저주받은 산'으로 불렸던 몽블랑이 여행객들로부터 사랑을 받기 시작한 것은 1786년 자크 발마와 미셸 파카르에 의해 정복된 다음부터라고 한다. 이후 여름에는 등산과 피서, 겨울에는 스키를 즐기려는 사람들이 몰려드는 휴양지가 되었고, 이곳 샤모니는 고원 지대의 산악 마을답게 운치 있는 목조 가옥들과 거리 풍경으로 알프스의 정취를 가득 담고 있었는데, 우리나라 설악산 숙박시설지구에 와 있는 듯한 기분도 들었다.

♣ 스위스 전통 향토 음식, '퐁뒤'

점심식사를 하기 위하여 중국인이 운영하는 식당에 가서 스위스 전통 향토 음식인 '퐁뒤'를 먹었는데, '퐁뒤'는 긴 꼬챙이 끝에 음식을 끼워 녹인 치즈나 소스에 찍어 먹는 스위스 전통요리라고 한다. 스위스 알프스 지역에서 시작된 음식으로, 퐁뒤라는 이름은 프랑스어로 '녹이다'라는 뜻의 '퐁드르(fondre)'에서 유래되었고, 종류에는 치즈 퐁뒤, 오일 퐁뒤, 스톡 퐁뒤, 소스 퐁뒤, 스위트 퐁뒤 등이 있다고 하는데, 우리가 먹은 것은 뜨거운 오일에 소고기, 닭고기, 야채 등을 튀겨서 소스에 찍어 먹은 것으로 '오일 퐁뒤'라고 한다.

♣ " AIGUILLE DU MIDI 1030 ~ 3842m "

점심 식사를 마치고 케이블카 매표소로 이동하였는데, 케이블카 매표소 입구에 표시된 " AIGUILLE DU MIDI 1030m ~ 3842m " 라는 문구를 보고 케이블카를 타면 해발 1030m 이곳 마을에서 해발 3842m 에귀 뒤 미디 전망대까지 이동할 수 있음을 직감할 수 있었다. 출발 전의 날씨는 구름 낀 흐린 날씨여서 몽블랑을 선명하게 볼 수 없을 것으로 예상했었는데, 케이블카가 해발 2000m 정도의 창공을 통과할 때 구름 속을 지나갔고, 구름 위로 올라가니 찬란한 태양이 이글거리고 있었다. 거의 수직에 가까운 경사를 약 11분 정도 달려 에귀 뒤 미디 전망대에 도착하였는데, 고도가 3842m나 되다보니 산소가 부족하여 전망대의 계단을 오를 때 숨이 가빴다. 흥분된 마음으로 전망대 정상에 오르니 만년설로 뒤덮인 알프스의 영봉들이 파노라마처럼 펼쳐졌다. 산중턱에 걸쳐 있는 하얀 구름들이 구름바다를 이루고 있었고, 끝없이 펼쳐져 있는 알프스산맥의 높은 봉우리들이 위용을 과시하고 있었으며, 강렬한 햇빛이 하얀 눈에 반사되어 눈을 제대로 뜰 수 없을 정도였다.

♣ Mont Blanc / Monte Bianco

정신을 차리고 알프스의 최고봉 몽블랑(Mont Blanc<프랑스어>, 이탈리아어로는 몬테 비앙코<Monte Bianco>)을 바라보니 직선거리 약 1.5km 정도 지점에 우뚝 솟아 있는 자태가 따사로운 햇빛을 받아 매우 선명하게 보였다. 지리산 천왕봉(해발 1,915m)의 일출을 보려면 3대에 걸쳐 德을 쌓아야 한다는 속설이 있듯이 이곳 알프스 몽블랑도 선명한 모습을 조망하기가 쉽지 않다고 하는데, 우리는 눈부시게 아름다운 몽블랑의 장관을 가슴 속에 담을 수 있는 행운을 갖았다.

♣ 평창의 2018년 동계올림픽 유치를 기원하며

전망대에서 사방을 둘러보니 험준한 산을 등반하는 산악인들, 패러글라이딩을 즐기는 사람들 등 멋진 도전을 즐기는 익스트림 스포츠맨들이 눈에 띠었다. 알프스는 천혜의 자연환경 덕분에 관광뿐만 아니라 스포츠의 메카로도 떠오르고 있다고 한다. 샤모니로 내려가는 케이블카를 타고 가면서 이 근처에 스키장이 있다는 말을 듣고 나니 동계올림픽 유치에 세 번째로 도전하는 강원도 평창이 생각났다.

평창의 동계올림픽 유치를 위한 도전의 역사를 보면, 2010년 대회를 위해 캐나다 밴쿠버, 오스트리아 잘츠부르크, 스위스 베른 등과 경쟁하였지만 캐나다 밴쿠버가 개최지로 결정되었었고, 2014년 대회를 위해 러시아 소치, 오스트리아 잘츠부르크 등과 경쟁하였지만 러시아 소치가 개최지로 결정되었었고, 현재는 2018년 대회를 위해 프랑스 안시, 독일 뮌헨 등과 경쟁하고 있다고 한다. 이번에 평창과 경쟁중인 프랑스 안시는 이곳 샤모니에서 가까운 거리에 있다고 한다. 자연환경 면에서는 안시나 뮌헨이 평창보다 좋은 조건을 갖추고 있을 수도 있겠지만 교통, 안전 등의 면에서는 평창이 안시나 뮌헨보다 좋은 조건을 갖추고 있을 수도 있으므로 부디 평창이 동계올림픽 유치에 성공하기를 기원해 보았다.

♣ 국제기구의 메카, 제네바

알프스 몽블랑을 추억 속에 간직하고, 프랑스 파리로 가는 경유지인 스위스 제네바를 향해 출발하였다. 그런데, 이동 도중 전세버스 안에서 인솔 가이드로부터 프랑스의 연금개혁 반대 파업으로 인해 제네바에서 파리로 가는 T.G.V가 운행되지 않아 대책을 고민하고 있다는 말을 들었다. 제네바 시내에 도착하여 자동차가 달리는 도로의 중앙선 부분에 설치된 선로 위를 달리는 전동열차를 보니 꽤 이채로워 보였다.

♣ 중앙유럽에서 두 번째로 큰 호수, 레만호수

다음으로 구경한 중앙유럽에서 두 번째로 큰 규모라는 레만호수는 길이 72km, 너비 14km, 둘레 길이 195km, 평균 수심 154m 등이라고 하니 바다처럼 광활하게 보였다. 이에 비하여 레만호수변에 있는 영국공원의 꽃시계는 규모가 생각보다 아담하게 보였다.

♣ KYRIAD HOTEL ORLY AEROPORT

잠시 후 제네바역에 도착하여 가이드가 T.G.V 운행 일정을 확인하였는데, 전면 중단이라고 하여 근처에 있는 공원에서 쌀쌀한 날씨 속에 한식 도시락을 먹은 다음, 로마에서 제네바까지 며칠 동안 타고 왔던 전세버스를 다시 타고 프랑스의 디종까지 3시간 30분 동안 이동한 후 디종역에서 1시간 30분 정도 대기하다가 파리에서 급파된 전세버스를 타고 또다시 3시간 30분을 달려 다음날 새벽 4시경 파리 외곽에 있는 KYRIAD HOTEL ORLY AEROPORT에 도착하였다.

♣ ♣ 여섯째 날

♣ 파리의 아침

어렵게 도착한 파리의 숙소에서 겨우 3시간 정도 수면을 취한 상태에서 아침 7시경 기상하여 호텔에서 뷔페식으로 간단히 아침 식사를 마친 후 파리 시내 관광을 위하여 아침 9시경 전세버스를 타고 호텔을 출발하였다. 전세버스를 타고 파리 시내 초입 부근을 통과할 때 높은 빌딩의 옥상에 설치된 반가운 대형광고판을 보았는데, 삼성과 LG의 광고판이었다. 세계적인 기업으로 성장한 우리나라의 간판 기업에 응원의 박수를 보냈다.

♣ 릴케, "파리, 어느 곳과도 비교할 수 없는 도시"

잠시 후 전세버스가 파리 시내를 통과하였다. 유럽 여행의 중심지이며 예술과 패션의 본고장으로 많은 여행객들의 발걸음이 끊이지 않는 곳 파리. 플라타너스가 늘어선 넓은 도로를 따라 역사적인 건물과 유명 브랜드 매장이 줄지어 있는 샹젤리제 거리, 수많은 시인들이 시를 남긴 세느강, 프랑스의 상징 에펠탑, 예술품의 보고 루브르 박물관, 예술가들의 거리 몽마르트 언덕 등 파리에서 구경하게 될 명소들을 생각하니 벌써부터 흥분된 마음을 감출 수가 없었다. 수많은 예술가들의 자취가 남아 있는 파리는

'어느 곳과도 비교할 수 없는 도시'라고 말한 『릴케』의 명언이 아니더라도 사람들이 가장 여행하고픈 도시로 꼽을 만큼 다양한 매력을 가득 담고 있다고 하는데, 이런 도시에 입성하였다고 생각하니 꿈만 같았다.

♣ 미술가, 히틀러

제2차 세계대전을 일으켰고 6백만 유태인을 학살했던 나치 독일의 수괴 히틀러도 학창시절 미술가를 꿈꾸고 파리로 왔지만 당시의 미술계 흐름을 파악하지 못하고 딱딱한 자기 그림체를 너무 좋아한 나머지 평범한 미술학도에 머물렀다고 한다. 히틀러가 미술가로 성공했다면 정치가가 되지 않았을 수도 있고, 정치가가 되지 않았다면 제2차 세계대전도 발생하지 않았을지도 모른다는 말이 있다고 한다. 이처럼 잔혹한 히틀러도 1940년 파리를 점령했지만 파리를 너무 사랑하여 프랑스 유물들을 손대지 않았다고 하니 히틀러의 또다른 모습에 잠시 생각에 잠겼다.

♣ 거리 화가들의 천국, 몽마르트 언덕

파리에서 가장 처음 방문한 곳은 19세기까지만 해도 마네나 피카소 같은 화가들이 예술을 이야기하며 작품 활동을 했던 몽마르트 언덕이었다. 지금은 관광객들의 초상화를 그려 주며 돈을 받는 거리 화가들이 활동하고 있었다. 몽마르트 언덕의 정상에 있는 샤크레꾸르 대성당에 올라 파리 시내를 내려다보니 예술의 도시 파리의 시가지가 한눈에 들어 왔다. 높은 건물은 거의 보이지 않고 고풍스러운 건물 위주로 펼쳐져 있어 포근한 느낌이 들었다.

♣ 샤크레꾸르 대성당

샤크레꾸르 대성당은 로만 비잔틴 양식의 성당으로 1876년 프러시아 전쟁에서 패배한 뒤 실망에 빠져 있던 파리 시민들에게 용기와 위안, 정신적인 희망을 주기 위해 카톨릭 교도들이 모금한 4천 프랑의 기부금으로 건축되기 시작해 1919년에 완공되었는데, 성당 중앙의 높이 83미터의 거대한 돔에서 내려다보는 파리 시내의 전경이 일품이라고 한다. 밤 9시가 넘으면 몽마르트 언덕의 거리 곳곳에 있는 노천카페에서는 생음악 연주가 시작된다고 하는데, 우리는 거리 화가들이 관광객들을 상대로 초상화를 그려 주고 있는 테르트르 광장의 바로 옆에 있는 노천카페에서 카푸치노와 핫초코를 마시면서 파리의 낭만을 즐겼다.

♣ 달팽이 요리, 에스카르고(Escargot)

몽마르트 언덕의 기념품 가게에서 에펠탑 모형을 몇 개 구입한 후 점심 식사를 위해 프랑스 요리를 하는 식당으로 이동하였다. 메뉴는 에스카르고(Escargot)라는 달팽이 요리였는데, 프랑스식 버터향의 소스에 익힌 달팽이 6개를 찍어 먹었다. 처음 먹어 보는 음식이라 처음에는 낯설었지만 고소하고 향긋한 맛을 강조한 독특한 향이 식욕을 돋구는 것 같았다. 한국어로 친절하게 서빙하는 프랑스인 종업원과 함께 기념사진을 찍으면서 추억을 만들었다.

오후 여행 일정은 13:30 루브르 박물관, 15:30 에펠탑, 17:30 저녁 식사, 19:00 세느강 유람선 등의 순서로 진행되었다.

♣ 세계 3대 박물관 중의 하나, 루브르 박물관

오후에 가장 먼저 방문한 곳은 영국의 대영 박물관, 바티칸시국의 바티칸 박물관 등과 함께 세계 3대 박물관 중 하나인 루브르 박물관으로, 이 박물관은 원래 이민족들로부터 시테섬을 방어하기 위한 요새로 12세기에 처음 만들어졌으며 16세기에 이르러서는 궁전으로 개축되었으며, 프랑스대혁명 이후인 1793년 처음 미술관으로 변모되었으며, 지금과 같은 커다란 박물관의 모습을 갖춘 것은 1997년으로, 1981년부터 시작된 미테랑 대통령의 'Grand Louvre'계획이 마무리되면서였다고 한다.

지금까지 30여 만 점 이상의 수집품이 전시되어 있는 루브르 박물관은 16세기 때 프랑수아 1세가 다빈치, 티치아노, 라파엘로 같은 이탈리아 화가들의 작품을 수집하면서 미술관의 역사가 시작되었으며, 고대 오리엔트 미술과 고대 이집트 미술, 로마 미술, 르네상스 미술, 조각, 회화, 판화, 루브르의 역사 등 8개의 컬렉션으로 구성되어 있다고 한다.

♣ '모나리자'와 '비너스'

박물관의 대표적인 작품은 레오나르도 다 빈치의 '모나리자', 제리코의 '메두사호의 뗏목', '나폴레옹 황제의 대관식', 밀로의 '비너스' 등이 있었는데, 수많은 작품들을 약 1시간의 짧은 시간에 모두 감상할 수 없으므로 이와 같은 대표작 위주로 가이드의 설명을 들으면서 관람하였다. 이와 같은 대표작 중에서도 '모나리자'와 '비너스'는 관람객들이 너무 많아 기념사진을 근접 촬영할 수 없어 약간 거리를 두고 찍을 수밖에 없어 아쉬웠다. 특히, '모나리자'는 수많은 관람객들이 작품 주위를 에워싸고 있어서 접근하기가 너무 어려워 약 10m 정도의 거리에서 관람하였는데, 작품의 크기가 생각보다 작아 그림을 세밀하게 감상할 수 없어 못내 아쉬웠다.

사람들이 보통 기념사진을 촬영할 때 몸을 약간 옆으로 돌린 상태에서 찍는 것은 '모나리자'를 보고 모방한 것이며, '비너스'의 작품 구도가 가로 1 : 세로 1.6의 황금비례를 따른 것은 이 구도가 가장 아름답게 보이는 구도이기 때문이며, 이 황금비례가 예술품의 정석이 되었다는 가이드의 설명이 인상적이었다.

♣ 우리나라의 외규장각 도서 반환 운동

루브르 박물관 관람을 마치고 나오면서 우리나라 외규장각 도서 반환 운동이 생각났다. 우리나라의 시민단체 문화연대가 외규장 각 도서를 반환하라고 프랑스 정부를 상대로 제기한 행정소송에 서 최근 프랑스 행정법원이 '프랑스 국립도서관 소유재산은 국가 재산이며, 프랑스가 외규장각 도서를 약탈한 1866년 무렵에는 약탈행위를 금지하는 국제규범이 형성되었다고 보기 힘들다'라는 이유로 기각판결을 내린 것에 대하여, 국가 간의 신의를 저버리 는 태도라고 비판하는 의견들이 많다고 한다. 1993년 문민정부 에서 프랑스 알스톰사의 고속철 T.G.V를 도입하면서 미테랑 대 통령과 외규장각 도서 반환에 합의했지만 17년이 지난 지금까지 도 이행되지 않고 있는 것에 대하여, 프랑스의 사르코지 정부가 최근 이집트의 유물을 반환한 사례가 있음에도 이미 국가 정상 간의 합의된 사항을 이행하지 않는 것은 한국을 무시한 처사이 며 당시 우리나라도 양해각서가 아닌 계약서의 일부로 명시했어 야 했다는 의견들도 있다고 하는데, 공감이 되는 의견이라고 생 각한다.

♣ 대혁명 광장, 콩코드 광장

루브르 박물관 관람을 마친 후 전세버스를 타고 에펠탑으로 이 동하는 도중에 콩코드 광장을 지났는데, 이 광장은 파리 한 가운 데 있는 유럽에서 가장 큰 규모이며, 처음에는 '루이 15세 광장' 으로 불리다 1789년 프랑스대혁명이 발생한 뒤부터 '대혁명 광 장'으로 불리었다고 한다. 프랑스대혁명 당시 이곳에 있던 루이 15세의 기마상을 없애고 단두대가 설치되어 국왕 루이 16세와 왕비 마리 앙뚜와네뜨 등 1,119명의 사람들이 처형되었다고 한다. 또한, 광장 중앙에는 높이 23미터에 달하는 거대한 오벨리스크가 있고 그 주변으로 프랑스의 8개 도시를 상징하는 여인상과 2개의 분수가 있으며, 해마다 혁명 기념일인 7월 14일에 펼쳐지는 퍼레이드는 개선문에서 시작해 상젤리제 거리를 따라 내려와 이 광장에서 절정을 이루며, 기념일 전날인 13일 밤에는 이곳에서 화려한 불꽃축제가 벌어지며 왈츠도 즐길 수 있다고 하니 프랑스 역사에 있어 1789년 프랑스 대혁명의 의미와 가치를 실감할 수 있었다.

♣ 엘리제의 들판, 상젤리제 거리

전세버스가 콩코드 광장에서 개선문을 향해 방향을 돌리자 샹젤리제 거리가 직선으로 뻗어 개선문을 향하고 있었다. '엘리제의 들판'이라는 뜻을 가진 샹젤리제 거리는 개선문 앞에서 시작해 콩코드 광장까지 이어진 약 2km의 화려한 거리로 샹젤리제 거리의 인도는 다른 곳들에 비해 매우 넓어 넘치는 여행자들을 수용하기에 적합해 보였으며, 양쪽으로 늘어선 가로수와 노천카페들이 낭만적인 분위기를 연출하고 있었다.

♣ 나폴레옹의 개선문

샹젤리제 거리에서 바라 본 개선문의 위용이 너무 웅장하여 카메라 셔터를 계속해서 눌렀다.

개선문 바로 앞에서 전세버스에서 내려 가족과 함께 기념 촬영
을 하였는데, 개선문의 웅장한 규모가 수많은 관광객들을 압도하
기에 충분해 보였다. 개선문은 나폴레옹이 1806년 오스텔리츠
전투에서 승리한 것을 기념하기 위하여 샤를 드골 에투알 광장
의 중앙에 세우도록 건축가 샬그랭에게 명령하여 30년 뒤인
1836년에 완성되었는데, 나폴레옹은 생전에 개선문의 완성을 보
지 못하고 그의 장례 행렬이 이곳을 통과해 앵발리드 묘지로 갔
다고 한다. 에펠탑으로 이동하기 위하여 다시 전세버스를 타고
개선문을 한 바퀴 돌 때 개선문의 측면과 뒷면을 감상하였는데,
문 안쪽에는 여러 전쟁에 참전한 장군들의 이름이 새겨져 있었
으며, 기둥 아래 부분에 무명 병사의 무덤이 있었다.

개선문에서 에펠탑으로 이동하는 도중에 파리의 젖줄인 세느강
을 건넜는데, 서울의 한강과 비교하면 규모가 훨씬 작아 보였지
만, 한강변에 펼쳐져 있는 아파트 숲이 삭막하게 느껴지는 것과

는 달리 세느강변에 펼쳐진 고풍스러운 건물들은 높지 않아 세느강과 조화를 이루고 있었다.

♣ 파리의 상징, 에펠탑

에펠탑 매표소 앞에 도착하니 입장을 기다리는 관광객들이 장사진을 이루고 있었다. 이곳 에펠탑에 입장한 입장객의 숫자가 매년 약 750만 명 정도이고, 지금까지 약 2억 명 정도가 입장하였다고 하니 에펠탑이 프랑스의 관광산업에서 효자 노릇을 톡톡히 하고 있다는 점은 누구도 부인하기 어려울 것 같았다.

전 세계에서 가장 유명한 건축물 중의 하나로 손꼽히는 에펠탑은 프랑스 대혁명 100주년을 기념하기 위해 1889년 파리 만국박람회 때 세워졌던 임시 구조물이었고, 에펠탑의 설계자는 뉴욕 자유의 여신상(1886년 미국 독립 100주년을 기념하여 프랑스가 미국에게 우호증진을 위한 선물로 준 것이라고 함)의 제작에 참여했던 귀스타프 에펠로 철근을 노출시킨 독특한 구조물을 만들어냈으며, 약 321m 높이에 12,000개의 철제 재료, 250만개의 고정 리벳을 사용했다고 한다. 완성 초기에는 거리의 미관을 해친다는 거센 반발이 있었으나 이제는 파리를 대표하는 구조물이 되었다고 한다. 특히 1986년에 조명시설이 갖추어지면서 에펠탑은 '빛의 도시' 파리를 위해 다시 태어났고, 해가 진 후 에펠탑 전망대에 오르면 보석처럼 빛나는 파리의 야경을 즐길 수 있다고 한다.

이번 해외여행을 위해 한국을 출발하기 1~2주 전에 이슬람 테러조직인 '알 카에다'가 파리의 에펠탑, 로마의 콜로세움 등 관광객들이 많이 모이는 장소를 대상으로 테러를 할 수도 있다는 첩보가 있다면서 미국이 자국민들을 대상으로 이곳들을 여행위험지역으로 지정했다는 뉴스를 듣고 걱정을 하고 있는 상황에서 이곳 에펠탑을 관람하려고 하니 약간 긴장이 되었지만 에펠탑 입구 검색대에서 입장객들을 대상으로 무기 소지 여부를 검색하고 있어서 긴장이 많이 완화된 상태에서 에펠탑을 오르게 되었다.

엘리베이터를 타고 2층 전망대까지 오른 후 다시 3층 전망대로 가는 엘리베이터로 갈아타고 3층 전망대까지 도착하였다. 321m의 높이의 3층 전망대에서 파리 시내를 둘러보니 고층 건물 위주로 도시를 이루고 있는 서울과는 달리 파리는 일부 지역에만 고층 건물 위주로 있있고 대부분의 지역은 낮은 건물 위주로 도시를 형성하고 있었다. 또한, 서울의 외곽은 북한산, 도봉산, 관악산, 남한산 등 높은 산들이 병풍처럼 서울을 에워싸고 있는 것과는 달리 파리의 외곽은 낮은 언덕 위주로 지형이 형성되어 있을 뿐 산이라고 할 만한 높은 곳은 거의 없었고, 일부 지역은 지평선이 보이는 것 같았다.

에펠탑에서 내려다본 파리의 전경 중 가장 인상적인 곳은 파리의 중심을 유유히 흐르고 있는 세느강이었다. 길이 776km의 세느강은 프랑스에서 세 번째로 긴 강으로 제2차 세계대전의 전세를 바꿨던 노르망디 상륙작전이 펼쳐졌던 노르망디를 거쳐 영국해협으로 흘러가는데, 세느강변을 따라 각기 제멋을 뽐내고 있는 화려한 건물들이 세느강을 여유롭게 흘러가는 유람선들과 조화를 이루면서 파리의 낭만을 연출하고 있었다.

시선을 세느강에서 개선문 방향으로 돌리니 개선문, 샹젤리제 거리, 콩코드 광장, 루브르 박물관 등이 파노라마처럼 펼쳐져 장관을 이루고 있었다. 이 멋진 파리의 모습을 아름다운 추억으로 간직하기 위하여 가족들과 함께 여러 장의 기념사진을 찍었다. 에펠탑에서 내려가 근처 공원에서도 에펠탑을 배경으로 여러 장의 기념사진을 촬영한 후 저녁식사를 위해 세느강 유람선 선착장 근처의 식당으로 이동하였다.

♣ 챌린지의 밤

이 식당은 한국인이 운영하는 식당이었는데, 이곳에서 삼겹살에 포도주를 마시면서 가족애와 동료애를 재발견하는 "챌린지의 밤"을 갖었다. 며칠 전 로마 시내 관광을 마치고 로마에서 저녁 식사를 하면서 자기소개의 시간을 갖었듯이 이곳에서도 파리 시내 관광을 마치고 그간의 여행 소감을 발표하는 시간을 갖었었는데, 사랑하는 가족과 함께 소중한 여행을 하게 되어 너무 행복하다는 소감이 주류를 이루었다. 나 또한 사랑하는 아내, 중2 아들, 중1 딸과 함께 6박 8일간의 유럽여행을 하면서 가족의 소중함을 다시 한 번 확인하는 시간을 갖게 되어 너무 행복하였다.

식당에 노래방 시설도 완비되어 있어 포도주의 취흥에 젖을 수 있는 화합의 시간을 더 갖으려고 하였으나, 세느강 유람선 탑승 시간이 30분밖에 남지 않아 아쉬움을 뒤로 한 채 즐거웠던 만찬의 시간을 마치고 세느강 유람선 선착장으로 이동하였다.

♣ 세느강 유람선 : 노틀담 사원과 에펠탑의 發光

저녁 7시경 도착한 세느강 유람선 선착장에는 유람선을 타고 세느강의 낭만을 체험하려는 수많은 관광객들로 발디딜 틈이 없었다. 세느강 유람선은 바또 무슈, 바또 파리지엥, 브데트 드 파리 등이 있는데, 우리가 이용한 바또 무슈는 에펠탑에서 가장 가까운 유람선이자 가장 많은 선착장과 유람선을 운영하고 있다고 하였다. 에펠탑 바로 정면에 있는 이에나 다리 밑에 선착장이 있으며, 유람선은 1시간 동안 세느강을 따라 파리의 관광명소를 둘러보고 노트르담 성당을 지나 다시 돌아오는 코스로 운행되었다. 인상적인 점은 관광 명소를 통과할 때마다 안내 방송을 통해 관광 명소에 대하여 설명을 해주는데 프랑스어 설명에 이어 한국어 설명을 해 준다는 점이다. 이는 그만큼 한국인 관광객들이 많다는 방증일 것이다.

바또무슈 크루즈을 탑승하여 고딕양식의 걸작인 노틀담 사원, 파리의 시발점인 시테섬, 파리의 상징인 에펠탑 등 수많은 관광 명소의 야경을 감상하였는데, 후반부에 비가 내려 다소 춥게 느껴졌지만 에펠탑의 화려한 불빛이 추위를 녹여주기에 충분하였다. 특히 에펠탑은 야간에 휘황찬란하게 조명을 밝혀 관광객들의 시선을 독차지하는데, 야간에는 매시 정각에 약 3분 동안 조명이 빠르게 켜졌다 꺼졌다를 반복하는 점멸방식의 發光을 하기 때문에 우리들은 열광하지 않을 수 없었다. 야간에 세느강 유람선을 타고 에펠탑의 화려한 조명을 감상하는 것이 파리 여행의 진수라는 생각이 절로 들었다.

이번 여행의 마지막 일정인 세느강 유람선 여행을 마치고 호텔로 돌아가 휴식을 취하였는데, 며칠 더 체류하면서 파리의 곳곳을 답사해보고 싶은 마음에 쉽게 잠을 이룰 수가 없었다.

♣ ♣　 일곱째 날
♣ 샤를드골 국제공항
토요일 아침, 귀국길에 오르기 위하여 호텔 식당에서 뷔페식으로 간단히 아침 식사를 마친 후 전세버스를 타고 샤를드골 국제공항으로 이동하였다. 출국수속을 마치고 면세점에서의 짧은 쇼핑 후 우리가 탑승한 비행기는 1,896km의 거리를 2시간 50분 동안 비행하여 핀란드 헬싱키 반타국제공항에 오후 4시 15분경 도착하였다. 오후 5시 30분에 출발하는 인천공항 행 Finnair로 환승하기 위하여 분주하게 움직이는 와중에도 면세점에 들러 선물을 고르던 중 비행기 탑승 마감시각이 되었다는 가이드의 다급한 목소리에 선물을 구입하지 못하고 출국 심사대로 뛸 수밖에 없어서 너무 아쉬웠다.

♣ ♣　 여덟째 날
♣ 인천국제공항
헬싱키 현지 시각 기준으로 토요일 오후 5시 30분경에 출발한 비행기는 약 8시간 30분 정도 비행하여 한국 시각 기준으로 일요일 아침 8시 30분경에 인천공항에 무사히 도착하였다.

♣ 소중한 여행을 마치며

6박 8일 동안의 유럽 3개국(이탈리아, 스위스, 프랑스) 여행을 종합적으로 평가해 보면, 짧은 기간에 여러 지역을 방문하여 많은 관광명소를 관광해야 했었기 때문에 쇼핑할 시간이 부족했다는 점, 프랑스의 연금개혁 반대 파업으로 인해 T.G.V가 운행되지 않아 T.G.V 대신 심야에 장시간 동안 버스로 이동했던 점 등이 아쉬움으로 남기는 하였지만, 전체적으로는 사랑하는 가족과 소중한 추억을 만든 행복한 여행이었다고 생각한다.

이번 여행을 출발하기 전에 이원복 교수님의 『먼나라 이웃나라』 이탈리아·스위스·프랑스편을 각각 3회씩 읽으면서 여행 전에 미리 간접 체험을 했던 것이 이번 여행에 상당한 도움이 되었다고 생각한다.

♣ 삶의 활력소, 여행

이처럼 소중했던 순간들을 영원히 간직하기 위하여 6박 8일 동안 1,500 여 장의 사진을 찍었으며, 이 중에서 100 여 장의 사진을 엄선하여 멋진 앨범도 만들었다. 앞으로 가끔 삶이 지칠 때 추억의 사진들을 감상해보면 삶의 활력소가 될 것으로 기대된다.

(36) 『3박 4일 동안의 일본 오사카/교토 가족여행기』 (2017.07.01.~2017.07.04.)

우리 가족 네 식구가 함께 다녀온 첫 해외여행은 2010년 10월 중순에 다녀온 이탈리아/스위스/프랑스 3개국 서유럽 여행이었다. 그로부터 7년이 지난 2017년 7월, 아들의 의무경찰 입대를 2개월 앞두고 7년 만에 두 번째 해외여행지로 일본을 여행하기로 결정하고, 한국인이 가장 많이 방문하는 해외여행지로 유명한 오사카와 일본의 천년고도 교토를 7월 1일부터 7월 4일까지 3박 4일간 여행하기로 하였다.

♣ ♣ 첫 번째 날(7월 1일)

♣ 오사카, 교토, 고베 등 긴키 지방 일대의 국제 관문, 간사이국제공항

7월 1일 오후 우리 가족 네 식구를 태운 비행기는 인천국제공항을 출발한 지 1시간 30분 만에 일본 서부지역의 국제 관문인 간사이 국제공항(関西国際空港)에 도착하였다. 이처럼 인천국제공항에서 간사이국제공항까지 1시간 30분밖에 걸리지 않기 때문에 오사카는 우리나라 사람들이 가장 많이 찾는 해외여행지가 된 것 같다.

간사이국제공항은 일본 오사카 부 오사카 만에 조성된 인공섬에 위치한 일본의 공항으로, 우리나라의 인천국제공항보다 7년 앞선 1994년 9월 4일에 개항했다고 한다.

♣ 오사카의 중심, 도톤보리(도톤 운하)

간사이국제공항에서 우리 가족이 투숙할 호텔이 있는 오사카의 번화가인 난바까지 고속열차로 1시간 정도 이동하여 호텔에 여장을 푼 다음 곧바로 번화가인 도톤보리로 이동하였다.

도톤보리는 고급 상점들이 즐비한 신사이바시와 달리 서민적인 분위기를 느낄 수 있는 번화가라고 한다. 난바로 이어지는 에비스바시에서 동쪽의 닛폰바시에 이르는 지역에는 화려한 네온사인과 독특한 간판이 많고, 특히 에비스바시의 글리코제과점 옥외 간판인 마라토너 간판은 이 지역의 트레이드마크라고 한다.

이 마라토너 간판은 현재 글리코 제과회사의 상징일 뿐만 아니라 도톤보리의 상징이 되었다고 한다. 이 간판은 일본의 에자키 글리코(glico)라는 제과 회사에서 만든 마라토너 간판인데, 글리코 회사의 과자를 먹고 오사카 일대를 돌아서 도톤보리로 골인한다는 이야기를 담고 있다고 한다. 15년 동안 42.195km를 수십 차례 완주한 나로서는 무척 반가운 간판이어서 이 간판과 화려한 야경을 뽐내고 있는 도톤보리(도톤 운하)를 배경으로 기념사진을 촬영하였다.

'도톤보리(도톤 운하)'란 이름은 일본 전국시대 말 ~ 에도시대 초의 상인 '야스이 도톤(安井道頓, 1533~1615)'에서 유래했다고 한다. 1582년, 오사카 성 운하 개발의 공적으로 도요토미 히데요시로부터 오사카 성 남쪽 토지를 하사받았는데, 토지 개발을 위해 자비를 털어 운하 개발에 착수하였으나 오사카 성 전투에 휘말려 1615년에 죽게 되고, 운하는 후손들의 손으로 완성되었고, 그의 이름을 따서 '도톤보리(도톤 운하)'가 되었다고 한다.

도톤보리의 휘황찬란한 네온사인과 독특한 간판들이 시선을 압도하고 있는 가운데 우리 가족은 저녁식사를 위해 어느 맛집에 갈 지 고민하다가 관광객들의 대기줄이 장사진을 이루고 있는 맛집에 들어가 타코야끼(잘게 다진 문어가 들어간 빵으로 일본의 대표적 음식) 등을 먹으면서 화기애애한 시간을 갖었다.

♣ ♣ 두 번째 날(7월 2일)

♣ 오사카 성, 전국시대를 평정하고 일본을 천하통일한 도쿠가와 이에야스를 생각하다.

오사카에서의 두 번째 날, 아침 일찍 일어나 오사카의 상징인 오사카 성으로 이동하였다. 7월초 오사카의 날씨는 서울보다 기온도 높고 습도도 높아 그야말로 후텁지근한 날씨였고, 작열하는 태양이 피부를 태워 버릴 듯 뜨겁게 내리쬐고 있었다. 여행하기에는 꽤 무더운 날씨였지만 웅장한 오사카 성을 바라본 순간 오사카 성의 위용에 압도되어 잠시나마 폭염을 잊을 수 있었다.

1603년 일본을 천하통일한 도쿠가와 이에야스는 오사카 성에 살고 있는 도요토미 히데요리(도요토미 히데요시의 아들)가 성인으로 성장하자 잠재적 위협 요소로 판단하고 1615년 오사카성을 함락시키고, 도요토미 히데요리는 자결하게 된다. 이로써 일본은 도쿠가와 이에야스의 세상이 되는데, 에도막부시대(1603~1867)의 시조인 도쿠가와 이에야스도 1616년에 죽었다고 하니 인생무상이 절로 느껴졌다.

오사카 성의 중심에 있는 천수각에 올라 주변의 풍경을 바라보니 해자(垓子, 적의 침입을 막기 위해 성 밖을 둘러 파서 연못으로 만든 곳)가 눈에 띄었는데, 이 해자(垓子)로 인해 오사카 성이 난공불락의 요새가 되었을 것이라는 생각이 절로 들 정도로 해자(垓子)의 규모가 꽤 커 보였다.

♣ 호코쿠 신사, 한민족의 영웅 매헌 윤봉길 의사를 생각하다.

천수각에서 내려와 도요토미 히데요시를 기리고 있다는 호코쿠 신사(사당)로 발길을 돌렸다. 호코쿠 신사의 주인공은 임진왜란의 주범이기 때문에 방문하고 싶지 않은 장소였지만 이곳을 방문한 이유는 한민족의 영웅 매헌 윤봉길 의사의 발자취를 발견하고 싶은 마음이 강했기 때문이다.

호코쿠 신사가 위치한 자리는 일제강점기 때 일본의 육군위수형무소가 있었던 자리인데, 윤 의사는 1932년 중국 상하이 홍구공원에서 폭탄을 던져 일본의 대장 등을 폭사시켜 우리 민족의 기개를 세계 만방에 알렸고, 현장에서 체포된 윤 의사는 일본 오사카에 있는　　　위 육군위수형무소에서 한 달 동안 갇혀 있다가 처형되었다고 한다.

윤봉길 의사의 이 쾌거는 곧 전 세계의 이목을 집중시켰고, 특히 중국 국민당의 장개석 총통은 "중국의 백만 대군도 못한 일을 일개 조선 청년이 해냈다"고 감격해 하며, 종래 무관심하던 대한민국임시정부에 대한 전폭적인 지원을 약속하였다고 한다. 그후 장개석은 중국육군중앙군관학교에 한인 특별반을 설치하는 등 한국의 독립운동을 적극적으로 성원하였다고 한다.

이 의거에 힘입어 한동안 침체일로에 빠져 있던 임시정부가 다시 독립운동의 구심체 역할을 할 수 있는 계기를 마련하였다고 하니 윤 의사를 대한독립의 영웅이라고 하지 않을 수 없다는 생각이 절로 들었다.

만 24세의 꽃다운 나이에 "아직은 우리가 힘이 약하여 외세의 지배를 면치 못하고 있지만 세계 대세에 의하여 나라의 독립은 머지않아 꼭 실현되리라 믿어마지 않으며, 대한 남아로서 할 일을 하고 미련 없이 떠나가오." 라는 명언을 남기고 산화하신 윤의사를 생각하니 눈시울이 뜨거워졌다.

♣ 텐포잔과 유니버설 스튜디오 재팬을 연결하는 배, 캡틴 라인

점심 무렵 오사카항으로 이동하여 푸드코트에서 네 식구가 각각 다른 매뉴를 주문하여 허기를 달랜 다음 텐포잔과 유니버설 스튜디오 재팬을 연결하는 유람선 "캡틴 라인"을 타고 오사카항 주변을 관광하였다. 한여름의 뜨거운 태양으로 인해 달궈진 몸을 유람선 투어를 하는 동안 시원한 바닷바람이 식혀주었다.

♣ 범선형 유람선 "산타 마리아" 크루즈 여행

"산타 마리아"는 카이유칸(수족관) 바로 옆 선착장에서 탈 수 있는 범선형 관광선으로, 크리스토퍼 콜럼버스가 1492년 신대륙을 발견할 때 타고 갔던 산타마리아호를 실제 크기의 2배로 재현한 범선형 유람선이라고 한다.

고베항과 더불어 간사이 지방의 가장 큰 항구 중 하나인 오사카항 주변을 둘러보면서 메이지유신 직후 개항하여 150년 동안 일본의 근대화의 한 축을 담당해왔을 국제항의 풍광을 감상할 수 있었다.

♣ 바다를 볼 수 있는 회전관람차, 텐포잔 대관람차

텐포잔 대관람차는 지름 100m, 최고 높이 112.5m에 달하는 세계 최대급의 관람차라고 한다. 맑은 날씨에는 간사이국제공항이나 아카시 해협대교, 롯코산까지도 볼 수 있다고 한다. 특히 밤이 되면 화려한 LED 조명이 밝혀지는데 귀여운 그림이나 글씨를 만들어내는 일루미네이션이 일품이라고 한다.

우리나라 에버랜드에서 회전관람차를 탔을 때도 회전관람차가 가장 높은 지점에 도달했을 때 약간 고소공포를 체험했었는데, 덴포잔 대관람차는 세계 최대급이라서 그런지 에버랜드에서 탔었던 회전관람차보다 더 아찔하게 느껴졌다.

♣ 헵 파이브(Hep Five) 회전관람차

Hep은 한큐 엔터테인먼트 파크(Hankyu Entertainment Park)의 줄임말로 170여개의 패션, 음식점 등 각종 상가가 입점해 있는 곳이라고 한다. 우리 네 식구는 쇼핑센터 7층에서 회전관람차를 타고 약 15분 동안 오사카 도심의 화려한 야경을 한눈에 내려다볼 수 있었다.

회전관람차 관광을 마친 다음 쇼핑센터를 구경했는데, 패션점이 많은 것 같았고, 우리나라 명동과 비슷하다는 느낌이 들었다.

♣우메다 스카이빌딩 공중정원, 오사카 야경이 환상적이다.

오사카의 야경 명소인 우메다 스카이빌딩 공중정원 전망대는 오사카 여행을 하는 관광객들이 즐겨 찾는 곳이라고 한다. 동쪽 타워와 서쪽 타워가 최상층에서 하늘다리로 연결되어 높이

173m의 공중정원 전망대가 만들어졌다고 한다. 현대 건축가 '하라 히로시'의 작품인 이 스카이빌딩은 세계 20대 건축물 중 하나로 선정될 만큼 유명한 건축물이라고 한다.

이 전망대는 지붕없는 옥상에서 야경을 감상할 수 있어서 오사카의 환상적인 야경을 막힘없이 만끽할 수 있었다. 남쪽 방향으로는 오사카 도심의 빌딩 숲의 휘황찬란한 풍경을 볼 수 있었고, 북쪽 방향으로는 요도가와 강의 멋진 풍경을 감상할 수 있었다.

♣ ♣ 세 번째 날(7월 3일)
♣ 일본의 천년고도 교토 청수사(淸水寺)

세 번째 날, 우리 가족은 오사카에서 고속열차를 타고 일본의 천년고도 교토로 이동하였다. 교토는 794년부터 1869년까지 약 1천 년(1,075년)간 일본의 수도였다고 한다. 막부 시대(무사정권 시대)에도 실질적인 수도는 가마쿠라, 에도 등 쇼군(무사정권의 수반)이 머무는 도쿄 쪽이었지만, 교토는 덴노(천황)가 거주하면서 명목상 수도의 역할을 맡고 있었다고 한다. 무로마치 막부의 경우는 실제로 무로마치가 교토 안에 있어 명실상부한 수도였다고 한다.

교토에서의 첫 방문지는 교토를 대표하는 최고 인기 사찰 청수사였다.
'淸水寺'는 일본어로는 '기요미즈데라'이고, 한국어로는 '물이 맑은 절'이라는 뜻이라고 한다. 청수사는 778년에 창건된 사찰로 교토를 대표하는 관광명소라는 평가를 받을 정도로 관광객들에게 인기 있으며 영향력 있는 사찰이라고 한다. 사계절 내내 일본 각지는 물론 외국에서 온 관광객들로 인산인해를 이룬다고 한다.

우리 가족은 현관 역할을 하는 붉은 색의 인왕문을 지나 절벽 위에 아슬아슬하게 지어진 본당 무대를 지나 '오타와노 타키'의 물을 마시기 위해 약수터와 비슷한 곳으로 이동하여 순서를 기다렸다. 세 줄기로 떨어지는 '오토와노 타키'는 각각 학업, 연애, 건강을 의미하며, 욕심을 부려 세 줄기 물을 모두 마시면 오히려 효과가 없어진다고 한다.

한편, 연말에는 그해 일년을 한 글자의 한자로 표현하는 행사가 열리는데, 이 사찰의 주지 스님이 큰 종이에 대형 붓으로 글씨를 써 내려가는 장면이 일본 전국으로 생중계된다고 한다.

한여름의 폭염이 지속되고 있는데도 많은 관광객들이 인산인해를 이루고 있었는데, 벚꽃이 흐드러지게 피는 봄과 형형색색의 단풍이 장관을 이루는 가을에는 상상을 초월할 정도로 인파가 몰린다고 한다.

♣ 세계문화유산 덴류지(天龍寺)의 정원

청수사(清水寺) 관광을 마친 우리 가족은 아름다운 정원으로 세계문화유산에 등재된 덴류지(天龍寺)의 정원으로 이동하였다. 덴류지는 선종인 임제종 덴류지파의 본산 사찰이라고 한다. 우리나라 산사와 달리 일본 사찰은 정원이 발달되어 있다고 한다. 우리나라 산사는 큰 사찰이라도 특별히 조성한 정원이 있는 경우가 거의 없는데, 일본 사찰들은 공들여 만든 정원이 있다고 한다. 우리 가족은 덴류지(天龍寺)의 정원을 둘러보고 나서 이 정원은 세계문화유산으로 등재된 정원답게 꽤 아름답게 잘 조성된 정원이라는 생각이 절로 들었다.

♣ 시원한 죽림오솔길, 치쿠린(竹林)

아라시야마·사가노 홍보 포스터나 교토 관광 포스터에 빠지지 않

고 등장하는 곳이 치쿠린(竹林)이라 불리는 대나무숲 길이라고 한다. 하늘을 향해 시원하게 뻗은 푸른 대나무 길은 노노미야진자부터 오우코치 산소의 입구까지 이어진다. 치쿠린(竹林)은 '사슴남자' 등의 일본 드라마 등에 등장할 정도로 유명한 곳이라고 한다. 우리 가족은 한여름에 여행을 하느라 매우 지친 상태였는데 이 죽림오솔길을 산책하는 동안에는 삼복더위를 잊을 만큼 시원함을 만끽하였고, 한국인 단체관광객들도 많이 보았다.

♣ 화려한 금각의 사찰, 세계문화유산 킨카쿠지(金閣寺)

1397년 당시 쇼군(무사정권의 수반)이었던 아시카가 요시미츠가 은퇴 후 별장으로 사용하기 위해 건립한 것이 금각사의 시작으로 알려져 있다고 한다. 이 사찰의 정식 명칭은 '로쿠온지'인데, 금박으로 치장한 사리전이 유명하여 '킨카쿠지(金閣寺)'라고 불리고 있다고 한다.

金閣은 가로 세로 약 10cm 크기의 금박 20만 장으로 바닥을 제외한 사방을 화려하게 장식하고 있고, 금각을 둘러싼 정원과 건축물들은 극락정토를 표현하고 있다고 한다. 금각으로 화려하게 장식된 사리전은 연못의 가장자리에 세워져 있는데, 화려한 사리전이 연못에 그대로 비쳐 아름다운 장면을 연출하고 있어 우리 가족은 이를 배경으로 추억의 기념사진을 찍었다. 금각사는 교토의 유명한 관광 명소이자 유네스코 세계문화유산이기는 하나 금각으로 장식된 사리전 외에는 특별히 볼거리가 없다는 생각이 들었다.

♣ '달님이 건너는 다리' 도게츠쿄(渡月橋)

아라시야마에는 힘차게 흘러가는 가츠라강을 가로지르는 도게츠쿄(渡月橋)라는 유명한 다리가 있다. 런던의 타워 브리지, 뉴욕의 하버 브리지, 아라시야마의 도게츠쿄(渡月橋)는 도시와 마을을 상징하는 다리들이다. 일본 귀족들의 별장지였던 조용한 마을인 아라시야마에 있는 도게츠쿄(渡月橋)는 '달님이 건너는 다리'라는 의미를 갖고 있는 다리인데, 1272년 가메야마라는 천황이 나들이에 나섰다가 "환한 달이 다리를 건너가는 듯 하구나"라고 탄성을 자아낸 후 도게츠쿄(渡月橋)라고 불리게 되었다고 한다. 이 다리는 봄에는 벚꽃, 가을에는 단풍의 명소이면서 봄과 겨울에는 '아라시야마 하나토로'라는 등불 축제의 주무대로 사용되는데, 등불 축제가 열리면 250m 길이의 도게츠쿄에 어두운 아라시야마의 밤을 밝히는 등불이 환하게 켜진다고 한다.

이 다리가 천년고도 교토의 오래된 다리라고 생각하니 우리나라 조선시대의 청계천의 다리였던 서울의 광교(廣橋)가 떠올랐다.

♣ 무라카미 하루키가 사랑한 러닝코스 '가모가와 강'

우리 가족이 천년고도 교토(Kyoto, 京都)에서의 마지막 여행코스로 '가모가와 강'을 방문한 것은 세계적인 작가인 일본의 대문호 무라카미 하루키 님의 3대 러닝코스에 교토의 '가모가와 강'이 포함되어 있기 때문이었다.

나보다 20년 연장자인 하루키 님과 나의 공통점은 만 33세의 나이에 마라톤을 시작하였다는 점과 생애 최초의 42.195km 완주를 공식 대회가 아닌 '나홀로 달리기'로 풀코스를 완주하였다는 점이다. 하루키 님은 1982년 가을에 달리기를 시작하여 1983.07.18. 마라톤의 기원 코스(그리스 마라톤평원에서 아테네까지)를 역주행(그리스 아테네에서 마라톤평원까지)하여 생애 최초 42.195km를 3시간 51분의 기록으로 완주하였고, 나는 2002년 3월에 달리기를 시작하여 2002.05.01. 잠실 석촌호수(둘레 길이 : 2,563m)를 16.5바퀴 달려 생애 최초 42.195km를 4시간

16분의 기록으로 완주하였다. 하루키 님은 7월 중순의 폭염 속에서 풀코스를 완주하였는데도 5월초의 봄볕에 완주한 나보다 풀코스를 25분이나 빨리 완주한 저력을 보면 하루키 님은 청년 시절에 강철같은 체력과 정신력을 갖고 있었을 것이라는 생각이 들고, 하루키 님은 지금도 마라톤을 즐기는 것으로 알고 있다.

이와 같은 공통점 때문에 나는 하루키 님에 대하여 호감을 갖고 있어서 하루키 님이 저술한 소설(例, 상실의 시대), 에세이(例, 달리기를 말할 때 내가 하고 싶은 이야기), 언론 인터뷰 등을 많이 읽고 있는데, 일본의 스포츠 전문지인 Number에서 봄철 러닝 시즌을 맞아 하루키 님과 인터뷰한 내용 중에 "가장 기억에 남는 러닝코스 3곳이 어느 곳인가?"라는 질문에 대하여 하루키 님이 "거리로만 따지면 보스턴이 최고입니다. 찰스 강변의 하버드대학교 근처를 달리곤 하였는데, 참 좋은 코스이지요. 겨울에는 도로가 얼어버려서 달릴 수 없지만요. 그리고 교토에 가면 항상 가모가와 강을 따라 달리곤 합니다. 오이케 근처에서 가미가모까지 다리를 몇 개나 뚫고 달리고 돌아오면 약 10km 정도가 됩니다. 그곳도 참 좋지요. 또 하나는 뉴욕의 허드슨 강이에요. 소호에서 조지워싱턴 브리지의 둘레까지 러너를 위한 코스를 뉴욕시장이 만들었습니다. 신호도 없고 화장실과 물마시는 장소도 곳곳에 있어 좋답니다. 물론 뉴욕하면 센트럴파크도 좋지만, 최근에는 소호 근처에 머물며 허드슨 강변을 달리는 것이 즐겁습니다."라고 답변한 내용을 나는 기억하고 있었기 때문에 천년고도 교토에서의 마지막 여행코스로 '가모가와 강'을 정한 것이다.

우리 가족이 '한큐 가와라마치 역'과 '게이한 기온 시조 역' 사이에 있는 '가모가와 강'에 도착했을 때는 멋진 저녁노을로 '가모가와 강'이 물들기 시작한 석양 무렵이어서 우리나라 잠실한강공원에서 남산을 빨갛게 물들이고 있는 저녁노을을 바라보면서 마라톤 훈련을 했을 때의 추억이 떠올랐다. 가족 없이 혼자 여행을 왔다면 하루키 님을 생각하면서 달렸을텐데 가족 여행을 하고 있어서 자제하고 해가 저물고 있는 강변의 낭만적인 분위기를 가족과 함께 즐겼다. 런던의 템즈강이든 파리의 세느강이든 이곳 교토의 가모가와강이든 서울의 한강에 비하면 규모가 작지만 이곳 가모가와강변에도 한강변처럼 산책을 하거나 삼삼오오 모여서 맥주를 마시면서 석양의 운치를 즐기는 사람들이 꽤 많이 보였다.

♣ ♣ 네 번째 날(7월 4일)

♣ 오사카의 중심, 난바(難波)

네 번째 날은 3박 4일간의 오사카/교토 가족여행을 마치고 일본에서 한국으로 돌아가는 날이다. 간사이국제공항에서 정오 무렵에 비행기에 탑승하기 위해서는 오전에 시간이 많지 않았기 때문에 오사카의 중심, 난바(難波)에서 쇼핑을 하기로 결정하고, 첫 번째 날 저녁에 둘러보았던 도톤보리를 지나 난바 역 방향으로 이동하면서 몇 군데 패션 매장에 들러 아들과 딸의 의류를 구매하였다. 지난 3일 동안 토톤보리 근처의 숙소를 이용하면서 틈틈이 쇼핑을 하여 선물용 동전파스, 곤약젤리 등을 구입해두었기 때문에 추가로 구입할 물건이 많지는 않았다.

♣ 가족애를 나눈 소중한 추억의 일본 여행

3박 4일 동안 오사카의 중심지에 있는 호텔을 이용하면서 첫 번째 날과 두 번째 날은 오사카 지역을 여행하였고, 세 번째 날은 교토 지역을 여행하였는데, 세 번째 날 교토 여행을 빨리 끝냈다면 고속열차를 타고 무라카미 하루키의 고향인 고베 여행까지 하였을텐데 해 질 녘에 교토 여행이 끝나는 바람에 일본 효고현의 정치·경제·문화의 중심지를 이루는 국제무역도시로, 일본 제3위의 무역항이 있는 고베를 방문하지 못한 점이 약간 아쉬움으로 남긴 하지만 이번 오사카/교토 가족여행은 아들의 의무경찰 입대를 2개월 앞둔 시점에서 가족애를 나누는 소중한 추억의 여행이 되었다고 생각한다.

(37) 『4박 5일 동안의 대만 타이베이/화롄 가족여행기』 (2017.12.20. ~ 2017.12.24.)

우리 가족 네 식구가 함께 다녀온 첫 번째 해외여행은 2010년 10월 중순에 다녀온 이탈리아/스위스/프랑스 3개국 서유럽 여행이었고, 두 번째 해외여행은 2017년 7월 초순에 다녀온 일본의 오사카/교토 여행이었다. 두 번째 해외여행 때는 아들이 군대에 입대하기 전이어서 네 식구가 함께 해외여행을 갈 수 있었는데, 이번 대만의 타이베이/화롄 가족여행 때는 아들이 군대에 입대한 상황이어서 아들은 함께 여행하지 못하고 아내와 딸과 나 3명만 2017년 12월 20일부터 12월 24일까지 4박 5일간 대만의 수도 타이베이와 타이루꺼 협곡이 있는 화롄을 여행하기로 하였다.

♣ ♣ 첫 번째 날(12월 20일)

♣ 타이베이 주변에는 2개의 국제공항이 있다.

대만 여행 첫 번째 날, 우리 가족 세 식구는 타오위엔국제공항에서 공항철도를 타고 예약한 숙소가 있는 타이베이의 시먼딩으로 약 1시간 동안 이동하였다. 타이베이 주변에는 2개의 국제공항이 있는데, 우리나라의 인천국제공항 격인 타오위엔국제공항과 김포국제공항 격인 송산국제공항이 있다. 우리 가족이 대만에 입국할 때는 타오위엔국제공항을 이용하였는데, 대만에서 출국할 때는 송산국제공항을 이용하였다.

♣ 서울에 명동이 있다면, 타이베이에는 시먼딩이 있다.

우리 가족이 타이베이에서 4박 5일 동안 머무를 숙소는 타이베이의 중심지인 시먼딩(西門町)에 있었다. 우리 가족은 호텔에 여장을 푼 다음 타이베이 중심지의 분위기를 느껴보기 위해 시먼딩의 번화가로 이동하였다. 시먼딩의 번화가에는 의류점, 잡화점, 음식점 등등 다양한 업종의 상가들이 즐비했다. 시먼딩은 서울의 명동과 비슷한 분위기가 물씬 느껴졌다.

시먼딩의 번화가를 구경하다가 허기가 져서 간식을 먹기 위해 적당한 맛집을 찾고 있는데, 많은 사람들이 줄 서 있는 42년 전통의 곱창국수집 '阿宗麵線'이 보였다. 대기 줄이 장사진을 이루고 있는 것으로 보아 유명 맛집이라는 생각이 들어 우리 가족도 20분 정도 대기 줄에서 기다리다가 곱창국수를 주문하였는데,

사발면 크기의 곱창국수가 우리나라 원화 기준으로 2,800원 정도밖에 되지 않아 저렴하면서도 맛이 좋아 가성비가 괜찮다는 생각이 들었다. 대만은 우리나라에 비해 물가가 저렴함을 실감할 수 있었다.

♣ 타이베이의 서북쪽 단수이(淡水), 홍마오청 (舊 영국영사관)과 진리대학.

시먼딩에서 곱창국수로 간단하게 식사를 마친 우리 가족은 석양 명소로 유명한 "단수이(淡水)"로 이동하였다. 단수이는 타이베이에서 북서쪽으로 18km 떨어진 단수이강 어귀에 있는 항구도시인데, 우리 가족은 타이베이에서 열차로 30분 정도 간 다음 버스로 갈아타고 10분 정도 더 달려 단수이의 홍마오청(淡水紅毛城) 앞에 도착하였다.

단수이의 상징과도 같은 "단수이홍마오청(淡水紅毛城)"은 1626년 에스파냐인들이 처음 단수이를 점령한 뒤 설치한 산 도밍고 요새였는데, 1642년 네덜란드인들이 빼앗은 뒤 튼튼하게 새로 성을 쌓았다고 한다.

네덜란드는 이곳에 동인도회사를 세우고 총독이 이곳을 통치했는데, 당시 주민들은 네덜란드인을 '붉은 털이 많은 사람들'이라 하여 홍모인(紅毛人)이라고 불렀으며, 동인도회사 총독이 사는 성이라 하여 '홍마오청'이라고 했다고 한다.

이후 홍마오청은 아편전쟁 후 영국이 차지하여 1867년부터 1972년까지 영국영사관으로 사용되었는데, 1972년 영국과 대만 간의 국교가 단절되면서 대만에게 반환되었다고 한다. 홍마오청은 에스파냐, 네덜란드 그리고 영국의 식민통치 흔적이 그대로 남아있는데, 1980년 대만 정부가 1급 국가사적지로 지정했으며, 홍마오청의 공식명칭은 '신베이시립 단수이고적박물관'이라고 한다.

홍마오청 앞에는 여러 나라 국기가 세워져 있는데, 이 국기들은 홍마오청을 소유했던 국가들을 순서대로 나열하고 있다고 한다.

단수이 강과 동중국해가 잘 바라보이는 홍마오청 앞에는 영국인들이 설치했던 대포들이 줄지어 있고, 홍마오청 건물은 에스파냐가 최초로 건축한 이후 네덜란드를 거쳐 1867년부터는 영국영사관으로 사용된 역사를 보여주듯이 독특한 건축양식을 보여주고 있었다.

우리 가족은 홍마오청 건물 내부를 둘러보던 중 舊 영국영사관 내 접견실에 게시된 "빅토리아 여왕"의 초상화를 보았는데, 재위 기간 64년 동안(1837~1901년) 태양이 지지 않은 대영제국의 전성기를 이끈 여왕이라고 생각하니 매우 인상적으로 다가왔다.

홍마오청 정문에서 오른쪽 가파른 비탈길을 올라가면 홍마오청 담장과 붙은 예배당이 있고, 그 바로 위에 1882년 캐나다 선교사들이 세운 옥스퍼드 대학이 있었다. 이 일대는 서양인들의 집단거주지였다고 하는데, 예배당 앞에 '진리대학(眞理大學)'이라는 동판 안내판이 큼지막하게 있었다.

진리대학으로 들어가니 고목이 울창한 숲, 정원, 연못 등이 대학 캠퍼스가 아니라 마치 아름다운 사설 정원에 들어온 것처럼 느껴졌고, 왼편에 있는 초기 선교사들이 세운 옥스퍼드대학의 건물 양식이 무척 이국적으로 다가왔다.

대만 최초의 서양식 대학인 이 대학의 건물 전면에는 'OXFORD'라는 영문자가 현판처럼 새겨져 있었고, 그 건물 안에는 각 방마다 당시의 모습을 보여주는 자료와 사진을 많이 전시하고 있었다.

이 옥스퍼드 대학은 1999년 진리대학으로 변경되었는데, 예배당

맞은편에 목사관이 있고, 목사관과 붙은 위쪽 건물이 학생들의 기숙사라고 한다. 붉은 벽돌로 지은 2층 건물인 목사관은 카페로 바뀌어 있었다.

이처럼 단수이에서도 서양의 흔적을 많이 볼 수 있는 '진리대학'과 '단수이 중·고등학교'는 2007년에 제작된 대만 영화 '말할 수 없는 비밀'의 촬영지로 사용되었다고 한다.

영화 '말할 수 없는 비밀'은 아름다운 음악과 서정적인 화면까지 더해진 대만의 대표적인 로맨스 영화로 한국에서도 유명한 대만 영화이기도 하다.

주걸륜이 감독한 이 영화는 예술학교로 전학온 상륜(주걸륜)와 샤오위(계륜미)의 러브 스토리로, 또다른 여주인공 청과의 사이에 일어나는 이야기다.

주인공들이 함께 다닌 예술학교의 주 촬영지는 이곳 단수이로 대만 청춘들의 실제 데이트 장소로도 유명하다고 한다.

♣ 석양이 아름다운 단수이 워런마터우 (淡水漁人碼頭)

우리 가족은 홍마오청(舊 영국영사관)과 진리대학 관광을 마친 다음 약 10분 정도 버스를 타고 석양이 아름답기로 유명한 단수이 워런마터우(淡水漁人碼頭)로 이동하였다. 이곳은 대만의 베니스라는 별칭을 가지고 있는 단수이의 해양레저항구이며, 석양이 무척 아름다워 수평선으로 저무는 멋진 저녁노을 감상하기 위해 이곳을 찾는 관광객들이 많다고 한다.   우리 가족이 이곳에 도착했을 때는 태양이 수평선 너머로 사라진 직후여서 석양의 절정을 만끽하지는 못하였으나 수평선 주위에 빨갛게 물든 저녁노을을 보고 있노라니 이국적인 정취가 물씬 느껴졌다.

이곳은 신베이시에 의해 1987년에 개발된 다목적 레저용 항구로, 산책로, 공원, 레스토랑, 기념품 가게, 호텔 등 볼거리가 많이 있었다. 특히 산책로 아래에 있는 노천카페에서 부두에 정박된 레저용 선박들을 바라보면서 커피 한 잔의 여유를 갖는 것도 무척 낭만적일 것 같았다.

♣ 러버즈 브릿지(情人橋)

우리 가족은 워런마터우의 산책로에서 산책을 하다가 산책로와 공원을 연결하고 있는 다리인 '러버즈 브릿지(情人橋)'로 이동하였다.

이 다리는 미국 샌프란시스코의 금문교(Golden Gate Bridge)에서 영감을 받아 만들어졌다고 하며, 이 다리 너머로 해가 넘어가는 일몰의 순간은 환상적인 풍경을 연출한다고 하는데, 우리 가족이 이 다리를 건널 때는 이미 어둠이 깔리기 시작한 시간이어서 매혹적인 일몰을 보지 못해 꽤 아쉬웠는데, 어둠이 깔리자 새하얀 다리에 멋진 조명이 들어와 아쉬움을 달래주었다.

♣ 미라마 엔터테인먼트 파크의 회전관람차

우리 가족은 단수이에서 '러버즈 브릿지(情人橋)'를 마지막으로 단수이 여행을 마치고 다시 타이베이로 이동하여 타이베이의 야경을 감상하기 위해 '미라마 엔터테인먼트 파크'로 갔다.

스린(士林) 지역에 있는 '미라마 엔터테인먼트 파크'는 쇼핑과 엔터테인먼트를 결합한 신개념 쇼핑몰로 2004년 오픈했는데, 가족 중심의 쇼핑몰과 젊은 층을 겨냥한 쇼핑몰 구역으로 나뉘고, 푸드코트와 다양한 브랜드의 매장이 입점해 있다. 또한 대형 스크린의 아이맥스 영화관, 회전목마, 대만 최고 높이 100m의 회전관람차 등의 놀이시설이 있다.

우리 가족은 지난 7월초 일본 오사카에서 탔었던 회전관람차를 이곳 타이베이에서도 타보기 위해 높이 100m의 회전관람차를 타고 약 15분 동안 타이베이의 휘황찬란한 야경을 감상하면서 타이베이에서의 첫 번째 날 밤이 깊어가고 있는 것도 잊고 있었다. 야경 중에 타이베이에서 가장 높은 '타이베이 101'이라는 타워빌딩이 무척 인상적으로 다가왔다. '타이베이 101'은 2004년 12월 31일에 오픈한 타이베이의 랜드마크로, 지하 5층~지상 101층, 총 높이 509.2m로 원래 이름은 국제금융센터였다고 한다. 대나무처럼 생긴 건물 외관은 8층씩 묶어 8개의 층으로 올렸는데, 이는 대만에서 8이 번영과 발전을 의미하는 숫자이기 때문이라고 한다.

♣ 타이베이에서 가장 큰 관광 야시장, 스린 야시장

우리 가족은 단수이 지역과 타이베이 지역을 종횡무진 하느라 지친 몸에 허기가 져서 맛집 천국인 타이베이에서도 가장 규모가 큰 관광 야시장이라는 '스린 야시장'으로 이동하였다.

'스린 야시장'은 의류, 액세서리, 생활용품, 잡화, 각종 먹거리, 게임, 마사지 등등의 다양한 상가가 밀집되어 있는데, 지상 1층에는 의류, 특산품, 잡화 등을 판매하고, 지하 1층 미식지구는 굴전, 취두부, 튀김, 철판요리, 빙수, 해산물 등 다양한 음식을 판매하고 있었다.

우리 가족은 지상 1층 상가들을 둘러보면서 이국의 정취를 만끽한 다음 다양한 음식을 판매하고 있는 지하 1층 미식지구로 이동하여 여러 음식점들을 구경하면서 적당한 메뉴를 찾다가 해산물 가게로 들어가 각종 해산물, 우육면, 맥주 등을 먹었다. 허기진 상태에서 음식을 먹으니 꿀맛이었고, 우리나라보다 물가가 낮아 이국의 음식을 저렴한 가격에 배불리 먹을 수 있었다.

♣ 44년 전통의 대만 최고의 치킨집
"지광샹샹지(繼光香香鷄)"

스린 야시장 투어를 마친 우리 가족은 우리 가족의 숙소가 있는 타이베이의 번화가 시먼딩으로 이동하여, 서울의 명동과 비슷한 분위기의 시먼딩의 야경을 즐겼는데, 불야성을 이루고 있는 시먼딩의 거리는 휘황찬란한 밤거리를 즐기는 인파로 발디딜 틈이 없었다.

우리 가족은 시먼딩의 밤문화를 즐긴 다음 숙소로 이동하다가 '44년 전통의 대만 최고의 치킨집'이라는 상점(지광샹샹지) 앞에 수십 명이 줄을 서 차례를 기다리고 있는 것을 보고 우리 가족도 줄을 서 30분 정도 기다렸다가 치킨 한 마리를 구입하여 숙소로 와서 시원한 대만 맥주와 함께 먹으니 하루의 여독이 풀리는 것 같았다.

♣ ♣ 두 번째 날(12월 21일)

♣ 대만의 중동부 해안 도시 화롄 행 열차 탑승

대만 여행 두 번째 날, 우리 가족은 대만의 중동부 해안 도시 화롄에서 타이루꺼 협곡을 여행하기 위하여 오전 9시경 타이베이에서 화롄 행 열차를 탔다.

열차 안의 전광판 안내문에 표시된 대만의 연도 표기가 특이했다. 1911.10.10. 쑨원의 신해혁명에 의해 중국의 전제정이 무너지고, 1912.01.01. 중화민국 건국일에 공화정이 시작된 것을 기준으로 연도 표기를 하므로 2017년은 중화민국 연도 106년이라고 한다.

중화인민공화국의 주은래 전 총리의 "혁명가가 되고자 한다면 쑨원처럼 하고, 대장부가 되고자 한다면 안중근처럼 하라." 라는 말을 통해서도 알 수 있듯이 쑨원은 중화인민공화국(중국)과 중화민국(대만) 모두로부터 추앙받는 인물이라고 한다.

타이베이에서 화롄까지 열차로 2시간 10분 정도 소요되는데, 열차여행을 하는 동안 차창 밖으로 펼쳐진 대만의 멋진 전원 풍경을 감상하였다. 대만은 해발 3,000m가 넘는 높은 산이 수십 개이고, 그 중 최고봉은 옥산(玉山)으로 해발 3,950m라고 한다. 대만의 국토 면적은 남한의 1/3정도라고 하는데, 우리나라에 비하여 높은 산이 많아서 그런지 달리고 있는 열차에서 바라본 대만의 산천초목의 풍경이 고산준령의 연속이었다.

대만의 기후는 북부지역은 아열대기후, 남부지역은 열대기후이며, 연평균기온은 북부지역은 22℃, 남부지역은 24℃ 정도라고 한다. 5월부터 9월까지 5개월간 계속되는 여름은 매우 덥고 습기가 많으며, 낮기온은 27~35℃의 고온이고, 12월부터 2월까지 3개월간 계속되는 겨울은 매우 짧고 온화하며, 평균기온은 12~16℃ 정도라고 한다.

평야 지대에 있는 야자수 나무가 무척 인상적이었는데, 대만의 북부지역이 아열대기후여서 우리나라는 제주도에서나 볼 수 있는 야자수 나무가 이곳 대만에서는 흔하게 볼 수 있는 것 같았다. 지금 우리나라 서울은 영하의 추운 날씨인데, 이곳 대만은 서울보다 기온이 20도 정도 높은 영상 17도 정도의 가을날씨를 보이고 있어서 여행하기에 최적의 날씨이다.

♣ 화롄 치싱탄(七星潭) 해변

우리 가족을 태운 열차는 타이베이를 출발한 지 2시간 10분 만에 대만의 중동부 해안 도시 화롄에 도착하였다. 대만 중동부에 위치한 화롄현은 서쪽으로 높은 중앙산맥과 동쪽으로 태평양 바다와 맞닿는다. 화롄은 대만 동부에서 가장 큰 도시로 인구는 주로 화동종곡과 해안가에 밀집해 있고 자연관광자원이 풍부하기로 유명한데, 대표적인 곳이 타이루꺼국가공원이라고 한다. 화롄은 타이루꺼 협곡 관광의 출발점이자 대리석 채석지이기도 하고 아메이족이 많은 원주민 거주지역이기도 하다고 한다. 또한, 화롄은 타이중 시의 중앙횡단고속도로의 동쪽 끝에 있는 대만의 5대 국제항 중 하나이며, 중앙횡단고속도로가 통과하는 타이루꺼 협곡은 매년 국제자전거대회가 열리는 곳이라고 한다.

우리 가족이 화롄에서 처음 방문한 곳은 치싱탄(七星潭) 해변이었다. 치싱탄(七星潭)은 '북두칠성이 가장 잘 보이는 물가'라는 뜻을 지닌 이름으로 화롄현 유일의 현(縣)급 풍경구라고 한다. 넓은 바다와 높은 산에 안개와 구름이 꽉 차면 마치 수묵화를 보고 있는 듯한 느낌이라고 한다. 깨끗하고 푸른 바다와 자갈로 이루어진 해변은 초승달 모양을 닮았다 하여 초승달해변이라고도 불린다고 한다. 조용한 어촌마을이었는데 독특하고 아름다운 자연환경 덕분에 산책로, 정자 등이 생기고 공원이 조성되었고, 자전거도로가 잘 되어 있기 때문에 자전거를 대여해 해안가를 달려보는 것도 좋다고 한다.

화롄의 해안가 자전거도로는 남쪽의 난빈 공원에서 시작하여 베이빈 공원, 화롄항을 지나 치싱탄(七星潭) 해변까지 이어지는데, 총 길이 15km의 자전거도로가 잘 정비되어 있어 탁 트인 바다를 감상하면서 자전거를 타기 좋다고 한다. 나는 마라톤뿐만 아니라 자전거타기를 즐기므로 가족여행이 아니라 나홀로 여행을 하고 있다면 자전거를 타고 싶었지만 가족여행을 하고 있어서 자전거를 타고 태평양의 숨결을 온몸으로 만끽할 수 있는 기회를 갖지 못해서 약간 아쉬웠다.

우리 가족이 치싱탄(七星潭) 해변에 도착하여 태평양의 망망대해와 고산준령이 멋진 조화를 이루고 있는 장쾌한 풍경을 처음 보았을 때의 느낌은 그야말로 압권이었다. 부산 해운대해수욕장에서도 태평양의 거친 파도와 바닷바람을 맞으며 잠시나마 일상의 시름을 잊을 수 있었는데, 이곳 치싱탄(七星潭) 해변은 해운대해수욕장보다 규모가 훨씬 컸고 해운대해수욕장처럼 주변에 초고층빌딩이 있는 것이 아니라 높은 산이 아름다운 해변과 조화를 이루고 있어 해운대해수욕장과는 차원이 다른 가슴 벅찬 전율을 느낄 수 있었다. 우리 가족은 너무나도 멋진 풍경에 탄성을 지르며 잊지 못할 순간을 추억으로 보존하기 위해 기념사진 촬영뿐만 아니라 휴대폰의 동영상으로도 담았다.

'1895년 청일전쟁에서 청나라가 일본에 패배한 후 시모노세키조약에 따라 요동반도와 함께 일본에 할양된 대만의 슬픈 역사를 태평양의 거친 파도는 기억하고 있을까?'라는 생각을 하며 잠시 감상에 젖었다.

♣ 타이루꺼(太魯閣) 협곡

우리 가족은 치싱탄(七星潭) 해변에서의 감동을 소중한 추억으로 간직하고, 타이루꺼(太魯閣) 협곡으로 이동하였다. 이곳 타이루꺼 협곡은 웅장한 바위로 둘러싸인 대리석 협곡으로 그 규모가 어마어마하게 느껴졌다. '미국에 그랜드케니언이 있다면 중국에는 장가계가 있고 대만에는 타이루꺼 협곡이 있다.'는 말이 하고 싶을 정도로 대자연의 경이로움을 만끽할 수 있었다.

▶ 옌쯔커우(燕子口)

타우루꺼 협곡에서 가장 먼저 방문한 곳은 옌쯔커우(燕子口)였는데, 좁고 깊은 협곡의 절벽에 자연적으로 생긴 구멍에 제비(옌쯔)가 집을 지어 살게 되면서 붙은 이름이라고 한다. 실제로 봄이 되면 제비들이 날아다니는 모습을 볼 수 있다고 한다. 옌쯔커우를 마주 보고 1.37km의 산책로가 조성되어 있었고, 산책로 아래의 타이루꺼 협곡에는 계곡물이 힘차게 흐르고 있었다.

▶ 지우취동(九曲洞)

타이루꺼 협곡에서 가장 아름다운 곳으로 꼽히는 곳은 지우취동(九曲洞)인데, 계곡의 굴곡이 여러 번 굽이굽이 이어졌다 하여 이런 이름이 붙었다고 한다. 거대한 바위를 뚫어 만든 1.3km의 터널은 대자연의 위대함을 온몸으로 느끼게 해주었다. 이곳은 타이루꺼 협곡의 하이라이트라고 할 수 있는 곳으로, 수년 전에는 자연재해로 심하게 손상되어 폐쇄된 적도 있다고 하는데, 지금은 개방되어 수많은 관광객들이 인산인해를 이루고 있었다.

지우취동(九曲洞) 터널은 타이루꺼 협곡의 가장자리에 위치한 터널인데, 터널의 중간중간에 타이루꺼 협곡 쪽이 뚫여 있어 뚫린 부분을 통해 타이루꺼 협곡을 바라보니 협곡을 따라 세차게 흐르고 있는 물줄기가 무척 인상적으로 다가왔다. 협곡 사이로 흐르는 물의 색깔이 탁한 이유는 이 협곡이 거대한 대리석 협곡으로 이루어졌기 때문인데, 전 세계적으로 이 정도 규모의 대리석 암반으로 구성된 협곡은 거의 없을 것이라고 한다. 이 협곡은 침식작용에 의해 대리석과 화강암의 산이 강의 흐름을 따라 깎여져 좁은 협곡을 이룬 독특한 지형이라고 한다.

1949년 중국 공산당의 마오쩌둥에게 패배한 국민당의 장제스는 200만 명의 대군을 이끌고 대만으로 이동한 후 1956~1960년 타이루꺼 협곡의 험준한 산악지대에 군사작전 용도로 터널 도로를 건설하였다고 한다. 이와 같은 위험한 공사에 주로 군인들이 동원되었는데 264명의 꽃다운 청춘들이 목숨을 잃었다고 한다.

대만은 국토의 면적이 우리나라의 1/3 정도인데, 해발 3,000m가 넘는 높은 산이 수십 개이고, 타이루꺼 협곡 근처에서 가장 높은 산은 높이가 무려 해발 3,742m나 된다고 한다. 한반도의 최고봉인 백두산이 해발 2,744m이고, 대한민국의 최고봉인 한라산이 해발 1,950m라는 점을 감안하면 대만은 우리나라에 비하여 높은 산이 꽤 많은 것 같았다.

▶ 출렁다리

우리나라의 "뭉쳐야 뜬다" 라는 TV프로그램에 소개되어 더 유명해졌다고 하는 출렁다리를 걸어보기 위해 30분 정도 줄을 서 기다리다가 우리 가족의 순서가 되어 우리 가족 세 식구가 함께 출렁다리를 걸어보면서 기념촬영을 하였는데, 10여 년 전에 갔었던 우리나라의 월출산국립공원의 출렁다리보다 규모가 작아서 그런지 고소공포를 느낄 정도는 아니었다.

▶ 장춘사(長春祠)

타이루꺼 협곡에서 우리 가족이 마지막으로 방문한 곳은 장춘사 (長春祠)였다. 장춘사(長春祠)는 사찰이 아니고 1956년부터 4년 6개월 동안 타이루꺼 협곡 터널공사를 하면서 사망한 264명의 넋을 기리기 위해 세워진 사당이라고 한다. 이 사당은 1987년 낙석으로 붕괴된 적이 있으나 다시 건축해 1997년에 재개방되었 고, 외관은 고전적이고 우아하며, 아픔을 간직한 곳이지만 절벽 에 위치한 작은 사당과 바로 앞으로 흐르는 폭포가 절경을 이루 고 있었다.

▶ 신성 태로각 역

타이루꺼 협곡에서 대자연의 위대함을 만끽한 우리 가족은 다시 타이베이로 이동하기 위해 '신성 태로각 역'으로 이동하였다. 열 차 출발 시각까지는 1시간 정도 여유가 있어서 우리 가족은 주 변의 상가를 구경하다가 열대과일을 팔고 있는 노점상 앞에서 발길을 멈췄다. 바나나, 파인애플, 석가, 용과 등등 다양한 열대

과일을 팔고 있었는데, 우리나라의 TV 프로그램 "꽃보다 할배" 팀의 이순재 님, 신구 님 등이 이곳에서 열대과일을 먹었다고 한 글로 기재한 안내문과 이들이 출연했던 위 프로그램의 방송내용을 보여주고 있었다. 우리 가족은 '석가', '용과'라는 명칭의 과일을 비롯하여 몇 가지 과일을 구입해 먹으면서 이국의 정취에 젖었다.

♣ '대왕 연어 초밥'으로 유명한 타이베이 삼미식당 방문

대만 여행 두 번째 날의 저녁식사는 대만을 방문하는 여행객은 반드시 들려야 할 필수 맛집으로 소문난 20년 역사의 '삼미식당'에서 하기로 하였다. 우리 가족은 타이베이 시먼딩 역 1번 출구에서 도보 15분 거리에 위치한 '삼미식당'을 찾아갔는데, 한국인 관광객들로 인산인해를 이루고 있어 1시간을 기다렸다가 입장했는데, 기다린 보람이 있는 맛집이었다. 다양한 종류의 초밥을 판매하고 있었는데, 이곳의 대표 메뉴는 손바닥만한 크기의 '대왕 연어 초밥'이었다. 우리 가족은 '대왕 연어 초밥'을 비롯하여 다양한 종류의 초밥을 주문하여 맛있게 먹으면서 유명한 맛집에서 잊지 못할 추억의 시간을 갖았다. 우리 가족은 소중한 추억의 순간을 간직하기 위해 저녁식사를 마치고 식당을 나올 때 식당의 간판 앞 포토존에서 추억의 기념사진을 찍으면서 화기애애한 시간을 보냈다.

♣ ♣   세 번째 날(12월 22일)
♣   대만의 북동부 해안 지역 여행

대만 여행 세 번째 날, 우리 가족은 대만의 북동부 해안 지역에 있는 예류지질공원, 스펀, 황금박물관, 지우펀 등의 유명 관광지를 여행하기 위하여 타이베이역에서 단체관광버스에 몸을 실었다. 이 버스는 위와 같은 관광코스로 여행하기 위해 미리 예약한 관광객들로 가득했는데, 대부분 한국인 관광객들이었고, 서로 모르는 여행객들이었으나 승객들의 표정을 통해 대만의 유명 관광지를 여행한다는 기대함과 설레임을 읽을 수 있었다.

♣ 예류 지질공원(野柳地質公園)

예류 지질공원은 오랜 시간 해수의 침식과 풍화작용에 의해 자연적으로 만들어진 독특한 모양의 바위로 가득한 지질공원으로 관광객의 필수 코스라고 한다. 작은 항구 마을에 위치한 공원 입구를 지나 안으로 들어서면 마치 다른 행성에 온 듯한 느낌이 들 정도로 수많은 기암괴석이 있었다. 이곳에서 가장 유명한 여왕머리를 비롯하여 하트, 버섯, 생강, 촛대 등 해수의 침식과 풍화작용에 의해 자연적으로 만들어진 여러 모양의 바위들을 보고 있으니 대자연의 신비로움에 절로 탄성을 지르게 되었다.

천만 년이 넘는 기간 동안 만들어졌다는 신비로운 기암괴석들은 지금도 조금씩 모양이 바뀌고 있다고 한다. 이곳은 유네스코가 자연유산으로 지정할 만큼 보존 가치가 있고 그 오묘한 자태는 신의 작품이라고 할 수 있을 것 같았다. 고대 이집트 네페르티티 여왕의 옆얼굴을 닮아 유명해졌다는 '여왕 머리'는 현무암이 응고된 지층 위에 사암의 차별침식으로 형성됐다고 하는데, 이곳에서 가장 인기있는 장소여서 우리 가족은 '여왕 머리'를 배경으로 기념사진을 찍기 위해 약 50분 정도 기다렸다가 소중한 추억의 순간을 인증사진으로 담았다.

♣ 스펀 폭포

스펀 폭포(十分瀑布)는 대만 신베이시 핑시구에 있는 높이 약 20 미터, 넓이 약 40 미터의 폭포로, 대만에서 가장 큰 폭포여서 '대만의 나이아가라'라고 불리기도 한다고 한다.

세계 3대 폭포는 이과수 폭포(브라질, 아르헨티나/높이 70m, 넓이 2.7km), 빅토리아 폭포(잠비아, 짐바브웨/높이 108m, 넓이 1.7km), 나이아가라 폭포(캐나다, 미국/높이 52m, 넓이 1.2km)이다. 미국의 프랭클린 루즈벨트 대통령 부부가 이과수 폭포를 방문했을 때, 이과수 폭포를 본 영부인 엘리너 루즈벨트가 "Oh, Poor Niagara / 불쌍하다. 나이아가라야"라고 말하면서 세계 3대 폭포 중 하나인 나이아가라 폭포도 이과수 폭포에 비하면 규모가 작다고 표현했었던 점을 감안하면 이곳 스펀 폭포도 세계 1위 폭포인 이과수 폭포에 비하면 규모가 작았지만 우렁찬 굉음을 내면서 시원하게 떨어지는 물줄기가 우리 가족의 여독을 씻어주었다.

♣ 스펀에서 천등(天燈) 날리기

우리 가족은 스펀 폭포 관광을 마치고 근처의 스펀역으로 이동하였다. 스펀 여행의 하이라이트는 소원을 적은 천등(天燈)을 하늘로 날려 보내며 소원이 이루어지기를 비는 것으로 천등의 색깔에 따라 기원하는 바가 다르다고 한다.

천등을 띄우는 전통은 스펀에서 시작되었는데 옛날에 도적을 피해 산으로 피난을 갔던 주민들에게 마을에 남은 사람들이 돌아와도 된다는 신호로 띄우던 것에서 유래된다고 한다. 1990년대부터 핑시에서 천등을 날리는 의식이 회복되어 다시 시작되었고 이후 상업적으로 이어져 오늘 날의 천등 명소가 되었다고 한다.

한국인 관광객이 많아지면서 천등 가게마다 한국어 안내를 친절하게 적어 놓아 이용하기 편리해졌으며, 스펀역은 천등을 날리기에 가장 적당한 곳이어서 천등 가게가 가장 많다고 한다. 우리 가족도 초록색의 천등에 소원을 적어 하늘로 날려 보내면서 소원이 이루어지길 빌어보았다.

영화 <그 시절, 우리가 좋아했던 소녀> 속 천등 날리는 장면과 TVN에서 방영된 <꽃보다 할배> 촬영 이후로 천등 날리기는 더욱 인기를 끌고 있다고 한다.

♣ 황금박물관의 태자빈관과 광부식당

스펀에서의 천등 날리기를 마친 우리 가족은 황금박물관 지구로 이동하였다. 진과스의 황금박물관 일대를 통틀어 황금박물원구라고 하는데, 우리 가족이 방문한 것은 태자빈관과 광부식당이었다.

▶ 태자빈관

신베이시 지정 고적으로 일본 식민지 시대 일본 다나카 광업공사가 당시 일본 황태자의 시찰 방문을 기대하며 1922년에 지은 일본식 목조건물 별장인데, 일본 황태자는 결국 방문하지 않았다고 한다. 전형적인 일본 건축양식 건물로 앞쪽은 일본식 정원으로 꾸며져 있고, 뒤쪽에는 미니 골프장과 양궁장이 있다. 건물 내부는 입장할 수 없지만 외부 정원은 관광객들에게 개방되어 있어서 우리 가족은 일본식 정원의 분위기를 느껴볼 수 있었다.

▶ 광부식당

정식 명칭은 광공식당(礦工食堂)인데, 한국인에게는 '광부식당'이라는 이름으로 알려졌고 예전 광부들의 도시락을 재현한 광부도시락으로 유명해진 곳이다. 여러 반찬과 파이구(돼지갈비)를 메인으로 한 도시락을 먹고 나서 보자기, 젓가락, 도시락통 등은 모두 기념으로 가져올 수 있다. 우리 가족은 식당 밖 야외에 마련된 테이블에서 시원한 저녁바람을 쐬면서 광부도시락을 먹었는데, 학창시절의 추억의 도시락을 회상하면서 맛있게 먹었다

이곳 광부식당도 JTBC의 <꽃보다 할배> 프로그램의 출연자들이 방문했던 곳이라고 생각하니 더욱 친근하게 느껴졌다.

♣ 지우펀의 환상적인 야경

우리 가족은 황금박물관의 태자빈관과 광부식당 투어를 마친 후 단체관광버스를 타고 야경 명소로 유명한 지우펀으로 이동하였다.

지우펀은 대만에서 가장 인기 있는 관광지 중 한 곳으로 대만 북동부에 위치해 산과 바다와 맞닿아 있다. 산비탈에 형성된 이 작은 마을은 풍부한 금광산 덕분에 번성했다가 채광산업이 시들해지면서 몰락해갔는데, 1990년대 후반 영화 <비정성시>의 배경이 되면서 이곳 특유의 오랜된 건축물과 풍경이 주목 받으며 다시 사람들의 관심을 끌면서 현재의 인기 관광명소가 되었다고 한다.

또한, 2001년에 제작된 애니메이션 영화인 미야자키 하야오의 <센과 치히로의 행방불명>에도 이곳 지우펀이 등장한다. 이 영

화는 일본의 온갖 정령들이 모여드는 온천장을 배경으로 소녀 치히로의 모험기를 다룬 애니메이션인데, 자연 친화적인 세계관, 황금만능주의, 전통적 가치에 대한 화두 속에서 치히로의 성숙한 변화가 펼쳐지는 성장영화이다.

▶ 지산제(基山街)

지산제(基山街)는 지우펀라오제 정류장 근처 세븐일레븐 옆에서 시작되는 작은 골목길인데, 지우펀의 메인 상점거리로 지우펀라오제라고도 한다. 구불구불 이어진 좁은 길은 항상 사람들로 북적거리고, 양옆으로 수많은 상점이 줄지어 있으며, 기념품·민속예술품·잡화·먹거리 등 다양한 상점이 있어 우리 가족은 걸어가는 내내 이색적인 풍경에 빠져들었고 특히 골목길에 어둠이 깔리면서 켜진 수많은 홍등들과 골목길이 조화를 이루면서 환상적인 밤풍경을 연출하여 별천지에 온 것 같은 환상에 젖었다.

▶ 수치루(竪崎路)의 아메이차러우(阿妹茶樓)

지산제에서 약 15분 정도 걸어 들어가면 지산제와 십자로 나뉘는 돌계단이 나오는데, 이곳이 바로 지우펀하면 떠오르는 홍등들이 줄지어 달린 거리 수치루인데, 이곳 수치루는 지산제보다 훨씬 많은 홍등들이 어두운 밤을 빨갛게 밝히고 있었다. 홍등들이 켜진 경사진 좁은 계단을 따라 카페들이 즐비하여 차를 마시면서 지우펀의 매력을 만끽하는 사람들이 많았다.

수치루의 하이라이트는 아메이차러우(阿妹茶樓)이다. 영화 <비정성시>의 촬영장으로 유명세를 더한 수치루의 명물 찻집이다. 홍등으로 장식된 외관은 수치루에서 가장 화려한 자태를 뽐내고 있어 이를 배경으로 기념사진을 찍는 사람들이 너무 많아 사진을 찍기가 쉽지 않았지만 우리 가족은 아메이차러우(阿妹茶樓)의 환상적인 홍등들을 배경으로 추억의 기념사진을 찍었다.

▶ 지우펀 전망대

지산제를 따라 계속 걸어가면 확 트인 지우펀 전망대가 나온다. 이곳에 낮에 왔다면 저 멀리 바다까지 볼 수 있다고 하는데, 우리 가족이 이곳에 도착했을 때는 칠흑 같은 어둠이 밤하늘을 감싸고 있어 군데군데 설치된 가로등 불빛만이 풍경을 부분적으로 보여주고 있을 뿐이어서 아쉬움이 남았다.

♣ 시먼딩의 '망고눈꽃빙수' 맛집 "三兄妹"

지우펀 여행을 마지막으로 대만 여행 세 번째 날의 여행을 모두 마치고 타이베이의 시먼딩으로 돌아온 우리 가족은 한국인 관광객들에게 '삼남매빙수'로 유명한 '망고눈꽃빙수' 맛집 '三兄妹'로 갔다.

눈꽃빙수인 쉐화삥과 두부 디저트인 떠우화 전문점이다. 매뉴판을 보고 '망고눈꽃빙수'를 주문하고 결제하니 금방 가져다주었다. 대형 망고눈꽃빙수 1접시를 세 식구가 나눠 먹었는데, 맛있는 빙수를 원화 기준 1만원 정도의 가격에 푸짐하게 먹을 수 있어서 가성비가 좋았다.

♣ ♣ 네 번째 날(12월 23일)

♣ 세계 4대 박물관, 대만의 국립고궁박물원

대만 여행 네 번째 날, 우리 가족은 국립고궁박물원-중정기념당 -국부기념관 순서로 여행하기로 결정하고, 호텔에서 조식 뷔페로 아침식사를 마친 다음 국립고궁박물원으로 이동하였다.

영국의 런던에 대영박물관이 있다면 프랑스의 파리에는 루부르 박물관이 있고,

미국의 뉴욕에 메트로폴리탄박물관이 있다면 대만의 타이베이 에는 고궁박물관이 있다.

대만의 국립고궁박물원은 세계 4대 박물관 중 하나로 손꼽히며, 세계 주요 강대국들이 '식민지 개척' 당시 약탈로 조성한 루브르 박물관, 대영박물관과 달리 중국 고궁의 보물만을 모아둔 진기한 박물관이라고 한다.

본래는 중국 북경의 자금성에 있었으나 국공내전 시기인 1948년 국민당 장제스의 명령으로 그 유물 거의 대부분을 대만으로 실어와 타이중 등지에 일시 보관하다가 1965년 타이베이에서 개관하여 현재에 이르고 있다고 한다. 전시된 유물 중 취옥백채(翠玉白菜)와 동파육이 가장 인기 있는 유물이라고 하여 관심있게 보았는데 정말 생동감이 넘치는 조각품이었다.

5,000년 중국의 장구한 역사를 엿볼 수 있는 송·원·명·청나라의 유물이 전시되어 있어 중국문화의 보물창고라 할 수 있을 것 같았다. 중국 황실 유물 중 최고로 꼽히는 것들은 모두 이곳에 보관되어 있으며 소장품은 총 655,000점이 넘어 일정한 주기로 교체하며 전시한다고 한다. 박물관 내 사진 촬영은 플래시를 사용하지 않는다면 허용되어 있어 우리 가족은 주요 전시품을 스마트폰의 카메라로 촬영하여 추억의 앨범에 소중하게 간직하였다.

고궁박물관 옆에는 1984년에 시공된 중국식 전통 정원인 지선원이 있는데, 우리 가족은 일정이 빠듯하여 지선원 관광은 생략하고 장제스를 기리고 있는 중정기념관으로 이동하였다. 지선원은 연못, 다리, 정자 등 중국의 고풍스러운 분위기를 경험할 수 있고, 당일 국립고궁박물관 입장권 지참 시 무료로 입장이 가능하다고 한다.

♣ 장제스를 기리는 중정기념당

중정기념당은 대만의 초대 총통인 장제스(蔣介石)를 기념하기 위해 만든 곳인데, 정문인 '자유광장' 패루를 시작으로 중정기념당 본 건물까지 넓은 광장과 정원이 펼쳐지고, 왼쪽에는 국가음악청, 오른쪽에는 국가희극원이 있다. 중정기념당은 광장 정면에 웅장한 자태를 뽐내며 자리잡고 있는데, 건물은 높이 76m이며, 1층 내부에는 장제스의 사진과 유품을 전시하고 있고, 4층의 장제스의 대형 동상이 있는 곳에서는 매시 정각에 근위병 교대식이 진행되는데, 우리 가족도 장제스 동상 앞에서 진행되고 있는 근위병교대식에 참가하는 병사들의 절도있는 동작을 구경하였다.

사후에도 병사들의 호위를 받고 있는 장제스 동상을 보고 있으니 '대만의 초대 총통 장제스에 대한 대만 국민들의 평가가 엇갈리고 있다'고 소개된 어떤 책의 내용이 떠오르면서 씁쓸한 생각이 들었다. 미국의 초대 대통령 조지 워싱턴(재임기간:

1789~1797년)처럼 국민들이 박수칠 때 떠나야 다수의 국민들로 부터 추앙을 받는 것 같다.

♣ 54년 역사의 '우육면' 맛집 영강(永康)

우리 가족은 점심식사를 위해 54년 전통의 '牛肉麵' 맛집 영강 (永康)으로 이동하였다. 이곳은 워낙 인기가 많아 식사시간에 가면 항상 대기해야 한다고 하는데, 우리 가족이 점심시간에 갔을 때도 대기하는 손님들이 길게 줄을 서 기다리고 있어서 우리 가족도 30분 정도 기다리다가 입장하여 우육면을 주문하여 먹었다. 이곳은 24시간 불을 끄지 않고 탕을 끓이면서 고기류가 부드러워지면 파, 마늘, 생강으로 맛을 더하는데, 이곳의 인기 비결인 소고기는 4~5시간을 익혀 투명한 캐러멜색이며 부드러우면서 쫄깃한 식감이 탁월하다는 소문이 났다고 한다. 우리 가족은 부드러운 식감의 우육면을 먹으면서 이 소문이 헛소문이 아님을 실감할 수 있었다.

♣ 1911.10.10. 신해혁명의 주역/민주공화국의 아버지/ 민족,민권,민생 삼민주의를 주창한 쑨원(孫文)을 기리는 국부기념관

대만의 연도 표기는 특이하다. 1911.10.10. 쑨원의 신해혁명에 의해 전제정이 무너지고, 1912.01.01. 중화민국 건국일에 공화정이 시작된 것을 기준으로 연도 표기를 하므로 2017년은 중화민국 연도 106년이라고 한다.

중화인민공화국의 주은래 전 총리의 아래와 같은 말을 통해서도 알 수 있듯이 쑨원은 중화인민공화국(중국)과 중화민국(대만) 모두로부터 추앙받는 인물이라고 한다.

" 혁명가가 되고자 한다면 쑨원처럼 하고, 대장부가 되고자 한다면 안중근처럼 하라."

대만의 초대 총통 장제스를 기리는 중정기념당과 마찬가지로 중화민국의 국부 쑨원을 기리는 이곳 국부기념관도 매시 정각마다 쑨원의 동상 앞에서 근위병교대식을 거행하였다.

장제스 동상이나 쑨원 동상이나 모두 사후에도 병사들의 호위를 받고 있는데, 대만의 초대 총통 장제스에 대한 대만 국민들의 평가는 엇갈리고 있으나, 중화민국의 국부 쑨원에 대한 대만 국민들의 평가는 국민들로부터 압도적으로 추앙받고 있다고 한다.

미국의 제16대 대통령 에브리엄 링컨의 "of the people, by the people, for the people"이라는 민주주의 이념과 중화민국의 국부 쑨원의 "민족,민권,민생"이라는 민주주의 이념이 일맥상통한 것을 기념하여 미국에서는 기념우표까지 발행하였다고 한다.

우리 가족은 쑨원에 관한 정보와 그의 유품 등이 전시되어 있는 전시실, 약 2,600명을 수용할 수 있다는 홀 등을 둘러본 후 국부기념관 밖으로 나와 국부기념관 앞에 아름답게 조성된 공원과 국부기념관으로부터 약 300m 정도 거리에 있는 "타이베이 101 (월드 트레이드 타워)" 빌딩을 배경으로 기념사진을 찍으면서 즐거운 시간을 보냈다.

♣ 유·불·선·기타 다양한 종교가 공존하는 타이베이 용산사(龍山寺)

용산사는 관세음보살을 모시는 한전불교(漢傳佛敎/中國佛敎) 사원으로 대만에는 딴쉐이 용산사, 루강 용산사, 타이난 용산사, 펑샨 용산사, 마지막으로 이곳 타이베이의 멍쟈 용산사가 있다고 한다.   이곳 용산사는 타이베이에서 가장 오래되고 유명한 전형적인 대만 사원이라고 한다.   이 사원은 1738년 청나라 시절 푸젠 성 이주민들에 의해 세워진 사원으로 중간에 소실되어 현재의 건물은 1957년에 다시 지은 것이라고 한다.

중국인들은 종교에 관대해 도교, 불교 등 많은 신을 하나의 사원에서 같이 모시는데 이곳도 마찬가지로 여러 신을 모시는 만큼 참배자도 굉장히 많았고, 어둠을 밝히는 휘황찬란한 조명이 수많은 관광객들을 비추면서 그들의 발길을 안내하고 있었다.

우리나라는 하나의 종교시설에 여러 종교가 공존하는 경우가 극히 드문데 이곳은 용산사라는 하나의 종교시설에 다양한 종교가 공존하고 있다는 느낌이 들어 약간 낯설었지만 배타적이지 않은 포용정신이 인상적이었다.

♣ 하겐다즈 아이스크림 등이 무제한 제공되는 대만식 샤부샤부 뷔페, "궈바 원양훠궈"

우리 가족은 대만 여행에서의 마지막 날의 저녁식사를 위해 대만식 샤부샤부 뷔페 "궈바 원양훠궈"에 들어갔다. 다른 샤부샤부 전문점과 달리 기다리지 않고 입장할 수 있었고, 쇠고기/양고기/해산물/야채/과일/디저트(하겐다즈 아이스크림 포함) 등등이 무제한 제공되었는데, 가격이 1인당 22,000원 정도밖에 되지 않아 가성비가 좋았다. 우리 가족은 대만은 역시 음식천국임을 실감하면서 가족애를 나누는 소중한 시간을 갖었다.

♣ 대만에서의 마지막 쇼핑 장소 까르푸

우리 가족은 저녁식사를 마친 다음 호텔로 이동하는 길에 까르

푸(家樂福) 궤이린점에 들러 쇼핑을 하였다. 이곳은 타이베이의 중심지인 시먼딩 근처에 위치해 접근성이 좋고, 24시간 영업해 한국인 관광객들이 많이 보였다. 치약, 밀크티, 방향제, 망고젤리 등 한국인 관광객들이 많이 구입하는 제품은 눈에 잘 띄는 곳에 모아 진열해두어서 편리하게 쇼핑할 수 있었다.

♣ ♣　다섯 번째 날(12월 24일)

♣　타이베이 송산국제공항에서 서울 김포국제공항으로

서울의 명동과 비슷한 타이베이의 시먼에서 지하철을 이용하여 기본요금(20 대만달러/한국통화 기준 800원)으로 40분 만에 송산국제공항에 도착하였고, 이곳에서 비행기를 타고 2시간 만에 김포국제공항에 도착하니 서울의 기온이 타이베이보다 20도 정도 낮은 영하 2도의 날씨를 보이고 있어 일상에 복귀했음을 실감할 수 있었다.

♣　가족애를 나눈 소중한 추억의 대만 여행

이번 대만의 타이베이/화롄 가족여행은 아들이 군대에 입대한 상황이어서 아들은 함께 여행하지 못하고 아내와 딸과 나 3명만 여행을 다녀와서 약간 아쉬움으로 남긴 하지만 이번 가족여행은 대학교 2학년생인 딸이 부모님께 길잡이 역할을 하는 대견스러운 모습을 보면서 자식 키우는 보람을 느끼는 등 가족애를 나누는 소중한 추억의 여행이 되었다고 생각한다.

(38) 『3박 5일 동안의 미국 로스앤젤레스 여행기』
(2018.09.16. ~ 2018.09.20.)

♣♣ 하계올림픽 3회 개최 도시 로스앤젤레스
(Los Angeles)

우리나라는 2032년 제35회 하계올림픽을 서울과 평양에서 남한과 북한이 공동으로 개최하는 것을 추진하고 있다. 만약 이와 같은 노력이 성사된다면 서울은 하계올림픽을 2회 이상 개최하는 6번째 도시가 된다. 역대 하계올림픽을 2회 이상 개최했거나 개최하는 것으로 확정된 도시는 (1) 런던(1908년, 1948년, 2012년), 파리(1900년, 1924년 2024년), 로스앤젤레스(1932년, 1984년, 2028년) 각 3회, (2) 아테네(1896년, 2004년), 동경(1964년, 2020년) 각 2회이다. 올림픽은 인류 평화의 축제로서 개최 도시에게 많은 경제적 효과를 창출하기 때문에 세계적인 유명 도시들은 올림픽 유치를 위해 많은 노력을 기울이고 있다.

이처럼 미국의 로스앤젤레스(이하 'LA')는 2028년에 제34회 하계올림픽을 개최할 예정이므로 런던, 파리에 이어 하계올림픽을 3회 개최하는 도시가 되었다.

♣♣ 미국 제2의 도시이자 전 세계에서 한국 교포가 가장 많이 사는 도시 LA

LA는 뉴욕에 이어 인구 4백만 명의 미국 제2의 도시이자 전 세계에서 한국 교포가 가장 많이 사는 도시이다. 습도가 낮고 비가 거의 내리지 않은 맑고 쾌청한 날씨가 많으며, 여름의 평균 기온은 23도, 겨울의 평균 기온은 14도라고 하므로 생활하기에 최적의 기후 조건을 갖추고 있어 LA는 미국 제2의 도시가 된 것 같고, 우리나라 교민들도 이곳에서 많이 살고 있는 것 같다는 생각이 든다.

♣♣ 여행 코스 (산타 모니카 피어 → 게티 센터 → 할리우드 간판 → 할리우드 & 하이랜드 → IN-N-OUT Burger → 시타델 아울렛)

산타 모니카 피어는 태평양 해변의 정취를 느껴보기 위해, 게티 센터는 LA의 문화와 예술을 재발견하기 위해, 할리우드는 세계 영화의 메카를 구경하기 위해, IN-N-OUT Burger는 미국의 패스트푸드를 체험하기 위해, 시타델 아울렛은 다양한 탑 브랜드 상품을 쇼핑하기 위해 각각 여행하기로 하였다.

♣♣ 산타 모니카 피어 (Santa Monica Pier)

♣ 산타 모니카(Santa Monica)

태평양 연안에 펼쳐진 산타 모니카는 과거부터 캘리포니아 주에
서 가장 인기가 많은 해변 휴양지로 알려져 왔다고 한다. 끝없이
펼쳐진 해변에는 야자나무가 줄지어 있으며, 바다를 바라보면서
산책과 조깅을 즐기는 사람들도 많다고 한다. 내가 이곳에 도착
했을 때는 한낮인데도 해변과 차도 사이에 있는 '팰리세이드 공
원(Palisades Park)'에서 조깅을 즐기는 사람들을 여러 명 볼 수
있었다. 마라톤을 즐기는 나는 이들과 함께 뛰고 싶었지만 자제
하고 관광을 하기로 하고 태평양의 망망대해를 바라보기 위해
발걸음을 옮겼다.

주변에 분위기 있는 레스토랑과 카페들이 많이 있어 태평양의
아름다운 석양을 감상하면서 식사를 하는 것도 무척 낭만적일
것 같았다.

♣ **산타 모니카 피어 (Santa Monica Pier)**

바다로 튀어나온 오래된 부두(Pier)는 왠지 모르게 향수를 불러
일으킨다. 산타 모니카 피어 (Santa Monica Pier)는 1909년에
만들어져 많은 영화와 텔레비전 드라마의 촬영지로 애용되었다

고 한다. 그 중에서도 1973년 '조지 로이 힐'이 감독하고, 폴 뉴먼, 로버트 레드포드, 로버트 쇼 등이 주연한 영화 '스팅(THE STING)'은 매우 유명하다.

▶ 죽기 전에 꼭 봐야 할 영화 '스팅(THE STING)'

'조지 로이 힐'은 「내일을 향해 쏴라」(1969)에서 처음으로 폴 뉴먼과 로버트 레드포드와 함께 영화를 만들었고, 그 결과 서부영화에 대한 관객의 관심을 재차 다지고 뉴먼과 레드포드의 상업적 호소력을 증명했다고 한다. 4년 후 다시 그들과 함께 만든 「스팅」에서는 비극적인 울림은 없지만 배우들이 연기력을 발휘할 여지를 더욱 넓혀준 것으로 평가받았다고 한다.

대공황 직후의 시카고를 배경으로 야망에 찬 두 사기꾼 헨리 곤도르프(뉴먼)와 자니 후커(레드포드)가 등장한다. 갱스터 도일 로네건(로버트 쇼)이 그들의 친구 한 명을 살해하자 그들은 복수를 시작한다. 탄탄한 조연이 각자 개성 있는 스타일로 주고받는 대사들은 영화를 번득이는 재치로 가득 채운다. 시대를 초월해 사랑 받은 '스콧 조플린'의 랙타임 장르의 곡 'The Entertainer'가 전편에 걸쳐 흘러나오고 마침내 그들은 가장 위협적인 악당을 굴복시킨다. 「스팅」은 수준 높은 예술영화라 할 수는 없지만 무척 유쾌한, 아카데미 7관왕을 차지한 영화다. 푸른 눈의 뉴먼과 잿빛 머리카락의 레드포드는 너무나 멋지고, 그들의 우정에는 충성과 기만을 바탕으로 한 희극적 모험이 담겨 있다.

▶ 태평양의 석양을 바라보며 돌아가는 회전목마

부두(Pier) 옆에는 작은 회전목마가 있어서 해 질 녘에는 부두와 회전목마가 바다와 어우러져 매우 낭만적인 분위기를 연출할 것 같았다. 해 질 무렵 태평양의 석양을 바라보면서 연인과 함께 회전목마를 타는 것도 멋진 추억이 될 것 같았다.

면허가 없어도 낚시를 즐길 수 있어 휴일에는 낚시를 하러 오는 사람들로 북적인다고 하는데, 내가 이곳 부두(Pier)에 갔을 때도 마침 일요일이어서 그런지 낚시를 하면서 망중한의 시간을 보내는 사람들이 꽤 많이 보였다.

부두(Pier) 근처에는 해물요리를 파는 레스토랑, 음료를 파는 카페 등이 즐비해 있어 태평양의 망망대해를 바라보면서 여유로운 시간을 갖고 싶은 충동이 일었다.

▶ 퍼시픽 공원(Pacific Park)

산타 모니카 피어를 산책할 때 퍼시픽 공원(Pacific Park)의 커다란 간판이 눈길을 끌어 발길을 멈췄다. 부두 위에 있는 유원지는 미국 서부에서는 이곳밖에 없으며, 낡은 느낌을 주던 산타 모니카 피어의 인상을 바꾸는 계기가 되었다고 한다. 제트 코스터 등 여러 종류의 놀이기구와 게임 센터, 푸드 코트가 있으며, 내가 방문했던 시간이 주말이어서 그런지 가족 단위 방문객들이 꽤 많이 보였다.

▶ 팰리세이드 공원(Palisades Park)

해변과 차도 사이에 있는 '팰리세이드 공원(Palisades Park)'은 해안가에 펼쳐진 가늘고 긴 공원이다. 자전거를 타는 사람들, 달리기를 하는 사람들, 산책을 하는 사람들, 선텐을 하면서 독서를 하는 사람들 등 각자의 방식으로 시간을 보내는 사람들의 모습을 쉽게 볼 수 있었다.

공원 안에 관광안내소가 있어 이곳을 처음 방문하는 관광객들은 이용하면 도움이 될 것 같았다. 미국은 총기사고가 자주 발생하

므로 이곳을 낮에 돌아다니는 것은 특별한 문제가 없지만 밤에
는 위험하다고 한다.

▶ 세계적인 새우 요리 전문점
"BUBA GUMP SHIRIMP"

나는 점심식사를 위해 '산타 모니카 피어'에 있는 세계적인 새우
요리 전문점 "BUBA GUMP SHIRIMP"에 들어갔다. 이 식당은
1994년에 개봉된 '톰 행크스' 주연의 영화 '포레스트 검프
(FORREST GUMP)'에서 영감을 얻어 상호를 정하고 1996년에
문을 연 새우 요리 전문점이라고 한다. 주인공인 포레스트 검프
가 베트남전쟁에서 전사한 전우 'BUBBA'와의 약속을 지키기 위
해 앨라배마 주에서 새우잡이 어업을 하면서 만든 회사의 이름
이 'BUBA GUMP SHIRIMP Co.'였다고 한다.

나는 포레스트 검프의 포스터, 기념품 등이 전시된 식당에서 새
우 요리를 안주 삼아 시원한 맥주를 마시면서 영화 '포레스트 검

프'를 추억하였다.   지능은 낮지만 순수한 마음을 지닌 주인공 포레스트 검프의 파란만장한 삶을 그린 영화이자 이기심과 혼돈 속에 살아가는 현대인들에게 성실한 삶의 가치를 되새기게 해준 영화 '포레스트 검프'를 생각하는 동안 산타모니카 해변에서 망망대해를 바라보면서 뛰고 싶은 충동이 일었다.

♣♣ 게티 센터 (The Getty Center)

'게티 센터'라는 거대한 문화단지는 젊은 시절부터 미술품을 수집하러 전 세계를 돌아다녔던 미국의 석유 재벌 J. 폴 게티의 개인 소장품과 기금을 바탕으로 조성되었다고 한다. 건립에만 14년이 걸린 게티 센터는 미술관 뿐 아니라 연구소, 교육시설 등 다방면으로 문화에 기여할 체계를 갖추었다고 한다.   1조 원이라는 어마어마한 공사비가 투입된 건물들은 1997년에 완공되었으며 건물 자체도 아름답지만 주변의 경관과도 훌륭한 조화를 이루고, 백색의 건축가라고 불리는 '리처드 마이어'가 흰 대리석을 사용해 건설한 건물들은 새로운 아크로폴리스라는 평가도 있다고 한다.

게티 센터의 중심은 동·서·남·북 4개의 독립된 전시관(동·서·남·북 파빌리온)으로 이루어진 J. 폴 게티 미술관이다. 폴 게티 미술관은 퍼시픽 팰리세이즈에 1974년에 설립된 게티 빌라와 함께 게티의 이름을 딴 2대 미술관이다. 이들 미술관에는 고흐의 <아이리스>를 비롯한 유명 회화 작품은 물론이고, 폼페이의 벽화나 기원전 5세기의 아프로디테 상 같은 그리스·로마의 조각들부터 서아시아의 융단까지 세계적인 미술품들이 전시되어 있었다.

중간에 쉬어갈 수 있도록 정원이 마련돼 있는데 그중 센트럴 가든이 가장 볼 만하였고, 잔디에 앉아 망중한의 시간을 갖는 사람들도 볼 수 있었다. 게티 센터는 지대가 높은 곳에 위치하여 로스앤젤레스의 전경을 한눈에 내려다볼 수 있어서 좋았고, LA의 스카이라인을 배경으로 추억의 기념사진도 여러 장 찍었다. 이처럼 게티 센터는 주변의 풍경을 조망하기 좋은 장소여서 미술관 전시실은 관람하지 않고 주변의 경관만을 즐기기 위해 찾는 사람들도 많은 것 같았다.

주차장에서부터 언덕 위에 있는 '게티 센터'까지 무료로 트램이 운행되고 있어 나는 이 트램을 타고 경사진 선로를 이동하는 동안 차창 밖으로 펼쳐진 LA 지역의 멋진 풍경을 감상하면서 미국 서부의 중심 LA의 이국적인 분위기를 느껴볼 수 있었다. 야외에는 분수대 근처에 파라솔을 갖춘 테이블들이 즐비하여 노천

카페의 분위기를 만끽하면서 간단한 다과와 음료를 즐기는 사람들도 보였다.

♣ ♣　할리우드 간판 (Hollywood Sign)

내가 LA의 랜드마크인 할리우드 간판(Hollywood Sign)을 보기 위해 꼬불꼬불 이어지는 산악도로를 차로 올라 할리우드 간판 (Hollywood Sign)을 배경으로 기념사진을 찍을 수 있는 녹지공원에 도착한 시각은 해 질 녘이었다. 늦은 시간이었지만 많은 관광객들이 할리우드 간판(Hollywood Sign)을 배경으로 인증사진을 찍기 위해 다양한 포즈를 취하고 있었다. 나는 산의 정상 바로 아래에 크게 설치되어 있어 비행기에서도 보인다는 초대형 '할리우드 간판(Hollywood Sign)'을 배경으로 기념사진을 여러 장 찍어 멋진 추억으로 간직하였다.

할리우드 간판(Hollywood Sign)은 원래 부동산 광고를 위한 간판이었다고 한다. 1923년 당시에는 'HOLLYWOODLAND' 13개 문자로 되어 있었다고 한다. 토지 개발이 진행되면서 황폐하게 방치되어 있었으나 1945년 상공회의소에 의해 복구되어 할리우드의 상징이 되었다고 한다. 한 글자의 크기가 높이 15.2m, 폭 9.1m라고 하니 LA공항에 비행기가 착륙할 때 이 간판을 볼 수 있다는 말이 실감났다.

♣ ♣ 할리우드 & 하이랜드
(HOLLYWOOD & HIGHLAND)

♣ 할리우드(Hollywood)

할리우드(Hollywood)는 로스앤젤레스 중심부에서 북서쪽으로 13km 떨어진 지점에 있으며, 1910년에 LA 시(市)의 일부가 되었고, 1920년 영화촬영소가 설립되면서 발전하였으며, 미국의 주요 영화회사에 대한 중앙배역사무소(中央配役事務所)와 영화박물관 등이 있어 미국 영화계의 총본산 역할을 한다고 한다. 할리우드볼(Hollywood Bowl)이라고 불리는 1919년에 건설된 유명한 야외극장과 그리피스 공원에 있는 연극 원형극장, 콘크리트 앞뜰에 많은 배우들의 손바닥 또는 발바닥 도장이 찍혀있는 중국극장(Man's Chinese Theatre) 등이 있다.

할리우드 지구 서쪽에 인접한 비벌리힐스 일대는 부호나 영화배우가 많이 사는 고급주택지이며, 선셋 대로(大路)가 할리우드를 동서로 관통하여 비벌리힐스와 이어진다.

♣ 할리우드(Hollywood)가 세계 영화산업의 메카가 된 이유?

1910년대 초반, 미국에서 가장 인기 있는 영화 장르가 서부극이었고, 서부극은 실제 서부에서 촬영했을 때 더 실감이 났는데, 그 당시 영화사들이 모여 있던 미국 동부의 뉴욕과 뉴저지에서는 찾기 어려운 환경이었다고 한다. 이에 반해 미국 서부의 캘리포니아 주 남부는 태양과 사막, 산, 숲, 비탈 등이 다양한 광경을 제공하였고, LA 주변은 화창하고 건조한 날씨 때문에 일 년 내내 야외 촬영이 가능하여 1910년대 초반부터 LA의 할리우드 지역에 영화 제작사들이 모여들기 시작했다고 하니 명실공히 세계 영화산업의 메카인 LA 할리우드의 역사는 100년이 넘었다.

♣ 할리우드 & 하이랜드(HOLLYWOOD & HIGHLAND)

항상 사람들로 북적이는 할리우드 & 하이랜드(HOLLYWOOD &

HIGHLAND)는 할리우드의 중심적인 관광지로 스타의 손자국으로 유명한 맨스 차이니스 시어터와 아카데미상 시상식이 열리는 돌비 극장을 포함한 복합 오락 명소이며, 이국적인 디자인의 건물에는 인기 브랜드 매장, 레스토랑, 카페 등이 즐비하다.

▶ 스타의 손자국이 모두 모여 있는 '맨스 차이니스 시어터(Man's Chinese Theatre)'

'맨스 차이니스 시어터(Man's Chinese Theatre)'는 1927년 극장왕인 시드 그라우만에 의해 설립된 영화관으로, 중국의 사원처럼 생긴 건물은 할리우드의 상징적인 존재가 되었으며, 정면 광장에 빽빽하게 깔려 있는 할리우드 영화 스타들의 서명과 손자국, 발자국이 유명하다. 아시아 배우로는 최초로 2012년 배우 안성기 님과 배우 이병헌 님이 손자국을 남긴 부분도 감상하면서 우리나라를 대표하는 두 배우의 국제적 명성을 짐작할 수 있었다.

▶ 아카데미상 시상식이 열리는 돌비 극장 (Dolby Theatre)

돌비 극장(Dolby Theatre)은 매년 3월에 열리는 아카데미상 시상식이 열리는 장소다. 2012년까지는 코닥 극장이었지만 2013년 아카데미상 시상식부터 돌비 극장으로 명칭이 바뀌었다고 한다. 평소에는 쟁쟁한 뮤지션들의 콘서트와 권위 있는 전시회 등의 이벤트가 열린다고 한다. 극장 입구 양 옆으로는 1930년부터 작품상을 수상한 영화 제목이 적혀 있으며, 아카데미상 시상식이 열릴 때면 레드 카펫이 깔리고 유명 할리우드 스타들이 카펫을 밟고 입장한다고 한다. 나는 매년 최고의 스타들이 모인다는 돌비 극장을 바라보면서 할리우드 스타들의 실물을 가까이에서 볼 수 있는 기회가 생겼으면 좋겠다는 생각이 들었다.

▶ 할리우드 왁스 뮤지엄(Hollywood Wax Museum)

할리우드 왁스 뮤지엄(Hollywood Wax Museum)은 할리우드 유명 배우와 영화의 한 장면을 밀랍 인형으로 그대로 재현한 박물관이다. 앤젤리나 졸리, 주드 로, 톰 크루즈, 벤 에플릭 등의 배우와 전시관별로 <스타워즈 에피소드>, <매트릭스>, <캐스트 어웨이>, <300>, <미녀 삼총사> 등의 영화가 재현되어 있어 다양한 볼거리를 제공한다.

나는 극장 입구에 설치된 '마릴린 먼로(1926~1962년)' 실물 크기의 인형 옆에서 인형과 어깨동무를 하고 기념사진을 찍었는데, 사진을 보니 '마릴린 먼로'의 웃는 표정이 정말 생동감 있게 느꺼졌다.

♣ ♣ 미국의 3대 햄버거 "IN-N-OUT Burger"

나는 저녁식사를 위해 미국의 3대 햄버거(Shake Shack, FIVE GUYS, In-N-Out) 중 하나인 "IN-N-OUT Burger"에 갔는데, 미국 서부 지역을 대표하는 햄버거답게 많은 사람들이 줄을 서 순서를 기다리고 있어서 나도 30분 정도 줄을 서 기다리다가 햄버거와 감자튀김을 주문하여 먹었는데, 정말 꿀맛이었다.

1948년에 설립된 "IN-N-OUT Burger"는 캘리포니아 주에서는 맥도날드를 추월한 햄버거 프랜차이즈라고 하는데, 성공 비결은 신선함에 있다고 한다. 냉동이 아닌 냉장 패티를 사용하며, 프렌치프라이 역시 즉석에서 통감자를 썰어 튀기므로 신선하여 맛이 좋고, 가격도 저렴한 편이어서 가성비가 좋았다. 해외 매장은 전혀 없고, 미국에서도 미국 서부 지역에 있는 캘리포니아 주,

오리건 주, 네바다 주, 유타 주, 애리조나 주, 텍사스 주 등 6개 주에만 300여 개의 매장이 있는데, 이곳 LA 지역에는 40여 개의 매장이 있다고 한다. 이처럼 미국 서부 지역에만 매장을 운영하는 이유는 식자재를 신속하게 조달하여 신선도를 유지하기 위해서라고 한다.

♣ ♣ 시타델 아울렛 스토어 (Citadel Outlets Stores)

나는 가족 선물을 준비하기 위해 다운타운의 숙소 앞에서 '시타델 아울렛 스토어(Citadel Outlets Stores)'에 가는 셔틀버스를 타고 1시간 정도 이동하여 LA의 외곽에 있는 매장에 도착하였다. 이곳에는 코치, 캘빈클라인, 갭, 나이키, 아디다스, 아식스 등등 다양한 브랜드의 매장이 즐비하였고, 매장마다 평균적으로 50% 정도 할인된 가격으로 판매하고 있어서 나는 가족을 위해 몇 가지 상품을 구입하였다. 국내 판매가보다 저렴한 가격에 구입할 수 있어서 다운타운에서 1시간 거리를 셔틀버스로 왕복한 보람이 있었다.

♣ ♣ 생애 최초의 미국 여행을 마치며

이번 LA여행은 3박 5일이라는 짧은 일정 동안 LA 현지에서 별도의 용무가 있는 상황에서 잠깐의 짬을 내 실시한 여행이어서 많은 장소를 여행하지는 못하였지만 내게는 생애 최초의 미국 여행이어서 의미가 깊은 여행이었다고 생각한다.

(39) 『4박 6일 동안의 미국 샌프란시스코 여행기』
(2019.02.07. ~ 2019.02.12.)

♣ ♣ 골드러시(gold rush)로 인해 폭발적으로 발전한 샌프란시스코(San Francisco)

1848년 샌프란시스코의 북동쪽 115km 지점에 위치한 새크라멘토(캘리포니아 州의 주도)에서 가까운 아메리칸 강(江)의 지류 근처 존 수터의 집 제재소에서 금(金)이 발견되고, 그 주변에서 많은 금이 나오자, 미국인들이 이 지역으로 일을 팽개치고 금을 캐러 모여들었다. 이 소문이 퍼지자, 1849년에는 미국뿐만 아니라 유럽 ·중남미 ·하와이 ·중국 등지에서 약 10만 명의 사람들이 일확천금을 꿈꾸며 캘리포니아 州로 이주해 오는 이른바 '골드러시(gold rush)' 시대를 맞으면서 샌프란시스코는 폭발적으로 발전하게 되었다.

1849년에 캘리포니아로 온 사람들을 '포티 나이너스(forty-niners)'라고 하였는데, 1848년~1858년에 약 5억 5,000만 달러에 이르는 금을 채굴하였고, 1850년 9월 캘리포니아가 정식으로 미국의 한 주(州)가 되었는데, 이처럼 단기간에 인구가 늘어서 주(州)로 승인된 예는 미국 역사상 드문 일이라고 한다.

1906년에는 20세기 미국에서 발생한 최악의 자연재해인 '샌프란시스코 대지진'으로 인해 3천여 명이 사망하는 아픔을 겪기고 하였지만, 1936~1937년에 샌프란시스코-오클랜드 베이 브리지(San Francisco-Oakland Bay Bridge)와 골든게이트 브리지(Golden Gate Bridge, 金門橋)가 완성되어 인근지역과의 교통이 원활지면서 샌프란시스코는 더욱 발전하였다.

♣ ♣ 미국인들이 가장 살고 싶어 하는 도시, 샌프란시스코(San Francisco)

샌프란시스코는 시가지 전체가 아름답고 조용하며, 여름에 서늘하고 겨울에 따뜻한 지중해성 기후를 보여 여름에도 최고기온이 24도 이상으로 올라가지 않고, 겨울에도 최저기온이 5도 이하로 내려가지 않아 미국인들이 가장 살고 싶어 하는 도시라고 한다.

샌프란시스코와 위도가 동일한(북위 37도) 서울은 여름에는 영상 35도 이상의 폭염도 있고, 겨울에는 영하 10 이하의 한파도 있는데, 샌프란시스코는 봄·여름·가을·겨울의 4계절이 아닌 봄·가을의 2계절만 있어 살기 좋은 도시가 된 것 같다. 샌프란시스코의 남동쪽에 위치한 세계적인 첨단기술 연구단지인 실리콘밸리(Silicon Valley)가 샌프란시스코에서 가까운 지역에 위치한 이유 중의 하나도 전자산업에 가장 이상적인 습기 없는 기후 때문이라고 한다.

" If you're going to San Francisco, Be sure to wear
  some flowers in your hair
  (만약 당신이 샌프란시스코에 가게 된다면, 당신의 머리에
   꽃을 꽂는 걸 잊지 마세요). "

1967년 스콧 메켄지(Scott Mackenzie)가 불렀던 팝송 'San
Francisco'의 첫 소절이다. 이 노래는 영화 '더록(The Rock)'
에서 숀 코넬리가 호텔에서 샤워를 하면서 흥얼거려 더 유명해
진 것 같다.

"나는 내 심장을 샌프란시스코에 두고 왔어요. 샌프란시스코의
높은 언덕에 두고 온 심장이 나를 부르네요."
   - 미국 가수/영화배우/화가 토니 베네트(Tony Bennett)

샌프란시스코는 자유와 낭만이 공존하는 도시다. 세계에서 가장
아름다운 현수교인 골든게이트 브리지, 태평양의 바다를 끼고
만들어진 아름다운 풍경, 사계절 쾌적한 지중해성 기후 등이 세
상 사람들을 샌프란시스코로 오라고 유혹하고 있는 것 같다.

♣ ♣ 여행 코스 (금문교 → 트윈픽스 → 시빅 센터 →
     PIER 39 → 금문교 야경 → UC Berkeley →

샌프란시스코 프리미엄 아울렛 → 소살리토 →
나파밸리 → 기라델리 스퀘어)

금문교는 샌프란시스코의 랜드마크에서 달려보기 위해, 트윈픽스는 샌프란시스코의 전경을 조망하기 위해, 시빅센터는 미켈란젤로의 성베드로대성당을 본 따 지은 시청사를 구경하기 위해, PIER 39는 유람선을 타고 금문교, 알카트라즈 섬 등의 풍경을 감상하기 위해, 금문교 야경은 Golden Gate Bridge의 휘황찬란한 야경을 느껴보기 위해, UC Berkeley는 세계적인 대학을 탐방하기 위해, 샌프란시스코 프리미엄 아울렛(시몬 센터)은 다양한 탑 브랜드 상품을 쇼핑하기 위해, 소살리토는 휴양마을의 풍경을 감상하기 위해, 나파밸리는 프랑스의 정통 와인을 능가하는 캘리포니아 나파밸리 와인을 체험하기 위해, 기다델리 스퀘어는 세계 3대 초콜릿을 맛보기 위해, 각각 여행하기로 하였다.

♣ ♣ 세계에서 가장 아름다운 현수교,
　　　골든게이트 브리지(Golden Gate Bridge, 金門橋)

♣ 현대 토목 건축물 7대 불가사의 중 하나,
　　금문교(金門橋)

금문교는 샌프란시스코의 상징적인 건축물로, 골든게이트 해협을 가로질러 샌프란시스코와 북쪽 맞은편의 마린카운티를 연결하는 아름다운 주홍빛의 다리다. 금문(金門), 즉 골든게이트(Golden Gate)라는 명칭은 골드러시(gold rush) 시대에 샌프란시스코 만 (San Francisco Bay)을 부르던 이름이다. 당시 골든게이트 해협은 페리가 유일한 교통수단이었는데, 험준한 지형, 빠른 물살, 잦은 폭풍과 안개, 물속의 암반 등 자연적 문제 때문에 다리를 건설하기 힘들다고 여겨지고 있었다고 한다.

'실현 불가능한 꿈'이라 불리던 다리의 건설이 실현된 것은 설계자인 『조셉 B.스트라우스』의 피나는 노력 덕분인데, 그는 수차례에 걸쳐 설계를 수정했으며 계획에 반대하는 보수파와 페리선 사업자, 공학 전문가들을 설득했다고 한다. 1929년에 시작된 대공황에도 불구하고 1931년에 3천 5백만 달러의 채권이 승인되어 마침내 1933년에 착공하여 1937년 5월에 개통하였다고 한다. 많은 사람들이 복잡한 지형 등을 이유로 건설을 반대했지만 그 예상을 뒤엎고 건설 기간 4년 만에 다리가 완성된 것이다. 공사 기간 4년 동안 수십 명이 목숨을 잃은 금문교(金門橋)의 건설은

1996년 미국토목학회(ASCE)가 선정한 현대 토목건축물 7대 불가사의 중 하나라고 한다.

다리의 총 길이는 약 2,789m이며, 걸어서 건널 경우 40~50분 정도 소요되고, 다리를 지탱하는 두 개의 탑의 높이는 227m로 건설 당시 세계에서 가장 긴 다리이자 가장 높은 현수교 탑이라는 기록을 세웠고, 도로면은 수면에서 66m 높이에 있으며 수심이 깊어 대형 배도 통과할 수 있고, 거대한 다리를 지탱하는 케이블은 직경이 약 90cm나 되는데 2만 7,572개의 가는 케이블을 꼬아서 만들었다고 한다.

금문교를 감상하기 좋은 위치는 시간에 따라 다른데, 오전에는 다리 아래쪽의 포트 포인트가 좋고 특히 포트 포인트 동쪽의 해안가 도로에서는 다리 전체의 모습이 잘 보이고, 오후에는 마린 카운티 쪽의 전망대인 비스타 포인트에 오르면 샌프란시스코 스카이라인을 볼 수 있으며 저녁에 서쪽의 베이커스 비치에서는 아름다운 석양이 보인다고 한다.

♣ 금문교(金門橋)는 왜 붉은색인가?

금문교가 붉은색(International Orange)인 이유에 관해서는 크게 아래와 같은 세 가지 의견이 있는 것 같은데, 나는 세 번째 의견이 맞는 것 같다.

첫째, 안개가 자주 발생하는 변덕스러운 기후에도 눈에 잘 띄도록 인터내셔널 오렌지색(International Orange)을 칠했기 때문이다.

둘째, 붉은색 페인트가 가장 싸기 때문이다. 매년 페인트를 칠하면서 발생하는 유지보수비를 절감하기 위한 목적이라는 것이다.

셋째, 금문교가 처음에 설치되면서 밑칠로 붉은색이 도색되었는데, 교량 건설에 참여한 자문 엔지니어가 붉은색이 마음에 들어 최종 도색도 붉은색으로 결정되었다고 한다.

이와 같은 세 가지 의견 중 어느 것이 정답이든 '인터내셔널 오렌지(International Orange)'라는 특유의 강렬한 붉은색으로 칠해진 금문교(金門橋)는 샌프란시스코의 상징이자 세계에서 가장 아름다운 다리로서 매년 900만 명 이상의 관광객들이 찾고 있을 만큼 전 세계인으로부터 가장 사랑받는 명소 가운데 하나가 되었다. 파리 에펠탑을 매년 700만 명이 방문하는 것과 비교해보아도 금문교(金門橋)의 인기를 실감할 수 있을 것 같다.

♣ 금문교(金門橋)의 중간 지점까지 왕복 2.8km 달리기를 하였다.

▶ 포트 포인트(전망대)

포트 포인트(전망대)는 금문교 남쪽에 위치해 있는 곳으로, 미국의 남북 전쟁(1861년~1865년) 발발 전에 만들어진 군사 시설인데, 현재에도 견고한 모습 그대로 보존되어 있어 한번쯤 둘러보기 좋은 곳이며, 지금은 금문교를 가까이에서 제대로 볼 수 있는 전망대도 있다.

1958년에 개봉된 '알프레드 히치콕'의 영화 「현기증」에 이곳 포트 포인트에서 금문교를 배경으로 찍은 장면이 등장하면서 유명세를 타기 시작했다고 한다.

포트 포인트에 도착하여 금문교를 처음 바라보았을 때 웅장한 규모와 '인터내셔널 오렌지(International Orange)'라는 강렬한 붉은색에 탄성이 절로 나왔다. 2010년 로마에서 성베드로대성당에 들어간 순간 웅장한 자태에 놀랐듯이 이곳 금문교도 다리의 길이(2,789m)와 두 개의 탑의 높이(227m)에 놀랐을 뿐만 아니라 강렬한 붉은색의 화려함에 놀랐다.

▶ **세계에서 가장 아름답기로 손꼽히는 동시에 세계적인 자살 명소가 되어버린 다리**

금문교가 개통된 1937년부터 현재까지 금문교 자살자 수는 1,500명 이상인 것으로 알려졌다고 하니 연평균 20명 정도의 사람들이 소중한 목숨을 끊는 것 같다. 금문교 관리당국은 자살을 예방하기 위해 금문교 난간 근처에 자살 예방 그물망을 2021년까지 설치할 계획이라고 한다.

포트 포인트에서 금문교를 장식하고 있는 '인터내셔널 오렌지 (International Orange)'라는 강렬한 붉은색을 바라보면서 금문교가 '세계에서 가장 아름답기로 손꼽히는 동시에 세계적인 자살 명소가 되어버린 다리'가 되었다고 생각하니 다리의 색깔을 초록색이나 파랑색으로 바꾸면 자살율을 낮출 수도 있겠다는 생각이 들었다.

실제로 영국의 템즈강에 있는 다리 중 '블랙 프라이어 브리지'라는 다리는 검은색 다리로서 런던의 자살 장소로 유명했었는데, 다리의 색깔을 검은색에서 초록색으로 바꾸었더니 투신을 시도하는 사람의 수가 1/3으로 줄어들었다고 한다.

색깔이 사람에게 주는 심리적인 작용은 무시할 수 없을 것 같은데, 검은색은 죽음, 우울 등을 연상시키는 반면, 초록색이나 파랑색은 의지력, 청춘 등을 연상시키고, 빨강색은 열정, 힘, 활동성, 따뜻함 등의 긍정적인 이미지를 갖고 있으면서도 자극적, 흥분, 공격성, 분노, 맹렬 등의 부정적인 이미지도 갖고 있는 이중성을 가지고 있는 것 같다.

강렬한 붉은색으로 장식된 금문교는 검정색에 비하면 밝은 색이라고 할 수 있지만 붉은색은 사람의 마음을 부추기는 효과가 있어서 투신을 하려는 사람의 마음을 부추기는 현상이 일어날 수도 있으므로, 금문교의 색깔을 초록색이나 파랑색으로 바꾸는 것도 검토해볼 필요가 있을 것 같다는 생각이 들었던 것이다.

▶ 금문교(金門橋)의 보행로에서 왕복 2.8km 달리기

나는 2002.3월부터 2019.2월 현재까지 17년 동안 42.195km를 64회 완주할 정도로 마라톤을 즐기고 있어 여행을 가서 좋은 러닝코스를 발견하면 뛰고 싶은 충동이 일어난다. 세계적인 작가이자 일본의 대문호인 '무라카미 하루키'님도 좋은 러닝코스로 보스턴의 찰스강, 뉴욕의 허드슨강, 교토의 가모가와강 등을 추천한 바 있다.

나는 세계에서 가장 아름다운 다리라고 알려진 금문교를 뛰어서 건너보는 것도 나의 마라톤 역사에서 매우 의미가 있을 것 같다는 생각이 들어 금문교의 보행로를 따라 출발점인 포트 포인트(샌프란시스코 쪽)에서 도착점인 비스타 포인트(마린카운티 쪽)까지 왕복 5.6km의 뛰고 싶었으나 함께 여행하고 있는 일행이 나를 기다리게 하고 싶지 않아 일행이 포트 포인트의 기념품점에서 쇼핑을 하는 잠깐의 시간 동안만 뛰기로 하고 금문교의 중간 지점까지만 왕복 2.8km를 달려보기로 하고, 구두를 신은 상태에서 스마트폰 카메라를 장착한 셀카봉을 오른손에 들고 금문교의 보행로를 따라 뛰기 시작하였다.

폭이 2m 정도 되는 보행로에는 산책을 하는 사람들과 자전거를 타는 사람들이 많이 있었는데, 뛰는 사람은 나 혼자뿐이었다. 태평양의 시원한 바람과 파란 하늘과 이국적인 정취를 벗 삼아 나 홀로 뛰면서 중간중간에 잠깐씩 멈춰 셀카봉에 장착된 스마트폰 카메라와 바지 주머니에 담아온 별도의 디지털카메라를 교대로 사용하여 셀카를 찍어 소중한 순간을 추억의 앨범에 담았다.

금문교의 중간지점에서 반환할 때 많은 인증사진을 찍었는데, 다리가 미세하게 흔들리는 것이 느껴져 약간 아찔했는데, 나중에 알고 보니 교량 중심부에서 8m 가량의 길이를 흔들릴 수 있게 건설함으로써 강풍과 강진에 유연하게 대처할 수 있게 한 것이 금문교 기술의 핵심이라고 한다.

금문교의 보행로를 뛰는 동안 샌프란시스코 만(San Francisco Bay)에 있는 아름다운 섬들이 그림처럼 펼쳐져 너무나도 멋진 이국적인 풍경을 연출하였는데, 특히 1996년에 제작된 '마이클 베이' 감독(주연 : 니콜라스 케이지, 숀 코넬리)의 영화 "더 록(THE ROCK)"에 등장하는 '알카트라즈 섬(Alcatraz Island)'이 선명하게 보여 무척 인상적이었다.

♣ ♣　트윈 픽스 (Twin Peaks)

높이가 비슷한 두 개의 언덕으로 이루어져 있어 트윈 픽스(Twin Peaks)라는 이름이 붙었다고 한다.　샌프란시스코에는 43곳의 언덕이 있는데 그 중 트윈 픽스(Twin Peaks)는 비교적 개발의 손길이 닿지 않은 곳이고, 언덕에 올라 바라보는 전망이 좋아 많은 사람이 찾고 있다고 한다.

나는 샌프란시스코의 전경을 조망하기 위해 차를 타고 트윈 픽스(Twin Peaks)에 올랐다.　트윈 픽스(Twin Peaks)는 샌프란시스코의 남쪽에 위치한 전망대여서 샌프란시스코의 북쪽 방향을 조망하는 구조였는데,　샌프란시스코 시가지,　태평양(Pacific Ocean), 샌프란시스코 만(San Francisco Bay), 골든 게이트 브리지(Golden Gate Bridge), 베이 브리지(Bay Bridge) 등의 이국적인 풍경이 한눈에 들어왔다.

북쪽의 골든 게이트 해협을 가로지르는 골든 게이트 브리지가 태평양과 샌프란시스코 만(San Francisco Bay)의 경계 역할을 하고 있었고, 북동쪽의 샌프란시스코 만에 있는 베이 브리지가 샌프란시스코와 오클랜드를 연결하고 있었고, 북쪽의 골든 게이트 브리지와 북동쪽의 베이 브리지 사이에는 영화 『더 록(THE ROCK)』에 등장하는 '알카트라즈 섬(Alcatraz Island)'이 선명하게 보였다.

작년 9월 로스앤젤레스 여행 때 LA 시가지를 조망하기 위해 올랐던 '게티 센터'에서는 LA 시가지가 멀리서 희미하게 보였는데, 이곳 트윈픽스에서는 샌프란시스코 시가지는 물론이고 태평양, 샌프란시스코 만, 골든 게이트 브리지, 베이 브리지 등이 가까이에서 선명하게 보여 가슴이 확 트이는 기분이었다.

♣ ♣ 시빅 센터(Civic Center)

시빅 센터(Civic Center)는 캘리포니아 주(州)에서 네 번째로 큰

도시인 샌프란시스코(San Francisco)의 행정중심 구역이다. 1906년 대지진이 발생해 큰 피해를 본 이후 재건 목적으로 이 일대를 행정중심 구역으로 개발했는데, 건축가 『아서 브라운 주니어(Arthur Brown Jr.)』가 미켈란젤로(Michelangelo)의 산 피에트로 대성당(San Pietro Basilica)을 본떠 지은 고전적 건축양식의 시청을 비롯해 연방 행정기관 사무실, 각종 컨벤션 센터, 공공도서관, 박물관, 시민회관, 미술관, 극장 등이 밀집해 있는 정치·문화의 중심지라고 한다.

샌프란시스코 시청은 수도 워싱턴 D.C.의 국회의사당과 비슷하게 돔 지붕이 우뚝 솟아있는 장엄한 모양의 건물인데, 94m 높이의 돔(Dome) 지붕은 세계에서 다섯 번째로 높다고 한다. 시청 내부는 관광객도 자유롭게 들어갈 수 있으며, 중앙 로비에서는 시민들의 결혼식이 자주 열린다고 한다.

내가 시빅 센터(Civic Center)의 중심 광장에 도착하여 사방을 둘러보니 샌프란시스코 시청(CITY HALL)이 가장 눈에 띄었다. 내가 2010년 로마 여행 때 방문했던 137m 높이의 돔(Dome) 지붕을 가진 성베드로대성당에 비하면 규모가 작았지만 수도 워싱턴 D.C.의 국회의사당과 비슷한 규모로 웅장한 자태를 자랑하고 있었다. 내가 시청(CITY HALL) 건물에 들어갈 때 혁대, 소지품을 바구니에 담고 보안검색대를 통과하는 등 보안검색이 있긴 하였지만 예약없이 누구나 출입할 수 있는 것 같았다. 중앙 로비에서는 예비신혼부부가 웨딩촬영을 하고 있었고, 중앙 로비 옆에 있는 홀은 샌프란시스코의 역사 등을 소개하는 홍보관으로 사용되고 있었다.

시청(CITY HALL) 건물에서 나와 시빅 센터(Civic Center)의 중심 광장에서 기념사진을 찍었는데, 중심 광장의 가장자리 양쪽으로 줄지어 서 있는 가로수들의 잎이 모두 지고 앙상한 뼈대만 남아 있어 동아프리카의 마다가스카르에 있는 바오밥 나무와 비슷한 이미지가 느껴졌다.

시청(CITY HALL) 건물은 결혼식뿐만 아니라 영화 촬영 장소로도 사용되고 있고, 이 건물은 미국의 시청 건물들 중에 가장 아름답다는 평가를 받고 있다고 하는데, 특히 야간에는 건물에 멋진 조명을 비추어 야경이 무척 아름다워 야경 명소로도 유명하다고 한다.

♣ ♣ PIER 39에서 유람선 투어

♣ PIER 39

PIER 39는 1978년에 개장한 대형 쇼핑센터로 브랜드 상점, 레스토랑, 카페, 선물가게 등이 입점해 있고, 근처에 수족관, 회전목마 등 위락시설이 있어 샌프란시스코 만(San Francisco Bay) 최대의 관광명소로 자리잡았다.

이곳 주변에 바다사자가 서식하고 있어 볼거리를 제공하고 있으며, 주말에는 거리 예술가와 밴드가 공연을 하며, 부두 서쪽에 샌프란시스코 만(San Francisco Bay) 유람선인 블루&골드 플리트(Blue and Gold Fleet)의 선착장이 있다.

PIER 39에 도착한 나는 쇼핑센터를 둘러보았는데, 화려한 간판들이 관광객들을 유혹하고 있는 가운데 나는 "BUBA GUMP SHIRIMP" 라는 낯익은 간판을 발견하였다. 이 간판은 2018.9월 로스앤젤레스를 여행할 때 산타 모니카 피어(Santa Monica Pier)에서 식사를 위해 방문했던 세계적인 새우 요리 전문점 "BUBA GUMP SHIRIMP" 였다. LA의 그 식당은
1994년에 개봉된 '톰 행크스' 주연의 영화 『포레스트 검프(FORREST GUMP)』에서 영감을 얻어 상호를 정하고 1996년에 문을 연 새우 요리 전문점이었는데, LA에서 들렀던 식당과 동일한 상호를 이곳 샌프란시스코에서도 보니 무척 반갑게 느껴졌다. LA의 산타 모니카 피어(Santa Monica Pier)에서는 1층에 식당이 있었는데, 이곳 샌프란시스코의 PIER 39에서는 2층에 식당이

있다는 차이점이 있었다.

♣ 유람선을 타고 금문교~알카트라즈 섬 투어
▶ 파란 하늘과 태평양의 수평선을 배경으로 웅장한
   자태를 뽐내고 있는 금문교의 위용

나는 금문교, 알카트라즈 섬 등의 풍경을 감상하기 위해 PIER
39 서쪽에서 출발하는 유람선 『블루&골드 플리트(Blue and
Gold Fleet)』에 몸을 실었다. 한강유람선과 비슷한 크기의 내가 탄 유람선이 PIER 39를 출발할 때 부두 끝부분에 수많은 바다사자가 서식하고 있는 모습을 보면서 우리나라에서는 볼 수 없는 바다사자를 이곳에서 보게 되니 이국적인 정취가 느껴졌다.

유람선은 먼저 금문교 쪽으로 이동하였는데, 바다에서 바라본 금문교의 풍경은 포트 포인트에서 보았을 때와는 또 다른 느낌이 들었다. 포트 포인트는 다리의 남단(샌프란시스코 쪽)에서 다리의 북단(마린카운티 쪽)을 바라보는 위치이기 때문에 다리의 길이(2,789m)와 수면에서 도로면까지의 높이(66m)보다는 두 개의 탑의 높이(227m)가 부각되어 보였는데, 바다는 남쪽의 샌프란시스코와 북쪽의 마린카운티를 가로지르는 다리를 측면에서 바라보는 위치이기 때문에 두 개의 탑의 높이(227m)뿐만 아니라 다리의 길이(2,789m)와 수면에서 도로면까지의 높이(66m)도 볼 수 있어서 금문교의 진면목을 온몸으로 감상할 수 있었다.

샌프란시스코 만(San Francisco Bay)의 PIER 39를 출발했었던 유람선은 골든 게이트 해협을 가로지르는 금문교를 약간 지나 태평양의 초입에서 유턴하여 다시 금문교를 지나 샌프란시스코 만(San Francisco Bay)으로 진입했는데, 파란 하늘과 태평양의 수평선을 배경으로 웅장한 자태를 뽐내고 있는 금문교를 바라보면서 왜 금문교를 세계에서 가장 아름다운 다리라고 격찬하는지를 실감할 수 있었다.

금문교는 건설 당시 대형 군함이 다리 밑으로 통과할 수 있도록 건설해달라는 해군의 요청에 따라 수면에서 도로면까지의 높이를 66m로 설계했다고 한다. 그래서 대형 군함이나 대행 크루즈 유람선도 금문교 밑을 통과할 수 있다고 한다.

▶ 영화 <더록>, <알카트라즈의 탈출>, <일급살인> 등의 배경이 된 "알카트라즈 섬"

알카트라즈 섬은 1934년부터 1963년까지 연방 정부 관할 형무소로 쓰였던 곳으로 한 번 들어가면 절대 나올 수 없다고 해서 '악마의 섬'이라는 별칭이 붙은 곳이다. 빠른 조류와 차가운 수온, 자주 출몰하는 상어들로 인해 수영을 한다고 해도 살아서 탈출하는 것이 거의 불가능하여 감옥으로서는 완벽한 조건을 갖춘 곳인데, 1962년 3인의 탈출 사건은 큰 화제가 되어 영화(알카트라즈의 탈출)로 만들어지기도 했으며, 영화 `더록` `일급살인` 등 많은 영화의 배경이 되기도 했다고 한다.

영화 『더록(The Rock)』에서 '더록' 이란 별칭의 알카트라즈를 탈옥한 유일한 생존자이자 33년째 극비리에 복역 중인 죄수 존 메이슨(숀 코넬리 분)이 역침투의 척후병으로 발탁되어 맹활약을 하는 스토리가 떠올랐다.

형무소가 폐쇄된 지금은 투어 장소로 여행객들을 맞고 있는데, 피셔맨스 워프에서 페리를 타고 섬으로 들어갈 수 있다. 감옥은 흉악범들을 수용했던 만큼 전부 독방이며 죄수가 말썽을 일으킬 경우 수감되었던 햇빛이 전혀 들지 않는 교정 독방도 공개되어 있고, 알 카포네가 감금되었던 독방과 알카트라즈를 탈주했던 3인의 수감자의 방이 인기 있는데, 3인의 방에는 탈출을 위해 파냈던 벽의 구멍이 남아 있다고 한다.

내가 탄 유람선은 태평양과 샌프란시스코 만(San Francisco Bay)이 만나는 골든 게이트 해협을 가로지르는 금문교 부근에서 반환한 다음 소살리토와 앤젤 아일랜드 옆을 지나 그 유명한 '알카트라즈 섬' 방향으로 접근하고 있었다. 바다에서 바라본 '알카트라즈 섬'은 프랑스 북부 브레타뉴와 노르망디의 경계에 자리한 섬으로서 프랑스 대혁명 때는 감옥으로 이용되기도 했었던 세계문화유산 『몽 생 미셸(Mont Saint Michel)』과 비슷한 이미지가 느껴졌다. 섬의 아름다운 전망과 달리 엄격하게 통제된 수감생활을 했을 수감자들의 자포자기와 체념이 느껴지는 듯했다.

♣ 샌프란시스코 만(San Francisco Bay)의 아름다운

석양을 벗 삼아 PIER 39에서 시푸드 만찬

유람선 투어를 마친 나는 이번 샌프란시스코 여행에서의 첫 저녁식사를 위해 PIER 39의 쇼핑센터 2층에 있는 해산물 요리 전문 레스토랑에 들어갔다. 이 레스토랑은 세계적인 새우 요리 전문점 "BUBA GUMP SHIRIMP" 옆에 위치한 레스토랑으로, 레스토랑의 창문을 통해 서쪽 방향의 태평양과 금문교 쪽으로 지는 석양을 감상할 수 있는 위치에 있었다. 내가 이 레스토랑에 들어갈 때 마침 온종일 샌프란시스코 만(San Francisco Bay)을 따뜻하게 비추던 해가 서쪽으로 지고 있는 상황이어서 창문 쪽에 앉아 아름다운 석양을 감상하면서 다양한 해산물 요리와 시원한 맥주를 마시고 있으니 여독이 풀리면서 여행의 행복감이 밀려왔다.

♣ ♣ 금문교의 환상적인 야경

오늘 낮에 금문교를 둘러볼 때는 남쪽의 샌프란시스코에서 북쪽의 마린카운티 방향을 조망할 수 있는 '포트 포인트'에서 금문교를 조망하면서 금문교의 낮풍경을 감상했었는데, 오늘 밤에는 금문교의 밤풍경을 감상하기 위해 북쪽의 마린카운티에서 남쪽의 샌프란시스코 방향을 조망할 수 있는 '비스타 포인트'로 이동하였다.

'비스타 포인트'에서 샌프란시스코 시가지를 배경으로 우뚝 서 있는 금문교를 바라보니 금문교의 웅장한 탑(높이 227m)의 조명과 금문교를 달리고 있는 수많은 차량들의 불빛이 어우러져 환상적인 야경을 연출하고 있었다. 금문교의 밤풍경은 낮풍경과는 또 다른 감동을 선사했다.

♣ ♣   노벨상 수상자의 산실, UC Berkeley 캠퍼스 탐방

♣   세계적인 대학 UC Berkeley

캘리포니아대학교 버클리캠퍼스(University of California, Berkeley)는 캘리포니아 州 중부의 교육 도시 버클리에 있는 주립 종합대학교로, 1868년 캘리포니아 州 최초의 대학으로 설립되었다고 한다. 이 학교 출신이거나 이 학교에서 교수를 역임한 인물 가운데 노벨상을 수상한 인물이 70명을 넘으며, 졸업생 중에는 30여 명이 노벨상을 수상했다고 한다. 매년 세계 대학 순위를 발표하는 '타임스 하이어 에듀케이션(Times Higher Education)'이 발표한 '2016~2017 세계 대학 순위'에서 UC Berkeley가 공동 10위에 올랐다고 한다.

♣   UC Berkeley 캠퍼스 탐방

나는 세계적인 대학으로 성장한 UC Berkeley를 탐방하기 위해 샌프란시스코 다운타운에서 고속철도 바트(Bart)를 이용하여 오클랜드에 있는 UC Berkeley로 이동하였다. 완만한 경사를 이루고 있는 캠퍼스를 천천히 둘러보기 시작하였는데, 151년 전통의 대학교답게 고풍스러운 건물들이 아기자기하게 배치되어 있었다. 드넓은 캠퍼스에는 강의실을 향해 분주하게 걷고 있는 학생들, 수업이 끝나고 강의실에서 쏟아져 나오는 학생들, 자전거를 타고 이동하는 학생들, 조깅을 즐기는 사람들, 캠퍼스 내 셔틀버스를 타고 이동하는 사람들 등등 다양한 사람들이 공존하고 있었다. 캠퍼스의 역동적인 풍경을 보고 있으니 30여 년 전 대학교 신입생 시절이 떠오르면서 다시 돌아갈 수 없는 청춘시절이 그리움으로 밀려왔다.

나는 한 강의실의 뒷쪽 출입문에서 휴식 시간을 갖고 있는 강의실 안쪽을 바라보았는데, '낯설은 동양의 중년 남성이 서양의

젊은 학생들로 가득 찬 강의실에 왜 왔을까?'라고 말하는 듯한 표정으로 학생들이 나를 쳐다보았다.

캠퍼스를 둘러보던 중 캠퍼스의 중심 부분에 있는 "세이더 타워(Sather Tower)"가 눈에 띄었다. 1914년에 세워진 이 타워는 UC 버클리의 상징적 건물로 높이가 93.6m에 이르며, 세계에서 세 번째로 높은 시계탑이라고 한다. 이 타워에 오르면 샌프란시스코 시가지, 금문교, 베이 브리지 등 주변의 풍경이 한눈에 들어온다고 하는데, 나는 일정상 시간이 없어 이 타워에 오르지 않고 이 타워 입구에서 완만한 경사로 내려다보이는 캠퍼스의 남서쪽 방향을 바라보았더니 약 10km 전방에 금문교가 선명하게 웅장한 자태를 뽐내고 있었다. 서울의 대부분의 지역에서 롯데월드타워(123층/555m 높이/세계 5위 높이)가 보이듯이 샌프란시스코의 대부분의 지역에서 금문교(227m 높이)가 보인다고 하니 금문교는 샌프란시스코의 랜드마크임이 분명하는 생각이 들었다.

나는 UC버클리 정문을 비롯하여 캠퍼스 곳곳의 뷰포인트에서 셀카봉을 이용하여 기념사진을 촬영한 다음 학생조합으로 이동하여 버클리 로고가 들어간 티셔츠 등을 구경하였는데, 일반 면소재 티셔츠가 30달러씩이나 하여 비싸다는 생각이 들어 구경만 하고 나왔다.

이번 UC Berkeley 캠퍼스 탐방은 세계적인 대학의 역동적인 숨결을 느껴보는 소중한 체험이었다.

♣ ♣ 샌프란시스코 프리미엄 아울렛
(San Francisco Premium Outlet, SIMON CENTER)

나는 가족 선물을 준비하기 위해 차를 타고 샌프란시스코 다운
타운를 출발하여 UC버클리를 지나 조금 더 가면 있는 『샌프란
시스코 프리미엄 아울렛(시몬 센터)』에 도착하였다.

이 매장은 드넓은 지역에 위치하고 있었는데, 이곳에서 바라본
주변의 풍경은 구름 한 점 없이 파란 하늘을 배경으로 가까운
곳에 있는 푸른 언덕들과 먼 곳에 있는 높은 산들이 아름다운
조화를 이루며 그림처럼 펼쳐져 있었다. 멋진 풍경과 아울렛 간
판을 배경으로 추억의 기념사진을 찍은 다음 쇼핑을 시작하였는

데, 마음 같아서는 백 여 개의 매장을 모두 둘러보고 싶었지만 일정상 쇼핑시간이 1시간으로 제한되어 있어 가족 선물을 위해 꼭 사고 싶었던 나이키(NIKE) 매장으로 들어갔다. 운동화의 크기, 색상, 디자인 등을 꼼꼼히 살펴가며 운동화 몇 켤레를 산 다음 티셔츠를 몇 장을 사기 위해 보통 사이즈를 찾았으나 미국인의 체형을 기준으로 제작되어서 그런지 가장 작은 사이즈도 우리나라 기준 'L' 사이즈 크기여서 구매를 포기하고 매장을 나와 다른 브랜드의 매장을 몇 군데 구경하고 쇼핑을 마쳤다.

이곳 아울렛은 2018.9월 LA여행 때 방문했었던 '시타델 아울렛 스토어(Citadel Outlets Stores)'과 비슷하게 한국보다 저렴한 가격에 괜찮은 물건을 구매할 수 있어서 대체로 만족스러웠다.

♣ ♣ 소살리토 (Sausalito)

소살리토(Sausalito)는 샌프란시스코에서 금문교를 건너면 보이는 휴양마을로, 스페인어로 `작은 버드나무`라는 뜻을 가진 이곳은 고요하고 아름다운 풍경이 그림처럼 펼쳐지며, 사계절 화창한 날씨를 이루고 부두에 정박해있는 하얀 요트들을 보고 있으면 마치 지중해의 어느 마을에 온 듯한 여유로움을 느끼게 해준다.

요트 전용부두에 정박해있는 수많은 요트들을 보고 있으니 2017.12월 방문했었던 대만 단수이 워런마터우(淡水漁人碼頭)에 정박해있던 요트들의 그림 같은 풍경이 떠오르면서 소살리토(Sausalito)가 도시생활에 지친 샌프란시스코 사람들에게 충분한 휴식을 제공하는 휴양지 역할을 하고 있다는 말이 공감되었다.

나는 요트 전용부두에 정박해있는 하얀 요트들을 배경으로 인증사진을 찍고, 산책을 하면서 휴양마을의 이국적인 정취를 만끽한 다음 근처의 시푸드 레스토랑에 들러 창밖으로 펼쳐진 항구의 낭만적인 풍경을 감상하면서 다양한 해산물을 안주 삼아 시원한 맥주를 마시고 있으니 '이것이 진정한 휴식이구나!' 라는 생각이 절로 들었다.

소살리토는 2001년 개봉된 영화 『첨밀밀 3 - 소살리토』(감독: 유위강, 주연: 장만옥, 여명)의 배경이 되는 등 여러 영화가 소살리토를 배경으로 제작될 정도로 소살리토는 유명한 휴양지라고 한다. 영화 『첨밀밀 3 - 소살리토』처럼 소살리토는 일상에 지친 현대인들에게 충분한 휴식을 제공할 수 있을 것 같다.

샌프란시스코에서 금문교를 자전거로 건너 이곳 소살리토까지 왕복하는 사람들도 많다고 하는데, 며칠 전 금문교의 보행로에서 달릴 때 자전거를 타고 금문교를 건너던 사람들이 떠올랐다. 나는 차로 이동하면서 차창밖에 펼쳐진 소살리토의 낭만적인 풍경을 감상하였는데, 소살리토도 샌프란시스코처럼 경사진 언덕에 아기자기하게 지어진 전원주택들이 무척 인상적이었고, 차도 옆에 자전거도로도 잘 정비되어 있어 자전거도로 표지판을 따라 자전거를 타면 안전할 것 같았다. 내가 우리나라 4대강 국토종주 자전거길에서 시원한 강바람을 벗 삼아 자전거를 즐겁게 타듯이 기회가 된다면 이곳 샌프란시스코와 소살리토에서 태평양의 바닷바람을 벗 삼아 자전거를 신나게 타고 싶다.

♣ ♣ 프랑스의 정통 와인을 능가하는 캘리포니아 와인의 본산, 나파 밸리(Napa Valley)

♣ 캘리포니아 와인의 본산, 나파 밸리(Napa Valley)

나파 밸리(Napa Valley)는 캘리포니아 주(州) 나파 카운티(Napa County)에 위치한 대규모 와인 생산지이자 캘리포니아 와인 생산의 중심지로, 샌프란시스코에서 북동쪽으로 약 60km 떨어진 지역에 위치한다. 1860년대부터 와인이 생산되었으나, 1919년과 1933년에 발효된 금주법으로 인해 대부분의 와인 농장이 문을 닫았고, 1940년부터 와인 생산이 재개되어 1960년에는 기업적 와인너리(Winery: 포도주 양조장) 경영을 통해 대규모로 와인을 생산하게 되었다고 한다.

300곳 이상의 대규모 와이너리가 있고, 소규모 와이너리까지 총 1800 여곳 이상의 와이너리가 있는데, 캘리포니아 최초로 기업적 와이너리로 성장한 로버트 몬다비 와이너리(Robert Mondavi

Winery), 샤토 몬틀레나 앤 베링어(Chateau Montelena and Beringer) 등 세계적으로 유명한 와이너리가 주요 관광지라고 한다.

♣ 캘리포니아 와인의 역사를 바꾼 1976년 "파리의 심판 (Judgment of Paris)"

▶ 그리스 신화 "파리스의 심판(Judgement of Paris)"

세 명의 여신 중에서 가장 아름다운 여신을 선택하는 『파리스의 심판(Judgement of Paris)』은 트로이 전쟁(Trojan war)의 불씨가 되었는데 그 이야기는 다음과 같다.

테티스와 펠레우스의 결혼식에 초대받지 못한 불화의 여신 '에리스'가 주고 간 황금사과에 '초대된 여신들 중에 가장 아름다운 여신에게 이 사과를 선물로 드립니다' 라는 글귀가 새겨져 있었는데, 그것을 본 결혼의 여신 '헤라', 지혜의 여신 '아테나', 미의 여신 '아프로디테(비너스)'가 서로 자기가 황금사과의 주인이라고 주장하자, 이에 주신(主神) '제우스'는 자기가 결정하기 힘든 일을 트로이 왕자인 '파리스(Paris)'에게 결정권을 준다.

'파리스(Paris)'는 부와 권력을 제안한 '헤라'도 아니고, 전쟁의 승리와 명성을 제안한 '아테나'도 아니고, 세상에서 가장 아름다운 여인을 아내로 삼게 해 주겠다고 제안한 '아프로디테(비너

스)'를 선택하여 파리스(Paris)의 심판에서 승자는 '아프로디테
(비너스)'가 된다.

약속대로 '아프로디테(비너스)'가 '파리스(Paris)'에게 소개해 준
여인이 바로 스파르타의 왕 '메넬라오스'의 부인이었던 왕비 '헬
레네'였는데, 파리스(Paris)와 헬레네는 서로 사랑에 빠져 함께
트로이로 도망치게 되고, 그 유명한 트로이 전쟁(Trojan war)
이 시작된 것이다. 트로이 전쟁(Trojan war)은 기원 전 1250년
~ 기원 전 1170년 중 어느 시기에 발생한 것으로 추측되고 있을
뿐 정확한 시기는 아무도 모른다고 한다.

▶ 프랑스 패권에 맞선 마이너리티 와인 혁명,
1976년 "파리의 심판(Judgment of Paris)"

프랑스 패권에 맞선 마이너리티 와인 혁명, 『파리의 심판
(Judgment of Paris)』은 1976년 5월 24일 영국인 Steven
Spurrier에 의해 프랑스 파리에서 열린 프랑스 와인과 캘리포니
아 와인의 시음회에서 캘리포니아 와인이 프랑스 와인을 이긴
사건이다. 이 대회에 유일하게 참석한 Time지 기자 조지 M. 테
이버는 결과를 즉시 잡지에 공개하였고, 이 시음회가 미국여론
에서 관심을 집중하며 이슈화가 되며 일파만파로 확산되었으며,
프랑스 와인업계도 충격을 받았다. 이 시음회를 소재로 한 영화
『와인 미라클』이 2008년 개봉되었다.

『파리의 심판(Judgment of Paris)』은 1976년 5월 24일 파리 인터컨티넨탈 호텔에서 벌어졌다. 파리에서 와인숍과 아카데미를 운영하던 서른네 살의 영국인 Steven Spurrier는 캘리포니아 와인의 맛에 놀라게 되어 캘리포니아 와인의 수준이 프랑스의 대표 와인에 어디까지 미치는지 확인하고 싶어 프랑스 와인과 캘리포니아 와인의 시음회를 열었다.

이 행사에 저명한 프랑스 전문가들이 심사위원으로 초청되어 프랑스와 캘리포니아의 최고급 와인을 블라인드 테이스팅(Blind Tasting) 방식으로 평가하였다. 그 당시 캘리포니아 와인은 프랑스 와인에 비해 거의 알려져 있지 않았으며, 파리에서 캘리포니아 와인이라고 하면 대용량으로 포장된 저가 와인 몇 가지만 판매될 뿐이었으므로, 아무도 캘리포니아 와인이 승리할 것이라고 예상하지 못했는데, 프랑스 심사위원들은 캘리포니아 나파 밸리(Napa Valley)에서 생산된 두 종류의 와인[◉화이트 와인 : 샤토 몬텔레나(Château Montelena) 1973, ◉레드 와인 : 스택스 립 와인 셀러(Stag's Leap Wine Cellars) 1973]에 최고점을 주었고, 현장에 있던 모두가 충격에 빠졌다.

이 사건은 시음회에 온 사람들뿐 아니라 캘리포니아 와인의 품질과 잠재력에 대한 와인 업계 전체의 인식을 변화시킨 '와인 혁명'을 촉발시킨 계기가 되었고, 전 세계의 와인 생산자들에게 새로운 목표의식과 자신감을 갖게 했다.

이 사건으로부터 30년이 지난 2006년, 파리 시음대회 30주년 기념행사가 기획되었다. 30년 전에 시음했던 그 와인을 놓고 시음하는 앙코르 시음이다. 숙성력이 뛰어난 프랑스 보르도 와인은 익으면 익을수록 맛이 더 좋아진다고 사람들이 믿고 있어서 이번 결과는 프랑스의 손쉬운 승리일 거라고 모두들 예상했다. 그러나 예상과 달리 30년이 흐른 후에도 역시 캘리포니아 와인이 더 높은 평가를 받았다. 그것도 레드와인 분야 1~5위를 캘리포니아 와인이 석권했다.

프랑스의 정통 와인을 능가하는 캘리포니아 와인의 본산(本山)이 나파 밸리(Napa Valley)다.

♣ 로버트 몬다비 와이너리(Robert Mondavi Winery) 탐방

로버트 몬다비 와이너리(Robert Mondavi Winery)는 1966년 미국 캘리포니아 나파 밸리(Napa Valley)에 세워진 이래 50여 년의 세월 동안 한결 같은 사랑과 찬사를 받고 있다고 한다. 2013년 포브스 코리아의 조사 결과 '대한민국 CEO가 가장 선호하는 와인 브랜드'로 선정될 만큼, 한국에서도 격식 있는 자리에 어김없이 함께하기로 유명하다고 한다.

와인 황제 로버트 몬다비(Robert Mondavi)는 캘리포니아 와인의 품질과 브랜드 가치를 세계 최고 수준으로 끌어올리는 데 선도적인 역할을 한 인물이라고 한다. 역사와 전통과 자존심이 강한 유럽의 유명 와인을 제치고 캘리포니아 와인, 특히 나파 밸리 와인이 세계가 주목하는 와인이 되었을까?

나는 이 의문점을 풀고자 샌프란시스코에서 북동쪽으로 약 60km 지역에 위치한 나파 밸리(Napa Valley)를 방문하였다. 샌프란시스코에서 나파 밸리(Napa Valley)까지 차량으로 1시간 30분 정도 소요되었는데, 이동하는 동안 차창 밖으로 끝없이 펼쳐진 포도농장들과 파란 하늘이 그림 같은 풍경을 연출하였고,

광활한 평야 지대를 쉼 없이 달리는 차에서 나파 밸리(Napa Valley)의 시원한 바람을 맞으니 진정한 자유와 낭만을 만끽하는 기분이었다.

로버트 몬다비 와이너리(Robert Mondavi Winery)에 도착한 나는 포도농장, 와이너리(양조장), 정원, 와인전시장, 시음코너 등을 둘러보면서 세계적인 와인으로 성장한 나파 밸리(Napa Valley) 로버트 몬다비 와인(Robert Mondavi Wine)의 진수를 체험하였다. 이곳에서 선물용으로 30불 대 가격의 와인 여러 병을 구입하였는데, 가이드의 설명에 의하면 이곳 와인은 가성비가 좋기 때문에 선물용으로 적당한 가격이라고 하였다.

♣ 중세의 고성 와이너리, "카스텔로 디 아모로사 (Castello Di Amorosa)"

해 질 녘, 중세시대의 성(城)을 재현한 『카스텔로 디 아모로사
(Castello Di Amorosa)』를 방문하였다. 와이너리 입구에서 주
차장까지 완만한 경사길 도로를 올라가는데, 도로 양쪽에 일렬로
도열해 있는 높이 5m 정도의 핫도그 모양의 가로수들이 꽤 인
상적이었고, 중세시대의 성(城)을 재현한 건축물이 무척 고풍스
러웠다. 이 성(城)은 겉모습만 고성(古城)처럼 꾸민 것이 아니라
유럽에서 실제 돌을 옮겨와 실제 성과 동일하게 건축했다고 하
니 와이너리 설립자의 열정과 정성이 대단해보였다.

나는 중세시대로 시간여행을 하고 있는 것 같은 착각을 일으킨
이 성(城)을 배경으로 여러 장의 기념사진을 찍은 다음 성(城) 안
으로 들어가고자 하였으나 1시간 쯤 전에 관람시간이 종료되었
다는 관리직원의 말에 허탈한 심정이었다. 성(城) 안으로 들어
가면 중세시대의 분위기를 느끼면서 와인시음코너, 기념품코너
등을 둘러볼 수 있다고 하는데, 입장이 불가하여 무척 아쉬웠다.
일행들과 성(城)을 배경으로 여러 장의 인증사진을 찍으면서 아
쉬움을 달랬다.

276

♣ ♣ 기라델리 스퀘어 (Ghirardelli Square)

♣ 피셔맨스 워프(Fisherman's Wharf) 일대 최대 규모
  쇼핑가, 기라델리 스퀘어 (Ghirardelli Square)

기라델리 스퀘어(Ghirardelli Square)는 피셔맨스 워프
(Fisherman's Wharf) 일대 최대 규모 쇼핑가로, 7블록으로 나
누어진 건물 안에 70 여개의 상점 및 레스토랑이 입점해 있다.
1852년에 도밍고 기라델리(Domingo Ghirardelli)가 기라델리
초콜릿 사(Ghirardelli Chocolate 社)를 설립한 이래, 이곳 기라
델리 스퀘어(Ghirardelli Square)에서 판매되는 기라델리 초콜릿
은 샌프란시스코의 명물이 되었으며, 매년 9월에는 초콜릿 페스
티벌이 개최된다고 한다.

♣ 167년의 역사를 자랑하는 전통의 초콜릿,
   기라델리 초콜릿 (Ghirardelli Chocolate)

나는 선물용으로 기라델리 초콜릿(Ghirardelli Chocolate)을 구
입하기 위해 기라델리 스퀘어(Ghirardelli Square)에 있는 초

콜릿 판매점에 들렀다. 해가 진 저녁인데도 세계 3대 초콜릿이자 샌프란시스코의 명물인 기라델리 초콜릿을 구입하기 위해 많은 사람들이 초콜릿을 둘러보고 있었다. 나는 초콜릿 몇 묶음을 구매한 다음 기라델리(Ghirardelli) 간판 등을 배경으로 기념사진을 찍으면서 샌프란시스코에서의 마지막 날 저녁을 추억의 앨범에 담았다. 기라델리 스퀘어 아래쪽의 바닷가의 야경을 조망하고자 하였으나 어두워서 잘 보이지 않아 약간 아쉬웠다.

♣ ♣　　두 번째 미국 여행을 마치며

이번 샌프란시스코 여행은 4박 6일이라는 짧은 일정 동안 샌프란시스코 현지에서 별도의 용무가 있는 상황에서 잠깐의 짬을 내 실시한 여행이어서 많은 장소를 여행하지는 못하였지만 내게는 두 번째 미국 여행이어서 의미가 깊은 여행이었고, 이번 여행에서 가장 인상적인 장소를 꼽으라면 '세계에서 가장 아름다운 현수교'라는 수식어가 아깝지 않은 『'골든게이트 브리지(Golden Gate Bridge, 金門橋)』다.

5. 자전거로 우리 국토를 누비다

(40) 잠실~팔당댐 왕복 53km 자전거 여행 + 미사리조정경기장 10km 달리기 (2012.01.28.)

3/18(일) 풀코스 34회차 출전인 동아마라톤을 50일 앞두고 자전거투어 53km와 미사리조정경기장 10km 달리기를 실시하였다.

기온은 0도로 추위가 지속되고 있었으나, 한강상류지역(잠실역-잠실대교-잠실철교-올림픽대교-천호대교-구리암사대교-강동대교-미사대교-팔당대교-팔당댐 구간 왕복 53km)를 5시간 35분(11:45 ~ 17:20, 미사리조정경기장 10km 달리기 포함) 동안 자전거를 타면서 여행하였다.

돌아올 때 미사리조정경기장에 들러 눈 덮인 조정경기장 2.2 바퀴(10km)를 1시간 8분(14:24 ~ 15:32) 동안 달렸다.

이곳은 9년 전 <제1회 전마협 동계 하프마라톤대회>가 개최되어 내가 눈을 벗 삼아 달렸던 곳이라서 감회가 깊었다.

오늘 자전거투어와 마라톤훈련을 하면서 중간중간에 잠깐씩 멈춰 주변 풍경을 디지털카메라에 105장(셀카 포함) 담았다.

(41) 아라뱃길 자전거길 잠실~경인항 왕복 120km 자전거 여행 (2012.07.07.)

불볕더위 속에 친구와 함께 아라뱃길을 따라 자전거를 타고 잠실에서 인천 경인항까지 왕복 120km를 달렸다.

(42) 남한강 자전거길 잠실~양평대교 왕복 114km 자전거 여행 (2012.07.14.)

지난 주 토요일에는 잠실에서 아라뱃길을 경유하여 경인항까지 왕복 120km를 10시간 동안 자전거 라이딩을 하였었는데, 오늘은 4대강 국토종주 남한강 자전거길을 여행하기 위해 잠실에서 양평대교까지(잠실-광나루-팔당대교-능내역-북한강철교-양수역-국수역-양평대교) 왕복 114km를 9시간 동안 자전거 라이딩을 하였다.

(43) 북한강 자전거길 잠실~대성리(남양주시) 왕복 100km 자전거 여행 (2013.05.18.)

5/17(금) 마라톤 풀코스 38회차 완주에 이어 5/18(토) 북한강자전거길 왕복 100km 자전거 라이딩을 하면서 북한강변의 아름다운 풍광을 감상하였다.

- 장소 : 잠실-미사리-팔당대교-팔당댐-능내역-북한강철교-
  대성리(남양주) 왕복
- 시간 : 6시간 46분 (14:13 - 20:59:00)

(44) 폭우 속에 잠실~청계천 왕복 30km 자전거 여행 + 11km 달리기 (2014.08.12.)

8/10(일) 오후에 직장 사무실이 본점 16층에서 23층으로 이전하는 바람에 이틀 전 일요일에는 우리 부서 전직원이 출근하여 몇 시간 동안 사무실을 정리정돈하였다.

휴일 출근이라서 운동 삼아 잠실 석촌동 집에서 한강자전거길을 따라 영동대교를 건너 서울숲과 한양대를 경유하여 청계천 중류에 있는 신답빗물펌프장까지 접근하였었는데, 이곳부터 청계천 상류에 있는 청계광장까지는 자전거통행이 금지되어 있어 동 펌프장 근처에 자전거를 세워두고 그곳부터 청계1가까지 5.5km의 거리를 뛰어 갔었는데, 구름 낀 날씨여서 상쾌하게 달릴 수 있었다.

그런데, 퇴근길에는 폭우가 쏟아져 청계광장부터 동 펌프장까지 출입이 전면 통제되어 을지로 지하 아케이드를 따라 을지로 2가에서 동대문역사문화공원까지 뛰어갔었고, 그곳부터 동 펌프장까지는 폭우를 맞으며 청계천변의 차도 옆에 설치된 보도를 따라 뛰어갔었고, 동 펌프장 근처에 세워두었던 자전거를 타고 석촌동 집까지 15km의 거리를 다시 폭우를 벗 삼아 질주하였다.

세상을 살다보면 그제처럼 예상하지 못한 폭우를 만났을 때 극복해야 하는 상황이 발생할 수 있을 것이라고 생각하니 그날의 질주는 좋은 경험이었다고 생각한다.

(45) 잠실~다산 정약용 선생 생가~양수역 왕복 70km 자전거 여행 (2014.09.09.)

오늘 오후 자전거를 타고 북한강철교와 다산유적지를 다녀왔다

(잠실대교-팔당대교-팔당댐-능내역-다산유적지-북한강철교-양수역 왕복 70km).

추석연휴를 맞아 가족과 함께, 또는 친구, 연인과 같이 하이킹을 즐기는 사람들이 꽤 많았다.

북한강철교는 약 1년 만에, 다산유적지는 약 2년 만에 방문하였는데, 이곳들은 역시 최고의 하이킹코스라는 생각이 절로 든다.

(46) 고3 아들과 함께 잠실~두물머리 왕복 70km 7시간 자전거 여행 (2014.12.25.)

성탄절을 맞이하여 고3 아들과 함께 잠실에서 두물머리(잠실대교-구리암사대교-미사리조정경기장-팔당대교-팔당댐-능내역-북한강철교-양수역-두물머리 / 왕복 70km)까지 7시간 동안 자전거 여행을 하면서 부자지간에 소중한 추억을 만들었다.

(47) 잠실~청계산 왕복 30km 자전거 여행 + 청계산 등반 + 석촌호수 10km 달리기

(2015.04.18.)

나의 13년 2개월 동안의 마라톤 훈련의 터전인 석촌호수에서 이 승철의 감미로운 뮤직을 감상하면서 석촌호수 네 바퀴(10.25km)를 달렸다.

석촌호수에서 10.25km를 달린 후 자전거로 양재천을 달려 청계산에 도착하여 직장 동료들과 함께

청계산을 등반한 다음 자전거를 타고 귀가하였다.

(48) 잠실~여의도 왕복 40km 자전거 여행 + 석촌호수 10km 달리기 (2015.04.26.)

오늘 아침 6시부터 석촌호수에서 일출을 감상하면서 석촌호수 네 바퀴(10.25km)를 달렸다.

한국체대 선수들, 마라톤 동호회 회원들 등 조깅을 즐기는 사람들과 활짝 핀 봄꽃이 아름다운 조화를 이루었다.

오늘 오후에는 여의도에서 친구를 만나기 위해 잠실 집에서 여의나루역까지 한강시민공원 자전거길을 따라 자전거를 타고 왕복 40km를 달렸다.

한강시민공원은 한가롭게 휴일을 즐기는 시민들이 인산인해를 이루고 있었다.

또한 한강은 유람선, 모터보트, 수상스키, 윈드서핑 등등 수상레포츠 천국이었다.

(49) 남한강 자전거길 잠실~원주 섬강 왕복 210km 14시간 자전거 여행 (2015.05.01.)

오늘 근로자의 날 휴무일을 맞아 새로운 도전을 하였다.

2002년 근로자의 날에는 마라톤 42.195km를 생애 최초로 완주하였었는데, 13년이 지난 오늘은

남한강 자전거길에서 14시간 동안 자전거를 타고 생애 가장 장거리인 210km를 달렸다.

새벽 5시에 서울 잠실 집을 출발하여 경기도 하남시,남양주시,양평군,여주시를 경유하여 섬강 건너편에 있는 강원도 원주시 부론면에서 유턴하여 저녁 7시에 귀가하였다.

4대강 국토종주 자전거길 구간 중 남한강 자전거길의 일부 구간을 달린 것인데 서울에서 원주까지

가는데 서울 암사동 고개길처럼 경사가 심한 곳이 양평과 여주에 각각 한 곳씩 있었을 뿐 나머지

구간은 대체로 평탄하여 남한강의 시원한 강바람을 벗 삼아 기분 좋게 질주하였다.

(50) 잠실~서울대공원 왕복 40km 자전거 여행 + 서울대공원 10km 달리기(2015.05.30.)

지금 잠실 집에서 자전거를 타고 서울대공원을 향하여 출발한다. 탄천-양재천 자전거길을 이용하면 1시간 30분 정도 소요될 것으로 예상되며, 서울대공원에 도착하면 혹서기마라톤 훈련코스로 유명한 서울대공원 순환코스에서 10km를 달리고 직장 야유회가 끝나면   자전거를   타고   귀가할   계획이다.

자전거를 타고 집에 무사히 도착하였다.

서울대공원에 갈 때는 60분, 직장 야유회 종료 후 귀가할 때는 64분이 각각 소요되었다.

(51) 북한강 자전거길 잠실~춘천역 왕복 224km 17시간 30분 자전거 여행 (2015.06.06.)

5/1 남한강 자전거길 왕복 210km를 14시간 동안 왕복 종주를 마친 후 5주가 지난 오늘, 북한강 자전거길에서 녹음이 무성한 북한강의 대자연을 온몸으로 만끽하였다.

남한강 자전거길은 서울 잠실-경기도 하남시-남양주시(북한강철교)-양평-여주-강원도 원주시(섬강) 구간이었는데, 북한강 자전거길은 서울 잠실-경기도 하남시-남양주시(북한강철교)-가평-강원도 춘천시(춘천역) 구간이었다.

오늘 춘천을 향해 갈 때 경춘선 전철역 구간 중 백양리역을

6km 앞두고 자전거의 뒷바퀴에 바람이 빠졌는데, 근처에 공기주입기가 없어 2km를 자전거를 끌고 걸어갔는데도 공기주입기를 찾을 수 없어 백양리역까지 4km를 자전거를 끌면서 뛰어가서 백양리역 앞에 설치된 공기주입기로 뒷바퀴에 공기를 주입한 후 강촌역까지 5km를 자전거를 타고 갔다.

그런데 다시 바람이 빠져 자전거대여소에 가보았더니 펑크가 나서 다시 바람이 빠진 것이라고 하면서 뒷바퀴를 분해하더니 길이 5mm, 직경 0.5mm 의 미세한 쇠붙이가 뒷바퀴에 박혀 있는 것을 찾아내어 수리를 해주었는데 잠실에서 춘천역까지 왕복 종주를 하고 있다고 하니 열정이 대단하다면서 수리비를 받지 않았다. 천사같은 사장님의 나눔철학에 감사할 따름이다.

이와 같이 자전거 펑크라는 돌발 상황이 발생하여 2시간 정도 지체된 데다 기온도 5/1보다 높아

남한강 자전거길과 비슷한 거리를 달렸는데도 남한강 자전거길 왕복 종주 때보다 3시간 30분 더 걸렸다.

오늘 새벽 4시에 출발하여 밤 9시 30분에 귀가 직후 승용차를 운전하여 고3 딸을 학원에서 태워온 다음 간단히 저녁식사를 마치자마자 깊은 잠에 빠질 정도로 힘는 질주였으나 녹음이 무성한 북한강의 대자연을 온몸으로 만끽한 행복한 질주였다.

(52) 잠실~청계천~을지로 입구 왕복 40km
자전거 여행(2015.07.18.)

외환은행과 하나은행의 합병을 위한 통합추진단에 파견 발령을 받은 후 첫 주말을 맞아 주말근무를 위해 자전거를 타고 잠실에서 을지로까지 왕복하면서 한강의 풍경을 추억앨범에 담았다.

(53) 잠실~여의도 왕복 40km 자전거 여행 + 석촌호수 5km 달리기 (2015.07.26.)

어제 휴일 근무로 인해 쌓인 피로를 풀기 위해 오늘 아침 석촌호수에 나가 이슬비를 벗 삼아 석촌호수 두 바퀴(5.1km)를 달렸다. 가랑비가 내리고 있었으나 기온이 높아 후텁지근하여 땀이 비 오듯 쏟아졌다.

오늘 오후에는 여의도에서 친구를 만나기 위해 자전거로 잠실에서 여의도까지 왕복 40km를 질주하면서 한강시민공원의 휴일 풍경을 추억앨범에 담았다.

(54) 잠실~청계천~을지로 입구 왕복 40km
자전거 여행(2015.08.29.)

9/1(화)로 지정된 외환은행과 하나은행의 합병을 3일 앞두고 통합추진단 7주차 토요일 근무를 위해 잠실에서 명동까지 왕복 40km를 자전거로 출퇴근하면서 한강,청계천(잠실대교-뚝섬유원지-서울숲-한양대-동대문구청-동대문-평화시장-명동-외환은행 본점)의 토요일 풍경을 추억의 앨범에 담았다.

오늘 아침부터 외환은행 본점의 간판이 교체되고 있는 모습을 보니 만감이 교차한다.

"KEB하나은행"의 번영을 기원한다.

(55) 잠실~여의도 왕복 40km 자전거 여행
(2015.10.04.)

오늘 오후 여의도에서 친구를 만나기 위하여 잠실에서 여의도까지 한강 자전거길을 따라 왕복 40km를 자전거를 탔다.

여의도 선착장에는 한강유람선을 타기 위하여 차례를 기다리고 있는 수많은 중국인 관광객들, 반포 서래섬에는 메밀꽃축제를 즐기는 시민들 등 한강시민공원에는 완연한 가을의 정취를 즐기는 사람들로 가득했다.

(56) 잠실~강남고속버스터미널 왕복 25km 자전거 여행(2015.11.08.)

오늘 오후 잠실 집에서 한강시민공원 자전거길을 따라 강남고속터미널까지 왕복 25km 자전거타기를 하면서 가을비가 내리고 있는 한강의 풍경을 추억의 앨범에 담았다.

(57) 잠실~명동성당 왕복 45km 자전거 여행 (2015.12.25.)

성탄절을 기념하여 오늘 오후 잠실 집에서 명동성당까지 한강,청계천 자전거길을 따라 왕복 45km를 질주하면서 아름다운 한강의 풍경을 추억의 앨범에 담았다.

영상 2도의 추운 날씨였지만 온누리에 사랑과 평화의 분위기가 가득한 성탄절이라서 그런지 마음만은 따뜻한 라이딩이었다.

(58) 한려해상국립공원 통영 자전거 일주(2016.01.21.)

1/21(목) 오전 10시에 있는 창원지법 통영지법 변론 출석을 위해 00:30에 서울강남고속터미널에서 출발하는 통영행 심야우등 고속버스에 자전거와 몸을 실었다.

새벽 04:10에 통영시외버스터미널에 도착하여 1932년에 개통된 동양 최초의 해저터널을 지나 미륵도에 있는 금호충무마리나를 거쳐 06:40 통영항여객선터미널에 도착하였다.

'동양의 나폴리'라는 별칭을 갖고 있는 '통영항'과 벽화마을로 유명한 '동피랑'과 이순신 장군의 유적지 '세병관' 등을 자전거를 타고 둘러보면서 사색의 시간을 갖은 다음 오전 10시에 재판에 참여하였다. 통영은 서울보다 기온이 10도 정도 높아 한겨울인데도 많이 춥지 않아 큰 어려움 없이 자전거여행을 할 수 있었다.

(59) 영산강 자전거길 광주~담양 메타세쿼이아 가로수길 왕복 100km 자전거 여행 (2017.05.26.)

광주광역시 금남로(구 전남도청: 5.18 광주 민주화운동 성지)에서 전남 담양 메타세쿼이아 가로수길까지 왕복 100km 구간에서 자전거를 타면서 4대강 국토종주 영산강 자전거길 북부 구간의 대자연을 온몸으로 만끽하였다.

(60) 잠실~여의도 20km 자전거 여행 + 자전거 반납 + 여의도~잠실 20km 달리기 (2017.09.03.)

오늘 오전 한강시민공원에 나가 자전거를 타고 잠실역에서 여의나루역까지 가서 친구를 만나 막걸리 1병을 마시면서 회포를 푼 다음 자전거를 친구에게 전달한 후 여의나루역에서 잠실역까지 18km를 2시간 13분 동안(09:20~11:33) 뛰면서 언제봐도 멋진

한강의 청명한 가을 하늘을 추억의 앨범에 담았다.

(61) 잠실~북한산국립공원 우이분소 왕복 63km
자전거 여행+북한산 백운대 등정 (2017.10.06.)

10년 전 초등학교 5학년생이었던 아들과 함께 올랐던 북한산 백운대(해발 836.5m)를 아들이 군입대한 상황에서 10년 만에 혼자서 오르니 아들 생각이 많이 났다.

오늘 등산코스는 북한산국립공원 우이분소~도선사~강북경찰서 북한산 산악구조대~백운산장~위문~백운대 코스로 2시간 정도 소요되었고, 하산코스는 백운대~북한산성(1711년 축성) 주능선(위문~동장대~대동문)~소귀골계곡~북한산국립공원 우이분소 코스로 등산코스보다 거리가 길어 2시간 정도 소요되었다.

잠실 집에서 북한산국립공원 우이분소까지 왕복(편도 31.5km/왕복 63km)할 때 교통수단은 자전거로, 잠실~한강~중랑천~우이천 코스를 자전거를 탔는데, 북한산에 갈 때는 덕성여대에 들러 북한산을 조망하였고, 잠실 집을 향하여 출발할 때는 국립 4.19민주묘지를 참배하였다.

오늘 아침 06:30에 잠실 집을 출발하여 저녁 5:50에 귀가하였으므로 약 12시간 동안 자전거타기와 등산을 하였는데, 9/30(토)에 완주한 42.195km 달리기에 비하면 별로 피곤하지 않게 느껴진다.

북한산국립공원은 세계에서 단위 면적당 탐방객이 가장 많이 오르는 산으로 기네스북에 등재되었다고 한다.

한편, 국립공원관리공단의 발표에 따르면 2016년 국립공원 산 탐방객 수 1~5위는 아래와 같다고 한다.

- 1위 : 북한산 608만명   - 2위 : 설악산 365만명
- 3위 : 무등산 357만명   - 4위 : 지리산 287만명
- 5위 : 덕유산 171만명

이처럼 유명한 북한산 백운대(해발 836.5m)에 10년 만에 다시 등정하니 감회가 깊었다.

(62) 가족과 함께 잠실~구리한강공원 왕복 30km
자전거 여행 + 코스모스축제 참가 (2017.10.07.)

오늘 오후 가족과 함께 한강시민공원 잠실지구에 나가 잠실대교에서 구리 한강시민공원까지(잠실철교~올림픽대교~천호대교~광진교~구리암사대교) 왕복 30km를 자전거를 타면서 구리 한강시민공원 내 코스모스 군락지에 활짝 핀 코스모스의 향연에 흠뻑 취했다.   오랜만에 아내와 딸과 함께 시원한 가을바람을 즐기면

서 자전거를 타고 나니 기분이 상쾌하다.

(63) 아내와 함께 잠실대교~반포대교 한강남북 횡단
순환코스 24km 자전거여행 (2017.10.14.)

오늘 오후 한강시민공원 잠실지구에 나가 아내와 함께 잠실대교에서 반포대교(잠수교)까지 왕복 24km를 2인용 자전거를 타면서 한강의 해 질 녘 풍경을 감상하였다.

반포대교 방향으로 갈 때는 올림픽대로 옆의 자전거도로를 이용하였고, 잠실대교 방향으로 돌아올 때는 강변북로 옆의 자전거도로를 이용하면서 한강 남북의 아름다운 풍경을 모두 감상할 수 있었다.

(64) 남한강 자전거길 잠실~양수리 왕복 80km
자전거 여행 (2018.04.15.)

남한강과 북한강의 두 물줄기가 만나는 두물머리(경기도 양평군 양서면 양수리)와 평생 수기안인(나의 몸과 마음을 수련하여 백성들의 복리만을 생각함)의 자세로 실학을 집대성한 다산 정약용 선생의 유적지(경기도 남양주시 조안면 능내리)가 그리워 오늘 8시간 동안(08:00~16:00) 자전거를 타고 잠실에서 양수리까지 왕복 80km(잠실~광나루 드론공원~암사동 심장파열의 언덕~고덕천~하남시 야구경기장~미사리~팔당대교~팔당댐~능내역~북한강철교~양수역~두물머리~북한강철교~능내역~다산유적지~능내역~팔당댐~팔당대교~미사리~광나루~잠실)를 시원한 한강바람을 벗 삼아 질주하면서 4대강 국토종주 한강/남한강/북한강 자전거길의 멋진 풍경을 추억의 앨범에 담았다.

다산 정약용(1762~1836년) 선생께서 저술하신 500여권의 서적 중 목민심서가 올해 출간 200주년이 되었다고 한다.

6/13 지방선거에 출마하는 정치인들은 이 책을 필독하여 다산 정약용 선생의 가르침을 머리로 이해하고 가슴으로 새겨 참된 목민관이 되길 바란다.

(65) 북한강 자전거길 잠실~춘천역 왕복 224km
17시간 20분 자전거 여행 (2018.04.21.)

오늘 새벽 04:10 잠실 집을 자전거로 출발하여 춘천역까지 112km 거리를 달려 12:00 춘천역에 도착하였다.

북한강변의 시원한 강바람과 아름다운 풍경을 벗 삼아 상쾌하게 질주하면서 멋진 추억을 만들었다.

서울로 귀환할 때 낮 최고기온이 25도까지 상승하여 뙤약볕때문에 고전하였으나 저녁 9시 30분에 무사히 귀가하였다.

2015.6.6. 달렸던 코스와 동일한 코스를 3년 만에 다시 달렸는데, 3년 전에는 17시간 30분이 소요되었는데, 오늘은 17시간 20분이 소요되었다.

매우 피곤한 하루였지만 살아있음을 온몸으로 체험한 뜻깊은 질주였다.

(66) 영산강 자전거길 광주~나주 왕복 50km
자전거 여행 (2018.04.27.)

영산강자전거길 광주~나주 구간에서 자전거 여행을 하다가 1993~1995년 공군중위로 근무했었던 공군 제1전투비행단(공군 광주비행장) 정문에 들렀다. 6.25 한국전쟁 당시 창설된 대한민국 최초의 전투비행단이다. 23년 전 공군 시절이 그리워 비행단 정문에서 기념촬영을 하였다.

때마침 비행단 상공에서 전투기들이 비행훈련을 하면서 굉음을 쏟아내고 있었다.

청춘시절에 들었던 전투기들의 굉음을 23년이 지난 지금 다시 들으니 무척 반갑게 느껴졌다.

(67) 목포 유달산/삼학도/갓바위 자전거 일주
(2018.04.28.)

어젯밤 자전거를 고속버스에 싣고 광주에서 목포로 이동하였다. 오늘 새벽에 기상하여 자전거를 타고 유달산, 삼학도, 국립해양

유물전시관, 갓바위 등 목포의 주요 관광지를 순례하였다.

(68) 영산강 자전거길 목포~나주 80km
5시간 자전거 여행 (2018.04.28.)

영산강자전거길 목포~나주 80km 구간[목포 친지댁~영산강하구 언~남악신도시(전남도청)~일로재래시장~몽탄대교-죽산보(영산강 4경)~영산포 홍어시장~나주대교~나주시외버스터미널]에서 5시간 동안 자전거를 타면서 영산강과 호남평야의 숨결을 온몸으로 만 끽하였다.

1년 전(2017.05.26.) 광주에서 담양까지, 어제 광주에서 나주까 지, 오늘 목포에서 나주까지 각각 자전거를 타고 구간 단위로 종주함으로써 4대강 국토종주 자전거길 '영산강자전거길(목포 영산강하구언에서 담양 담양댐까지 133km)'을 모두 종주하였다.

(69) 남한강 자전거길 잠실~남한강대교 왕복 230km 16시간 20분 자전거 여행 (2018.05.19.)

2015.05.01. 다녀온 남한강자전거길을 3년 만에 다시 질주하고 싶어 오늘 16시간 20분 동안(03:50~20:10) 잠실에서 남한강대교까지(잠실~미사리~팔당대교~팔당댐~북한강철교~양수역~양평읍~이포보~여주보~강천보~섬강~남한강대교) 왕복 230km를 자전거를 타면서 남한강의 대자연을 온몸으로 만끽하였다.

(70) 임진각 자전거길 잠실~임진각 왕복 200km 14시간 40분 자전거 여행 (2018.05.27.)

오늘 잠실~임진각 왕복 200km를 14시간 40분 동안 (05:10~19:50) 자전거를 타면서 분단의 상징, 임진각의 풍경을 추억의 앨범에 담았다.

처음 계획은 방화대교에서 고양시 창릉천으로 북상하여 삼송역에서 통일로를 이용할 계획을 갖고, 삼송역까지 가서 통일로를 약 500m 가량 달렸으나 통일로가 공사중이어서 갓길이 없어 사고위험이 있어 다시 창릉천을 따라 방화대교까지 남하하여 자유로 바로 옆에 있는 자전거/차량 공용도로를 따라 파주 출판단지/오두산 통일전망대/헤이리/문산읍을 경유하여 임진각까지 갔다. 이처럼 창릉천 왕복 20km 구간에서 시간을 낭비하였고, 임진각에서 서울로 돌아올 때 파주시 문산천에서 길을 헤메다가 약 20km 구간에서 시간을 허비하였다. 잠실에서 임진각까지 길을 제대로 알고 갔다면 왕복 160km 거리인데, 40km 거리에서 시간을 낭비하는 바람에 왕복 200km를 달리게 되었다. 4대강 국토종주 자전거길과 달리 임진각 자전거길은 고양시/파주시 지역은 자전거와 차량이 함께 달리는 구간이 많았고, 문산읍에서 임진각에 접근할 때는 길을 찾기가 쉽지 않았다.

6. 내 삶을 사랑하라!

나의 생활신조는 智德體 함양!!

『나는 18년 동안 42.195km를 68회 완주하였고, 9년 동안 인문학 책을 835권 읽었다』

(71) "오늘의 나를 있게 한 것은 우리 동네의 도서관
이었고, 하버드 졸업장보다 소중한 것은 독서
하는 습관이다."   (빌 게이츠)

『머릿속에 도서관은 아니더라도 적어도 서재 정도는 만들어놔야 되지 않을까? 겨우 책꽂이 하나 갖고 있는 것은 내 인생에 너무 무책임한 것은 아닐까?』라는 질문으로 시작된 독서 대장정!! 이원복 교수님의 『먼나라 이웃나라』 시리즈 12권·『가로세로 세계사』 시리즈 3권으로 2011.1월 시작한 독서대장정이 나의 독서 습관의 시작이었다.

2011.1월 나는 智德體의 조화로운 함양을 위해 9년 동안 꾸준하게 즐겨온 마라톤에 독서를 병행하기로 결심하고 독서대장정을 시작하였고, 2019년말까지 9년 동안 인문학 책을 835권 읽었다.

독서의 중요성은 동서고금의 위인들이 남긴 아래와 같은 명언을 통해서도 충분히 공감할 수 있을 것이다.

"오늘의 나를 있게 한 것은 우리 동네의 도서관이었고, 하버드 졸업장보다 소중한 것은 독서하는 습관이다."

- 빌 게이츠 -

"당신의 인생을 가장 짧은 시간에 가장 위대하게 바꿔줄 방법은 무엇인가? 만약 당신이 독서보다 더 좋은 방법을 알고 있다면 그 방법을 따르기 바란다. 그러나 인류가 현재까지 발견한 방법 중에서만 찾는다면 당신은 결코 독서보다 더 좋은 방법을 찾을 수 없을 것이다."

- 워런 버핏 -

"좋은 책을 읽는다는 것은 과거의 가장 훌륭한 사람들과 대화하는 것과 같다."

- 데카르트 -

"지금 네 곁에 있는 사람, 네가 자주 가는 곳, 네가 읽는 책들이 너를 말해준다."

- 괴테 -

독자는 저자의 깊은 통찰력이 담겨있는 한 권의 책을 읽음으로써 사고력, 상상력, 공감력 등을 확장시킬 수 있고, 저자의 지식과 지혜를 습득할 수 있으므로 독서는 영원불멸한 영감과 지혜의 원천이라고 생각한다.

그런데, 운동이든 독서든 좋다는 것은 누구나 공감하지만 작심삼일로 끝나는 경우가 많은 이유는 사람의 습관 형성에는 일정한 시간이 필요하기 때문일 것이다. 영국 런던대학교의 『제인 워들』 교수의 실험을 통해 사람의 습관 형성에는 평균 66일이 걸린다는 사실이 확인되었다고 한다. 나는 이 점을 염두에 두고 마라톤과 독서를 습관화하기 위하여 최선을 다하였는데, 마라톤은 비가 오든 눈이 오든 바람이 불든 평일 저녁 또는 주말에 집 근처 잠실 석촌호수에 나가 지속적으로 달리기를 한 다음 달리기일기 (www.rundiary.co.kr) 및 페이스북(www.facebook.com)에 훈련내용을 기록하였고, 독서는 평일에는 출퇴근길 전철에서, 주말에는 도서관 또는 집에서 꾸준하게 독서를 한 다음 페이스북 (www.facebook.com)에 독후감을 게시하면서 마라톤과 독서를 습관화하였다.

明末淸初의 사상가 고염무의 불후의 명언 『讀萬卷書 行萬里路 (만 권의 책을 읽고, 만 리의 길을 여행하라)』를 실천하지는 못한다고 하더라도 3千卷의 책을 읽는 그날까지 나의 독서대장정은 계속될 것이다.

(72) 마라톤 10년차 겸 독서대장정 1년차 –
2011년도 페이스북 게시본 발췌본
(독서대장정 독후감)

♣ (독후감)   2011.01.30. / 테쿰세의 저주

 2년 전 [먼나라 이웃나라] 제12편 미국 대통령편을 읽었을 때도 [테쿰세의 저주]라는 매우 재미있는 내용을 보았었는데 오늘 새벽 다시 그 부분을 보니 역시 흥미로워 잠시 소개하고자 한다.

테쿰세는 인디언 쇼니족의 추장으로 인디언 토벌에 용맹을 떨쳤던 장군 윌리엄 해리슨(미국 제9대 대통령)에게 패배하여 목숨을 잃었는데 그가 죽으면서 남겼다는 아래와 같은 내용의 저주가 신기하게 맞아떨어져 워싱턴 정가에서는 지금까지도 화제가 되고 있다고 한다.

 " 앞으로 매 20년마다 1의 자리의 숫자가 0인 년도에 당선되는 미국 대통령은 저주를 받아

    임기 중 목숨을 잃으리라! "

아래와 같이 7명의 역대 미국 대통령들이 임기 중 사망하였다고 하니 매우 신기하다는 생각이 든다.

- 1840년 당선 제9대 대통령, 해리슨 : 병사
- 1860년 당선 제16대 대통령, 링컨 : 암살

- 1880년 당선 제20대 대통령, 가필드 : 암살
- 1900년 당선 제25대 대통령, 매킨리 : 암살
- 1920년 당선 제29대 대통령, 하딩 : 병사
- 1940년 당선 제32대 대통령, 루스벨트 : 병사
- 1960년 당선 제35대 대통령, 케네디 : 암살

- 1980년 당선 제40대 대통령, 레이건 : 암살미수

  (암살범의 총탄을 맞았지만 구사일생으로 목숨을 건져 살아서 임기를 마친

  위 저주 후 첫 xxx0년 당선 대통령이 됨, 수년 전 사망)
- 2000년 당선 제43대 대통령, 부시 : 현재 생존

♣ (독후감) 2011.03.01. / 미국 부통령의 준법정신

아침에 미국 델라웨어 주 윌밍턴에 있는 아내의 지인으로부터 아내에게 전화가 왔다. 그 부인은 중학생 딸과 초등학생 아들의 영어 공부를 위해 그곳에서 1년 정도 체류하고 있는데, 앞으로도 1년 정도 더 체류할 예정이므로 기회가 되면 놀러 오라는 말을 주고받는 것 같았다.

인터넷을 검색해 보니 미국 부통령 존 바이든이 배심원근무 통보를 받고 2/24(현지 시간) 윌밍턴 공항에 도착, 뉴캐슬 카운티 법원청사에 출두했다고 한다.

배심원근무는 헌법에 규정된 미국 시민들의 의무이자 권리로서 군인과 경찰, 소방대원, 의사 등 방위와 치안, 생명을 담당하는

사람들은 배심원근무에서 제외되지만 정치인들은 면제대상에 포함되지 않아 바이든 부통령은 법원에 출두한 것이라고 한다. 미국 부통령의 준법정신에 경의를 표한다.

♣ (독서대장정 40권째 독후감) 2011.05.26. / 君主論

르네상스 시대 이탈리아 피렌체의 외교관이자 정치사상가로 활동했던 '니콜로 마키아벨리(1469~1527)'가 저술한 <君主論> 이라는 제목의 인문고전을 재미있게 읽었다.

1512년 이탈리아의 피렌체에서 공화정이 붕괴되고 메디치 家에 의한 군주정이 복원되자 공직에서 물러났던 '마키아벨리'가 다시 메디치 정부에서 활동할 계획을 세우고, 그러한 자신의 마음을 전하기 위해 <君主論>을 집필해 메디치 家의 군주에게 바쳤으나 그의 계획은 실현되지 않았고, 그는 <로마사 논고>,<피렌체사> 등의 저술 활동을 하면서 여생을 보냈다고 한다.

<君主論>은 군주가 권력을 장악하고 유지하며 확대하는 과정에서 취해야 할 덕목들에 관해 논의하고 있는 군주의 통치 전략에 관한 책인데, 군주가 권력과 국가를 지키기 위해서는 사자의 용맹함과 여우의 꾀를 동시에 갖춰야 한다는 대목이 인상적이었다.

♣ (독서대장정 41권째 독후감) 2011.05.28. /
루소의 "사회계약론"

유럽에서 가장 뛰어난 사상가와 저술가로 인정받고 있으며, 작곡가,소설가,식물학자이기도 한 『장 자크 루소(1712~1778)』가 저술한 <사회계약론>에서 루소가 주장한 사회계약론과 국민주권론 등의 정치사상은 그가 죽은 후 11년 후에 발생한 프랑스대혁명에 큰 영향을 주었다고 한다.

"인간은 원래 선한 존재이며, 이러한 선함 속에 인간의 자유가 존재하며, 이 자유는 이른바 '자연적 자유'인데, 문제는 인간이 지닌 선한 본성이 제도에 의해 사악하게 되었다는 것이며, 인간의 선한 본성을 회복하기 위한 방법은 자유의 쟁취이며, 이 자유야말로 루소의 정치사상을 관통하고 있는 핵심적 가치이다"라는 요지의 책이다.

♣ (독서대장정 42권째 독후감) 2011.05.29. /
바다를 품은 책 자산어보

조선후기 실학자 정약전이 저술한 '자산어보'의 원문을 발췌하여 소개하고 해제하는 형식의 고전인 손택수 님이 저술한 <바다를 품은 책 자산어보>를 보면서 200년 전 黑山島의 바닷가를 상상해 보았다.

1801년 천주교도에 대한 대규모 탄압인 신유박해 때 흑산도로 유배되어 1816년 59세의 나이에 생을 마감할 때까지의 유배지의 풍경이 담겨 있는 <자산어보>는 단순한 어류 백과사전이 아니라 실학과 천주교에 바탕한 민본주의를 실천한 한 실학자의 사상과 철학이 담겨 있는 책이라는 생각이 들었다.

각종 물고기의 특징에 대한 설명이 너무나 상세하게 묘사되어 있는 등 뛰어난 실학자의 섬세한 관찰력이 대단하게 느껴졌다.

♣ (독서대장정 46권째 독후감) 2011.06.05. /
철학콘서트 2

황광우 님이 저술한 <철학콘서트 2>라는 제목의 철학교양서를 통해 인류의 역사를 창조해낸 10인의 사상가들의 삶을 간접경험할 수 있었다.

피타고라스/호메로스/아리스토텔레스/맹자/코페르니쿠스/갈릴레이/무함마드/세종/뉴턴/공자 등 끊임없는 부정과 혁신으로 오늘의 세계를 만들어낸 뛰어난 사상가들의 위대한 업적에 감탄사가 절로 난다.

독일의 대문호 괴테는 "모든 발견이나 이론 중 그 어떤 것도 코페르니쿠스의 이론보다 인간의 영혼에 영향을 미친 것은 없다"라고 말하면서 코페르니쿠스의 태양중심이론을 격찬했다고 한다. 아리스토텔레스 이후 1,800년 동안 세상을 지배해온 지구중심이론이 1543년 코페르니쿠스가 발간한 <천구의 회전에 관하여>라는 책에 의해 중대한 도전을 받는다.

유럽을 정복한 나폴레옹이 프랑스의 천재적 수학자인 '라그랑주'에게 "나와 뉴턴 중에 누가 더 위대하오?"라고 물었을 때 "뉴턴 같은 사람은 오직 하나뿐입니다." 라고 답변했다고 한다. 만유인

력의 법칙의 발견 등을 통해 '근대 과학의 아버지'라는 명예를 안은 뉴턴의 위대한 업적을 이해할 수 있는 대목이다.

♣ (독서대장정 49권째 독후감) 2011.06.09. /
마이클 샌델 왜 도덕인가?

베스트셀러 <정의란 무엇인가>로 한국사회에 '정의' '공정' 논쟁을 촉발시킨 하버드대 정치철학 교수인 '마이클 샌델' 님이 저술한 <마이클 샌델 왜 도덕인가?>라는 제목의 정치철학서를 통해 도덕성이 살아야 정의도 살 수 있고, 무너진 원칙도 다시 바로세울 수 있음을 공감할 수 있었다.

저자는 아리스토텔레스와 칸트의 철학 전통을 통해 '정치,경제, 사회,교육,종교 등 사회를 구성하는 각 분야가 도덕에 기반해야 한다'고 강조하고 있다.

작년 가을에 읽었던 <정의란 무엇인가>라는 제목의 정치철학서의 후속작이라는 생각이 든다.

♣ (독서대장정 54권째 독후감) 2011.06.18. /
하룻밤에 읽는 한국사

최용범 님이 저술한 <하룻밤에 읽는 한국사>라는 제목의 역사서를 통해 주요 사건별로 역사적 배경,의의,영향 등에 대하여 종합적으로 이해할 수 있었다.

1998년 <주간동아>가 10명의 역사학자와 함께 한국사 1,000년을 만든 100인을 선정한 바가 있었는데, 1위로 선정된 세종대왕은 군주로서는 위대했지만, 인간으로선 아래와 같은 점에서 한없이 불행했다는 대목이 인상적이다.

세종대왕은 과로,스트레스로 각종 질병에 시달려 47세의 나이에 은퇴 후 세자에게 섭정을 맡겼고, 맏딸인 정소공주는 13세에, 다섯째 아들인 광평대군은 20세에, 일곱째 아들인 평원대군은 19세의 나이에 요절했고, 맏며느리는 셋이나 봐야 했던 등등...

♣ (독서대장정 57권째 독후감) 2011.06.23. /
책벌레들 조선을 만들다

강명관 님이 저술한 <책벌레들 조선을 만들다>라는 제목의 책을 읽으면서 다독가였던 박학다식한 선비들이 조선의 중추적 역할을 담당했음을 파악할 수 있었다.

사마광이 쓴 역사서 <자치통감> 294권을 주희가 59권으로 요약하여 재편집한 <자치통감강목>을 다산 정약용은 십여 일 동안 암기하였다면서 다산의 천재성을 알리는 일화가 황현의 <매천야록>에 실려 있다고 소개한 부분이 인상적이다.

♣ (독서대장정 58권째 독후감) 2011.06.26. /
가려진 역사의 진실을 향해 다시 읽는 미국사

청주대 손영호 교수님께서 저술한 <가려진 역사의 진실을 향해 다시 읽는 미국사>라는 제목의 미국역사서를 통해 미국의 실체를 보다 자세히 파악할 수 있었다.

개인의 자유와 인권이 중시되는 미국에서 발생했던 인디언의 한 맺힌 역사와 흑인 노예의 비극, 매년 총기사고로만 3만 명이 사망하고 범죄발생률이 세계 최고 수준임에도 불구하고 수정헌법 제2조에 명시된 무기소유권 조항, 미국총기협회의 로비 등으로 인해 총기규제가 어려운 현실, 아메리칸 드림을 상징하는 '자유의 여신상' 신화의 이면에 가려진 소수에 대한 편견과 인종차별 등 미국의 명암을 상세하게 보여주는 책이라는 생각이 들었다.

♣ (독후감) 2011.07.14. /
스타벅스 이야기 '온워드(Onward)'

초복을 맞아 삼계탕으로 점심을 먹은 다음, 직장 근처의 서점에 잠깐 들러 스타벅스 CEO 하워드 슐츠 회장이 저술한 '온워드(Onward)'라는 책을 보았다. 저자가 이탈리아 출장 중 우연히 들른 카페가 주민들의 소통과 휴식의 공간이 되고 있는 것을 발견하고 스타벅스를 여유로운 휴식 공간으로 만들어야겠다는 아이디어가 생겼다는 대목이 있는데, 그가 방문했던 카페가 밀라노와 베로나에 있는 에스프레소 카페라고 한다.

패션의 도시 밀라노와 줄리엣의 도시 베로나, 내가 유럽여행 시 방문했던 도시(로마-피렌체-베네치아-베로나-밀라노-샤모니-제네바-파리) 중 두 곳이 스타벅스 창립의 모티브가 된 도시라고 생각하니 친근하게 느껴졌다.

♣ (독서대장정 70권째 독후감) 2011.07.24. /

루디's 커피의 세계, 세계의 커피 : 3탄 마니아편

김재현 님이 저술한 위와 같은 제목의 책을 통해 세상에서 원유 다음으로 많이 거래되고 있는 커피의 세계에 대하여 보다 깊이 이해할 수 있었다.

커피에 관한 명언들도 소개되어 있는데, <탈레랑>의 아래와 같은 명언이 인상적이다.

" 커피의 본능은 유혹. 진한 향기는 와인보다 달콤하고 부드러운 맛은 키스보다 황홀하다.

악마처럼 검고 지옥처럼 뜨거우며 사랑처럼 달콤하다. "

♣ (독서대장정 75권째 독후감) 2011.08.03. /

직장을 떠날 때 후회하는 24가지

조관일 님이 저술한 <직장을 떠날 때 후회하는 24가지>라는 제목의 자기계발서에서 저자는 '직장을 떠날 때 반드시 후회하는 것', 그러기에 '직장에 있을 때 꼭 해야 할 것 24가지'를 꼭 실천할 것을 강조하고 있다.

스물네 가지 중 열아홉 번째로 소개된 '가족과 함께 하기'라는 주제가 있는데, 서양 사람들의 가족중심 사상을 보여주는 사례로 저자가 소개한 아래와 같은 사례가 매우 감동적이다.

버락 오바마 미국 대통령의 러닝메이트로 미국 부통령이 된 조셉 바이든은 부통령이 되기 전, 36년 동안이나 상원의원 생활을 하는 동안 그는 의회가 위치한 수도 워싱턴 D.C.에서 한 번도 잠을 자본 적이 없다고 한다.

1972년, 바이든이 스물아홉 살의 젊은 나이로 의회 진출에 성공한 지 몇 주 후, 그의 아내가 세 명의 자녀를 데리고 크리스마스 쇼핑에 나섰다가 끔찍한 교통사고를 당해 아내와 생후 수개월밖에 되지 않은 딸이 숨지고 두 아들은 중상을 입었는데, 당시 바이든은 아들들을 극진히 간호하여 완쾌되었고, 그 후에도 아이들을 돌보기 위해 워싱턴에서 델라웨어의 집까지 한 시간 반의 거리를 36년 동안이나 날마다 열차로 출퇴근을 하였다고 한다.

♣ (독서대장정 84권째 독후감) 2011.08.24. /
서울대 야구부의 영광

서울대 영문과를 졸업하고 SBS PD로 활동 중인 이재익 님이 저술한 <서울대 야구부의 영광>이라는 제목의 장편소설을 읽는 내내 짜릿한 재미와 가슴 뭉클한 감동을 느꼈다.

이 소설은 2010.11월부터 2011.3월까지 <예스 24>에 연재되었던 소설인데, 서울대생들의 꿈과 사랑을 그린 무한감동 야구소설이라는 말이 실감날 정도로 흥미진진하다.

' 1승 1무 265패, 실화를 바탕으로 한 열혈청년들의 인생 분투기! '

" 많이 성취하더라도 행복하지 않다면 성공이라고 할 수 없고,

꿈과 열정을 잃지 않는다면 패배가 아니다 ″는 저자의 메시지에 공감한다.

♣ (독서대장정 97권째 독후감) 2011.09.19. /
나는 아버지입니다

<딕 호이트/던 예거> 공저인 [나는 아버지입니다]라는 제목의 책을 통해 달리고 싶어 하는 장애인 아들을 위해 아들을 휠체어, 자전거, 고무보트 등에 태우고 마라톤 42.195km 64회 완주, 철인3종경기 아이언맨 코스 6회 완주/단축 코스 206회 완주, 45일간 미국 대륙 6,070km 횡단 등의 초인적인 위업을 달성한 헌신적인 아버지에 감동하였다.

태어날 때 목에 탯줄이 감겨 몇 분 동안 뇌에 산소가 공급되지 않아 뇌성마비의 장애를 가지고 태어난 아들의 "달리고 싶어요"라는 한마디에 감동의 레이스를 시작한 아버지 '딕 호이트'와 아들 '릭 호이트'의 감동실화는 유튜브 등을 통해 전 세계를 울리고 있다고 한다.

아버지의 존재가 위축되고 있는 요즘, 아들에 대한 사랑과 헌신으로 세상을 감동시킨 아버지의 감동실화는 아버지라는 존재를 새롭게 일깨워 주는 것 같다.

♣ (독서대장정 103권째 독후감) 2011.09.27. /
시작하라 그들처럼

<사장으로 산다는 것>의 저자인 서광원 님이 저술한 <시작하라 그들처럼>이라는 제목의 자기계발서에서, 저자는 성공을 위해서는 열정, 용기, 자신감만으로는 안 되고 가장 중요한 것은 '어떻게 시작하느냐'라고 역설하고 있다.

55세에 찾아온 퇴행성 관절염을 극복하기 위하여 시작한 마라톤에서 42.195km를 4시간 39분 만에 완주했다고 소개된 SK에너지의 신헌철 부회장의 마라톤 사랑이 인상적이다.

재일교포라는 핸디캡에도 불구하고 소프트뱅크라는 굴지의 기업을 이룬 손정의 회장이 투병과정에서 무려 3,000권의 책을 읽었다고 소개된 내용도 깊은 인상을 남긴다.

♣ (독서대장정 111권째 독후감) 2011.10.20. / 먼나라 이웃나라 13편 중국 1 근대 편

1987년 처음 책으로 나온 <먼나라 이웃나라>시리즈가 2010.8월 13편 중국 1 근대 편이 출간되었다. 청나라 후기에서 중화민국 성립까지의 역사가 소개되어 있는데 2133년(기원전 221년 진시황의 천하통일 ~ 1912.2.12. 중화민국 수립) 역사의 천하 제국이 아편 전쟁 등으로 위기가 시작되어 열강의 침략 과정을 거쳐 결국 국민의 나라(공화국)로 전환되는 과정이 흥미진진하게 그려져 있다.

세계 최강국을 향한 웅비를 거듭하고 있는 중국의 근대사가 자세하게 설명되어 있어 중국의 근대사를 이해하는데 도움이 되는 책이라고 생각한다.

오늘날 13억 인구가 사는 인민공화국을 이끄는 중국 공산당이 1921년 창당될 때 당시 북경대 도서관 사서였던 28세의 청년 마오쩌둥도 중국 공산당 창당을 위한 마지막 회의에 참석했었던 인물이라는 부분이 인상적이다.

♣ (독서대장정 136권째 독후감) 2011.12.15. / 127시간

전 세계를 감동시킨 '아론 랠스톤'의 위대한 생존 실화 <127시간>이라는 제목의 책은 삶을 쉽게 포기하려는 사람들에게 큰 감동과 용기를 줄 것이라고 확신한다.

감동 실화의 주인공인 저자는 카네기멜론대학 기계공학부에 입학했고 수석으로 졸업 후 인텔사의 엔지니어가 되었지만 자신의 내면에서 요구하는 무엇인가를 찾기 위해 5년 만에 안정된 직장을 그만두고 스포츠용품점에서 일하면서 '콜로라도 주에 있는 4,200m가 넘는 59개의 산을 겨울에 단독 등반한다'는 목표를 달성하기 위해 꾸준히 겨울산을 단독 등정한다.

그런데 어느 날 유타 주에 있는 캐니언랜드 국립공원의 외딴 지역인 말발굽 협곡을 하강하던 중 쐐기돌이 떨어져 오른팔이 갇히는 사고로 5박 6일을 협곡에 갇혀 지내다 결국 자신의 팔을 자르고 탈출했는데, 스스로 자신의 팔을 자르고 탈출한 이 사건은 미국 전역에 대서특필되었고 그의 감동적인 스토리는 영화(제목: 127시간)로도 제작되어 금년 최고의 화제작으로 평가받았다고 한다.

상상조차 할 수 없는 127시간의 처절한 사투를 그린 이 실화를 읽은 후 지인에게 이 책을 소개하였는데, 그는 금년 10월초에 그랜드캐니언 등을 가족과 함께 여행하면서 관광버스 안에서 비디오로 영화 <127시간>을 실감나게 보았다고 한다.

♣ (독서대장정 138권째 독후감) 2011.12.21. /
나쁜 사마리아인들

올해 비즈니스와 경제 분야의 핵심 키워드는 장하준,스티브 잡스,소셜미디어 등 세 가지로 요약된다고 한다. 신자유주의 경제 체제 비판으로 폭넓은 관심을 끌고 있는 장하준 케임브리지대 경제학과 교수께서 저술한 <나쁜 사마리아인들>이라는 제목의 책을 통해 '부자 나라들'을 '나쁜 사마리아인들'이라고 부르는 이유에 대하여 사색할 수 있는 시간을 갖었다.

저자는 '지난 사반세기 동안 나쁜 사마리아인들은 개발도상국들이 자국의 발전에 알맞은 정책을 추구하는 것을 갈수록 어렵게 만들어 왔으며, IMF,세계은행,WTO라는 사악한 삼총사와 지역별 FTA나 투자협정을 이용해 개발도상국들이 이런 능력을 갖지 못하게 했다'고 강조하면서,

'개발도상국들이 사용하는 보호와 보조금,규제를 위한 추가적인 정책들은 불공정한 경쟁을 초래하는 것이므로 개발도상국들에게 허용해서는 안 된다'고 주장하는 나쁜 사마리아인들에게, '나쁜 사마리아인인 부자 나라들과 개발도상국들은 수준 차이가 있기

때문에 개발도상국들에게 이러한 보호 정책을 허용해야만 공정한 경쟁을 보장할 수 있다'고 역설한다.

'세계화'와 '개방'만을 강조하는 신자유주의적 조류에 대한 저자의 신랄하면서도 명료한 비판논리에 깊이 공감한다.

(73) 마라톤 11년차 겸 독서대장정 2년차 – 2012년도 페이스북 게시본 발췌본 (독서대장정 독후감)

♣ (독서대장정 144권째 독후감) 2012.01.02. /
體德智 시리즈 (1) 리더들의 성공비결 /
스포츠는 세상을 바꾸는 힘이다

2012년 임진년 새해를 맞아 국민체육진흥공단에서 발간한 <體德智 시리즈 (1) 리더들의 성공비결/스포츠는 세상을 바꾸는 힘이다>라는 제목의 책을 읽으면서 운동의 중요성을 다시 한 번 되새기는 계기가 되었다.

우리나라와 달리 영국은 전통적으로 체육을 중요한 교과 중 하나로 여기고 학생의 스포츠 참여를 의무화하고 있는데, 특히 1440년에 영국 왕 헨리 6세가 세운 '이튼 칼리지(Eton College)'가 대표적인 예라고 한다. 영국의 모든 중·고교를 통틀어 가장 많은 총리와 사회 각층의 지도자를 배출한 명문 학교인

'이튼 칼리지'는 페어플레이 정신, 공동체 정신, 준법 정신, 약자에 대한 배려, 책임감 등 지도자적 자질을 함양하는 데 운동이 필수라고 판단하기 때문에 스포츠를 교육의 우선순위에 두었다고 한다.

'이튼 칼리지' 출신으로 워털루 전쟁에서 나폴레옹을 꺾은 웰링턴 장군이 했던 말이라고 소개된 " 워털루 승리는 이튼 운동장에서 시작됐다."라는 말이 인상적이다.

우리나라의 명문 고교인 민사고와 하나고에서도 위와 비슷한 이유에서 체육을 중시하는 교과 편성을 하고 있다고 한다.

이 책에는 각국의 리더들이 즐기는 다양한 운동이 소개되어 있는데, 사르코지 프랑스 대통령의 조깅, 민계식 전 현대중공업 회장의 마라톤, 광고 사진가 김영수 교수의 마라톤, 세계적인 비올리스트 용재 오닐의 마라톤, 법조인 최초의 울트라 마라토너 양경석 변호사의 마라톤, 우리나라 전산학 1호 박사 카이스트 문송천 교수의 마라톤, 국내 최초 '걷기/달리기'로 체육학 박사 학위를 취득한 전 국가 대표 마라토너 이홍열의 마라톤 등 마라톤을 즐기는 리더들이 꽤 많은 것 같다.

♣ (독서대장정 165권째 독후감) 2012.02.08. /
   세계 기차 여행

윤창호 님,이형준 님,정태원 님,최항영 님 등이 공동으로 저술한 <세계 기차 여행>이라는 여행안내서(펴낸곳: (주)터치아트)를 통해 작은 증기기관차부터 초호화 특급열차까지 전세계 기차여행지 20곳을 간접 체험할 수 있었다.

(1) 스위스의 생 모리츠와 체르마트를 잇는 빙하특급

(2) 알프스의 제4봉인 융프라우로 향하는 융프라우 등산 기차

(3) 알프스의 제3봉인 마터호른에 오르는 고르너그라트 등산 기차

(4) 스위스의 몽트뢰와 루체른을 잇는 골든패스라인

(5) 독일의 뮌헨과 스위스의 취리히를 연결하는 바이에른 특급

(6) 비엔나와 만날 수 있는 오스트리아 횡단 기차

(7) 체코의 프라하에서 오스트리아의 비엔나를 거쳐 헝가리의 부다페스트까지 달리는 동유럽 여행 기차

(8) 노르웨이 피오르 기차

(9) 핀란드의 헬싱키와 포르투칼의 리스본을 잇는 유럽횡단기차

(10) 시베리아 횡단 기차

(11) 남아프리카공화국의 블루트레인

(12) 태평양과 대서양을 연결하는 캐나다 횡단 기차

(13) 알래스카를 달리는 화이트패스 산악 기차

(14) 천상의 호수, 티티카카로 가는 안데스 고산 기차

(15) 호주의 멜버른과 조우하는 퍼빙빌리

(16) 중국의 베이징,몽골의 울란바토르,러시아의 울란우데를 연결하는 몽골 횡단 기차

(17) 일본의 아사히카와에서 비에이까지 달리는 홋카이도 여행 기차

(18) 일본 큐슈의 따뜻한 온천을 즐길 수 있는 유후인노모리 여행 기차

(19) 싱가포르,말레이시아,태국을 연결하는 싱마타이 철도

(20) 히말라야의 대자연과 만날 수 있는 히말라야 협궤 기차

이상 20곳의 기차여행지를 읽는 내내 환상적인 여행지를 직접 여행하고 있는 것 같은 느낌에 빠져들었다.

♣ (독서대장정 182권째 독후감) 2012.09.16. /
40대, 다시 한 번 공부에 미쳐라

<김병완> 님이 저술한 <40대, 다시 한 번 공부에 미쳐라>라는 제목의 책(펴낸곳: 함께북스)을 통해 " 40대 때 제대로 혁명을 하지 못한다면, 우리 인생의 후반기는 어떤 것도 제대로 시도해 보지 못하고, 세월에 이리저리 떠밀려 살다가 삶의 저편으로 사라지게 될 것이다" 라고 말한 저자의 메시지에 공감할 수 있었다.

저자가 3년 동안 읽은 책이 9,000권이 넘었다고 한다. 중국의 시성이라 불렸던 두보는 "만 권의 책을 읽으면 글을 쓰는 것도 신의 경지에 이른다" 라고 말한 적이 있다고 소개된 내용이 인상적이다.

♣ (독서대장정 221권째 독후감) 2012.12.26. /
삶과 문명의 눈부신 비전 열하일기

<고미숙> 님이 저술(원저: 박지원)한 <삶과 문명의 눈부신 비전 열하일기>라는 제목의 책(펴낸곳: 대한교과서(주))을 통해 조선 정조 때의 실학자 연암 박지원 선생의 실학사상을 엿볼 수 있었다.

원저 <열하일기>는 연암 박지원 선생이 44세이던 1780년(정조 4) 8촌형인 박명원을 따라 청나라 건륭제의 만수절(칠순 잔치)에 사절로 연경(지금의 북경)에 가면서 보고 들은 것을 기록한 견문기라고 한다.

원저 <열하일기>에는 중국의 정치, 경제, 사회, 문화예술, 역사, 병사, 생활 풍습 등 전범위에 걸쳐 광범위하고 상세히 기술되었는데, 이용후생(利用厚生) 면에 중점을 두어 연암 자신의 작품 중에서나, 수많은 연행록들 중에서도 백미로 꼽힌다고 한다.

"영국에 셰익스피어가 있었다면 독일에는 괴테가 있었고, 중국에 소동파(소식)가 있었다면 조선에는 박지원(연암)이 있었다."라는 말이 있다고 한다.

<열하일기>에 펼쳐진 연암 선생의 명문장의 향연에 빠져들다 보니 연암 선생의 필력이 동서양의 대문호들과 비교해도 손색이 없어 보인다.

♣ (독서대장정 222권째 독후감) 2012.12.29. /
　　지금 우리가 누리는 자유 통치론
<박치현> 님이 저술한(원저: 존 로크) <지금 우리가 누리는 자유

통치론>이라는 제목의 책(펴낸곳 : (주)미래엔)을 통해 '<통치론>은 지금 우리가 누리는 자유의 기초를 놓은 책이다' 라는 저자의 메시지에 공감할 수 있었다.

미국의 제3대 대통령을 역임했던 토머스 제퍼슨이 미국의 『독립선언문』을 작성했을 때 로크의 <통치론>을 표절한 것 아니냐는 비난까지 받았을 정도로 존 로크의 <통치론>이 미국의 독립혁명에도 지대한 영향을 미쳤다고 한다.

후세에 지대한 영향을 미친 <통치론>은 앞으로도 인류에게 향기를 주는 고전으로 빛을 발할 것으로 기대된다.

(74)   마라톤 12년차 겸 독서대장정 3년차 –
2013년도 페이스북 게시본 발췌본
(독서대장정 독후감)

♣ (독서대장정 232권째 독후감)   2013.01.29. /
이순신 평전

<이민웅> 님이 저술한 <이순신 평전>이라는 제목의 책(펴낸곳 : 성안당)을 통해 성웅 이순신과 임진왜란에 대하여 상세하게 공부할 수 있었다.

우리나라의 영웅 이순신과 영국의 영웅 넬슨의 비교표 하단(427페이지)에 언급된 아래와 같은 평가를 통해서도 이순신 장군의

위대함을 확인할 수 있을 것 같다.

　<영국 발라드 제독의 평>

영국 사람으로서 넬슨과 견줄 만한 사람이 있다는 걸 인정하긴 항상 어렵다. 그러나 그렇게 인정할 만한 인물이 있다면, 그 인물은 바로 단 한 번도 패한 적이 없는 동양의 해군 사령관 이순신 제독뿐이다.

　<일본 도고 제독의 평>

영국의 넬슨은 軍神이라고 할 만한 인물은 못 된다. 해군 역사상 군신이라고 할 제독이 있다면 오직 이순신 장군뿐이다. 이순신 장군과 비교한다면 나는 일개 하사관도 못 된다.

♣ (독서대장정 242권째 독후감) 2013.02.25. /
　　저항하라! 세상의 벽을 향해 던진 연설 32

<유동환> 님이 엮은 <저항하라! 세상의 벽을 향해 던진 연설 32>라는 제목의 책(펴낸곳 : 도서출판 푸른나무)을 통해 세상을 움직인 32편의 감동적인 명연설문을 감상할 수 있었다.

아인슈타인, 무라카미 하루키, 조지 워커 부시, 리영희, 피델 카스트로, 에이브러햄 링컨, 김대중, 마틴 루터 킹, 넬슨 만델라, 패트릭 헨리, 마하트마 간디, 체 게바라, 14대 달라이 라마,스티브 잡스 등등 …

동서고금의 명사들의 명연설문을 읽으면서 '심금(心琴)을 울리다'라는 말은 이럴 때 사용하는 말이겠다는 생각이 들었다.

32편의 명연설 중에서 마틴 루터 킹 목사가 1963년 8월 28일 미국 워싱턴 D.C의 링컨 기념관 앞에 설치된 연단에서 흑인과 백인의 평등과 공존을 주제로 연설했던 "I Have a Dream(나에게는 꿈이 있습니다)" 라는 제목의 연설은 언제 들어도 너무 감동적이다.

♣ (독서대장정 292권째 독후감) 2013.07.06. /
超譯 괴테의 말

<요한 볼프강 폰 괴테> 님이 저술하고 <가나모리 시게나리, 나가오 다케시> 님이 엮고 <박재현>님이 옮긴 <超譯 괴테의 말>이라는 제목의 책(펴낸곳 : 삼호미디어)은 괴테의 수많은 작품 중에서도 특히 '인생을 어떻게 살아가야 하는지'를 다룬 명구 중에서 간결하고 명료한 것들을 선별하여 소개하였는데, 괴테의 대표작인 <파우스트>와 <젊은 베르테르의 슬픔>에서 주로 선출되었다고 한다.

나폴레옹이 1808년에 괴테를 만나 "여기도 사람이 있군." 이라는 말을 남긴 것에 대해서 당대 최고의 영웅이며 천재로 칭송되던 나폴레옹이 괴테를 자신에 버금가는 인물로 인정한 것이야말로 최상의 찬사라고 여긴다는 말이 있을 정도로 괴테는 독일 문학의 거장이라는 생각이 절로 든다.

'영국에 세익스피어가 있었다면, 독일에는 괴테가 있었고, 중국에 소동파가 있었다면, 조선에는 박지원이 있었다'는 말을 어느 책에서 본 적이 있다.

♣ (독서대장정 298권째 독후감) 2013.07.20. /
나는 김시습니다

<강숙인> 님이 저술한 <나는 김시습이다>라는 제목의 책(펴낸곳
: 해와나무)을 통해 조선 역사상 가장 피비린내 나는 살육극인
계유정난과 병자사화가 발생했던 암울한 시절을 살았던 김시습
의 삶과 충절을 엿볼 수 있었다.

김시습은 우리나라 최초의 한문소설로 평가되고 있는 <금오신
화>의 저자답게 뛰어난 문장가였을 것이라는 생각이 절로 든다.

조선 세조 2년(1456) 조선의 6대 임금인 단종의 복위를 도모하
다 목숨을 바친 박팽년·성삼문·이개·하위지·유성원·유응부 등 死
六臣의 시신을 수습하여 지금의 노량진에 안장한 인물이 김시습
이라고 표현된 대목이 인상적이다.

♣ (독서대장정 311권째 독후감) 2013.08.31. /
섀클턴의 위대한 항해

<알프레드 랜싱> 님이 저술한 <섀클턴의 위대한 항해>라는 제목
의 책(펴낸곳: 뜨인돌 출판사)을 통해 "살아있는 한 우리는 절망
하지 않는다"는 남극 탐험대의 불굴의 정신에 감동하였다.

1914년 영국의 탐험가 어니스트 섀클턴은 남극대륙을 횡단한다
는 야망을 품고 27명의 대원들과 함께 인듀어런스 호를 타고 칠

레 남쪽 '사우스조지아 섬'을 출발하였지만, 그들은 남극의 부빙에 배가 난파하면서 엄청난 시련을 겪게 된다.

물개,펭귄 등을 잡아 허기를 달래고 혹독한 추위에 발이 썩어 들어가면서도 끝까지 삶을 포기하지 않고 7M 크기에 불과한 작은 배로 거센 파도에 맞서 생존을 위한 위대한 항해를 계속하여 마지막 구조에 이르기까지 약 2년 동안 처절하게 경험했던 일들이 탐험대원들의 일기와 인터뷰를 통해 생생하게 묘사되어 있는데, 실화이기에 더욱 흥미진진하다.

위대한 탐험대장 '섀클턴'의 리더로서의 통찰력,직관력,책임감,결단력,인내력,위기를 극복하는 능력 등에 뜨거운 박수를 보낸다.

♣ (독서대장정 313권째 독후감) 2013.09.08. /
엄마의 마지막 산 K2

<제임스 발라드> 님이 저술한 <엄마의 마지막 산 K2 >라는 제목의 책(펴낸곳: (주)눌와)은 1995년 8월 13일, 세계에서 두번째로 높은 산봉우리인 파키스탄의 K2에서 사망한 일곱 명의 등반가 중의 한 명인 스코틀랜드 여성 산악인 알리슨 하그리브스의 가족이 그녀가 죽인 지 한 달 후에 그녀의 발자취를 따라 K2가 바라다 보이는 발토르 빙하까지 여행한 이야기를 기록한 책이다. 알프스 6대 북벽을 단독으로 등반했고 세계 최고봉인 에베레스트(해발 8,848m)와 세계 2위봉인 K2(해발 8,611m)를 셀파의 지원 없이 무산소 등정했던 탁월한 여성 산악인인 그녀는 K2 정상

을 밟고 하산하던 중 시속 160㎞의 돌풍으로 인해 사망하였다. 사망 후 K2 베이스 캠프에서 발견된 그녀의 일기도 함께 소개되어 있는데, 정상에 서려는 그녀의 열망과 6세 아들과 4세 딸에 대한 그리움이 진하게 느껴져 휴머니즘 에세이라는 생각이 절로 든다.

♣ (독서대장정 314권째 독후감)   2013.09.14. /
상실의 시대 <원제 : 노르웨이의 숲>

<무라카미 하루키> 님이 저술한 『상실의 시대 <원제 : 노르웨이의 숲>』라는 제목의 장편소설(펴낸곳 : 문학사상사)은 일본에서 6백만 부의 판매 기록을 세운 빅 베스트셀러로, 고독 속에서 꿈과 사랑, 정든 사람들을 잃어가는 상실의 아픔을 겪는 과정을 그린 저자의 자전적 소설이라고 한다.

  <노르웨이의 숲>은 저자가 1986년 12월 하순 그리스 미케네에서 집필하기 시작하여, 이탈리아 시칠리아에서 중반부를 창작하였고, 1987년 3월 하순 로마에서 완성하였다고 한다. 불과 3개월이라는 단기간에 세계적인 빅 베스트셀러 소설을 탄생시킨 저자의 저력이 매우 돋보인다.

" 죽음은 삶의 대극에 있는 것이 아니라 우리의 삶 속에 잠재해 있는 것이다. ~ 중략 ~ 어떠한 진리도 사랑하는 이를 잃은 슬픔을 치유할 수는 없는 것이다. " 라는 대목이 매우 인상적이다.

♣ (독서대장정 325권째 독후감) 2013.11.09. /

감옥으로부터의 사색

<신영복> 교수님이 저술한 <감옥으로부터의 사색 >이라는 책(펴낸곳: 돌베게)은 1968년 통혁당 사건으로 무기징역을 받은 저자가 20년 20일이라는 긴 수형 생활 속에서 제수, 형수, 부모님 등에게 보낸 서간을 엮은 책으로, 그의 글 안에는 작은 것에 대한 소중함, 수형 생활 안에서 만난 크고 작은 일들과 단상, 가족의 소중함 등이 담겨있는데, 큰 고통 속에 있는 인간이 가슴 가장 깊은 곳에서 길어올린 진솔함으로 가득한 산문집이다.

저자의 서화 에세이 '처음처럼(펴낸곳: 랜덤하우스코리아)'의 로고는 한 소주의 로고체로 사용될 정도로 유명한데, 이 에세이에 소개된 아래와 같은 글이 매우 인상적이다.

" 인생에서 가장 먼 여행은 머리에서 가슴까지의 여행이라고 합니다. 냉철한 머리보다 따듯한 가슴이 그만큼 더 어렵기 때문입니다. 그러나 또 하나의 가장 먼 여행이 있습니다. 가슴에서 발까지의 여행입니다. 발은 실천입니다. "

(75) 마라톤 13년차 겸 독서대장정 4년차 –

2014년도 페이스북 게시본 발췌본

(독서대장정 독후감)

♣ (독서대장정 342권째 독후감) 2014.01.04. /

조정래 대하소설 태백산맥 10

격변하는 중국의 실상을 묘사한 장편소설 <정글만리>를 2013년에 펴내 5개월 만에 100만부 이상을 판매시킨 우리 시대의 대문호 <조정래> 님이 1986년 ~ 1989년에 저술한 <조정래 대하소설 태백산맥>(펴낸곳: (주)해냄출판사)   시리즈   10권을   28일 (2013.12.08 ~ 2014.01.04.) 만에 모두 읽었다.

영국에 세익스피어가 있었다면, 독일에는 괴테가 있었고, 중국에 소동파가 있었다면, 우리나라에는 조정래가 있다고 자랑하고 싶을 정도로 이 대하소설 10권을 읽는 내내 작가의 상상력, 창작력, 통찰력 등에 감동하였다.

대하소설 <태백산맥>은 여순반란사건(1948.10.19. 발생)이 발생한 이후 전라남도 보성군 벌교읍이라는 작은 마을에서 시작된다. 소설 속에는 수많은 인물들이 등장하는데, 큰 맥락으로 보면 공산주의를 이끄는 염상진, 하대치, 안창민, 이지숙 등의 인물이 있고, 지주 계층, 극우파를 대표하는 인물로 최씨가문, 윤시가문을 비롯한 다수의 지주들이 등장하며, 한편 민족주의 노선을 지지하는 김범우라는 인물과 인간중심사상을 마음에 두고 있는 손승호라는 인물, 그리고 경찰서장, 금융조합장, 청년단 등을 비롯한 다수의 군인, 경찰들이 등장한다.

대하소설 <태백산맥>은 여순반란사건 발생 직후에 벌교라는 마을에서 발생하는 갈등과 사건들을 중심으로 여순반란사건을 비롯하여 미군정시대,남한단독정부수립 등의 시대 상황에 대해서 매우 정밀하게 보여주고 있는데, 그 시대에 존재했던 공산주의 세력,극우세력,민족주의세력 등의 사상과 주장을 해당 세력을 대변하는 인물들을 통하여 매우 구체적으로 독자들에게 알려주고 있다.

♣ (독서대장정 354권째 독후감) 2014.02.09. / 조정래 대하소설 한강 10

격변하는 중국의 실상을 묘사한 장편소설 <정글만리>를 2013년에 펴내 5개월 만에 100만부 이상을 판매시킨 우리 시대의 대문호 <조정래> 님이 금세기 초에 저술한 <조정래 대하소설 한강> (펴낸곳: (주)해냄출판사) 시리즈 10권을 29일(2014.01.12 ~ 2014.02.09.) 만에 모두 읽었다.

28일 동안(2013.12.08 ~ 2014.01.04) 읽었었던 <조정래 대하소설 태백산맥> 10권의 독서기간과 비슷한 기록이다.

영국에 세익스피어가 있었다면, 독일에는 괴테가 있었고, 중국에 소동파가 있었다면, 우리나라에는 조정래가 있다고 자랑하고 싶을 정도로 <태백산맥>과 <한강>을 합한 20권을 읽는 내내 작가의 상상력,창작력,통찰력 등에 감동하였다.

<대하소설 한강>은 1959년 이승만 정권 말기 이후 격동의 현대사 30년 동안 한반도의 험난한 격류를 헤치며 살아온 한국인의 땀과 눈물을 증언하고 있다.

이승만 독재정권을 붕괴시킨 4·19혁명과 한국민주주의를 급속히 후퇴시켜 버린 5.16 군사쿠데타, 급속한 경제성장에 뒤따른 불공정 분배의 그늘 아래 수많은 군상들의 눈물과 웃음, 배반과 음모가 인간과 사회의 거대한 드라마로 펼쳐지고 있는데,

마지막 제10권에는 10.26사태, 12.12 신군부 쿠데타, 5.18 광주민주화운동 등이 소개되어 있다.

♣ (독서대장정 357권째 독후감) 2014.02.22. /

조선이 뒤흔든 이순신의 바다

조선과 일본은 누구와 싸웠는가

<최우열> 님이 저술한 <조선이 뒤흔든 이순신의 바다 / 조선과 일본은 누구와 싸웠는가> 라는 제목의 책(펴낸곳: 채륜)을 통해 구국의 영웅 충무공 이순신 장군이 선조와 반대당으로부터 끈질긴 탄핵을 받는 악조건 속에서도 한산도대첩,명량해전,노량해전 등 모든 전투에서 23전 전승의 위대한 신화를 창조한 역사적 사실에 새삼 감동하였다.

특히 세계 해전사에 길이 남을 대승리를 거둔 명량해전(1597년 정유재란 당시 13척의 조선 수군이 133척의 일본 수군을 격퇴시킴으로써 원균이 대패한 칠천량전투의 치욕에서 해방되는 계기가 된 전투)이 있었던 진도대교 밑 울돌목은 내가 몇 번 방문한 적이 있어서 명량해전이 소개된 부분은 더욱 현장감있게 감상할 수 있었다.

♣ (독서대장정 360권째 독후감) 2014.03.12. /

내목은 매우 짧으니 조심해서 자르게 –

박원순 세기의 재판이야기

<박원순> 님이 저술한 <내목은 매우 짧으니 조심해서 자르게 / 박원순 세기의 재판이야기> 라는 제목의 책(펴낸곳: 한겨레출판 (주))에는 고대부터 현대까지 동서고금의 주요 재판 10가지가 소개되어 있다.

(1) 악은 죽음보다 발걸음이 빠르다 – 소크라테스의 재판

(2) 나의 하느님, 어찌하여 나를 버리시나이까 – 예수의 재판

(3) 무덤도, 초상화도 없는 프랑스의 성녀 – 잔 다르크의 재판

(4) 수염은 반역죄를 저지른 적이 없다 – 토머스 모어의 재판

(5) 마녀의 엉덩이에는 점이 있다 – 마녀재판 : 화형당한 100만 중세 여성의 운명

(6) 그래도 지구는 돈다 – 갈릴레오 갈릴레이의 재판

(7) 나는 고발한다 – 드레퓌스의 재판

(8) 나는 프랑스를 믿는다 – 비시정권의 수반, 필리페 페탱의 재판

(9) 인간에 대한 인간의 잔인한 전쟁 – 로젠버그 부부의 재판

(10) 외설인가 명작인가 – D.H. 로렌스와 『채털리 부인의 사랑』 재판

영국의 헨리 8세에게 항거하면서 순교한 <유토피아>의 저자인 '토머스 모어'는 순교 직전에도 여유있는 해학을 잃지 않았다고 소개(133 페이지)된 아래와 같은 대목이 매우 인상적이다.

모어는 미끄러운 단두대로 올라가면서 사형집행관에게 이렇게 말했다고 한다. "집행관, 나는 자네를 위해서 기도하겠네. 제발 나를 안전하게 부축해 올라가 주게. 내려올 때는 나 혼자서 잘 내려올 테니까." 그리고 사형집행에 임하는 집행관에게 다음과 같이 격려하였다. "힘을 내게. 자네 일을 하는 데 두려워하지 말게. 내 목은 매우 짧으니 조심해서 자르게." 또다른 전설 같은 이야기가 전해진다. 그는 사형집행 전에 머리를 쑥 내밀며 자신의 수염이 잘려지지 않게 하였다는 것이다. "수염은 반역죄를 저지른 적이 없으니까" 라는 말과 함께.

♣ (독서대장정 370권째 독후감) 2014.04.10. /
　　조선의 글쟁이들

<문효> 님이 저술한 <조선의 글쟁이들> 이라는 제목의 책(펴낸 곳: 왕의서재)을 통해 조선을 대표하는 14명의 글쟁이들의 글쓰기 노하우를 감상할 수 있었다.

 아래와 같은 목차만 보아도 조선의 대문호들의 스타일을 짐작할 수 있을 것 같다.

--- 아 래 ---

◎ 조선 최고의 베스트셀러 작가 /박지원 / 자유롭고 꾸밈없이

표현하라

◎ 조선 최고의 지식경영가 /정약용 / 많이 경험하고, 다양한 지식을 쌓아라.

◎ 조선의 크리에이터 /유몽인 / 자유롭게 써라.

◎ 조선의 엄친아 /신숙주 / 내면의 마음을 솔직히 표현하라.

◎ 조선 최고의 언어의 연금술사 /이 달 / 풍부한 표현과 직관을 담아라.

◎ 조선의 B형 남자 /허 균 / 자기만의 글을 써라

◎ 조선의 페미니스트 /허난설헌 / 감성적 어휘로 글을 풍부하게 하라.

◎ 조선이 인정한 공식 천재 /이 이 / 끊임없이 자기를 돌아봐라.

◎ 조선의 데카르트 /이 황 / 쓰고 또 써라.

◎ 조선의 비운의 투사 /김시습 / 삶의 진정성을 담아라.

◎ 조선의 로맨티스트 /정 철 / 삶을 있는 그대로 담아라.

◎ 조선의 마마보이 /김만중 / 읽는 사람을 생각하고 써라.

◎ 조선의 노블레스 오블리주 /이 익 / 많이 읽고, 많이 생각하고, 많이 써라

◎ 조선의 농림부장관 /강희맹 / 이야기 하듯 편안하게 써라.

♣ (독서대장정 371권째 독후감) 2014.04.13. /
　　조선을 뒤흔든 최대 역모사건 -

조선 천재 1000명이 죽음으로 내몰린 사건의 재구성

<신정일> 님이 저술한 <조선을 뒤흔든 최대 역모사건>이라는 제목의 책(펴낸곳: (주)다산북스)은 1592년에 발생한 임진왜란보다 3년 앞서 발생한 '정여립 역모 사건'의 음모와 진실을 파헤친 책이다.

'기축옥사'로 불리는 '정여립 역모 사건'으로 인해 이 사건보다 앞서 발생했었던 네 차례의 士禍(1498년(연산군)의 무오사화, 1504년(연산군)의 갑자사화, 1519년(중종)의 기묘사화, 1545년(명종)의 을사사화)로 인한 희생자 합계보다 많은 조선의 인재들이 희생당하였다고 한다.

기라성 같은 수많은 천재들이 우후죽순처럼 솟아났고 서로 다른 정치적 견해를 가진 이들이 운명을 걸고 맞서 싸웠고, 그때 '기축옥사'가 일어나 조선 선비 1000명이 죽었고 다시 3년 만에 임진왜란이 일어났다고 한다.

조선은 왜 그토록 허무하게 무너져야 했던가?

임진왜란 당시 평양성을 비우고 철수하던 병조판서 황정욱은 "기축옥사 때 정언신만 살았어도 이렇지는 않았을 것이다!"라고 절규했다고 한다.

'정여립 역모사건'은 치열한 당쟁에서 西人이 東人을 말살하기 위해 조작한 측면도 있다고 한다.

♣ (독서대장정 378권째 독후감) 2014.05.01. /

장편역사소설 정도전 제5편

<임종일> 님이 저술한 <장편역사소설 정도전 제5편>이라는 제목의 책(펴낸곳: 도서출판 한림원)은 1998년~2000년에 발행된 역사소설(총 5권)인데, 현재 TV에서도 방영되고 있어 더 재미있게 감상할 수 있었다.

정도전, 이성계, 정몽주, 최영, 공민왕 등등...

격동과 혼란의 시대를 목숨을 내걸고 치열하게 살았던 그들.

그리고 천하를 둘러싸고 권문세족과 신진 사대부가 벌이는 건곤일척의 한판 승부!

조선의 개국 공신 , 유교적 민본주의자 , 마키아벨리적 정치가 등으로 다양하게 평가받는 정도전.

이성계와 손잡고 역성 혁명을 성공시켜 '조선을 설계한 남자'로 불렸지만, 1398년(태조 7년) 제1차 왕자의 난 때 이방원의 손에 제거되면서 몇 백 년 동안 쓸쓸하게 잊혀졌던 우리 역사상 최고의 이상주의적 혁명가 정도전의 치열한 삶과 그가 품었던 웅대한 이상이 입체적으로 펼쳐지고 있다.

제5편에는 역성혁명을 성공시키는 정도전과 이성계, 고구려의 고토인 요동을 회복시키려는 삼봉 정도전과 태조 이성계의 강력한 의지, 태종 이방원에 의한 제1차 왕자의 난으로 인해 죽임을 당하는 정도전과 남은, 태종 집권 이후 개혁정치의 후퇴 등등이 그려져 있다.

정도전은 1398년 사망 후 474년 만인 1872년(고종 11년)에야 복권되었다고 한다.

♣ (독서대장정 379권째 독후감) 2014.05.03. /
　　달리면 인생이 달라진다

<정동창> 님 저술한 <달리면 인생이 달라진다>라는 제목의 책 (펴낸곳: 도서출판 예인)에는 저자의 인생을 송두리째 바꿔버린 달리기에 관한 저자의 인생철학이 담겨 있다.

보스턴,뉴욕,런던,베를린,호놀룰루,파리,LA,괌,사이판,모스크바,베이징,상하이,다롄,홍콩,싱가포르,시드니,두바이,세이셸,몰타,프라하,토쿄 등에 이르기까지 35차례 이상 해외 마라톤대회에 참가해온 저자는 자신이 달리기에 미쳐 살아가는 동안 자신에게 찾아온 놀라운 변화들은 이루 다 헤아릴 수 없고, 자신의 삶 자체가 완전히 달라졌다면서 온 국민이 달리기 행복바이러스에 감염되기를 희망하고 있다.

세계 최고의 마라톤대회인 보스턴마라톤대회를 비롯한 해외 유명 마라톤대회 여행 전문업체인 여행춘추의 대표를 역임했던 저자의 해외 유명 마라톤대회 참가에 관한 에피소드가 흥미롭다.

♣ (독서대장정 381권째 독후감) 2014.05.05. /
　　사막에서 북극까지 나는 달린다

　<안병식> 님이 저술한 <사막에서 북극까지 나는 달린다>라는 제목의 책(펴낸곳: 씨네21북스)은 '사막 마라톤 그랜드 슬램'이라 불리는 이집트 사하라, 중국 고비, 칠레 아타카마, 남극 마라톤

을 모두 완주하였을 뿐만 아니라 세계 각지에서 열린 울트라마라톤을 완주한 저자가 자신이 참가했었던 마라톤대회의 참가기를 엮은 마라톤 여행기이다.

저자가 참가했었던 아래와 같은 마라톤대회를 보면 마라톤에 대한 저자의 의지와 열정을 확인할 수 있을 것으로 생각된다.

(1) 이집트 사하라 사막 마라톤 _ 일단 가자! 사막으로

(2) 중국 고비 사막 마라톤 _ 내 생애 가장 아름다운 일주일

(3) 칠레 아타카마 사막 마라톤 _ 지구 반대편, 남미의 사막을 달리다

(4) 남극 마라톤 _ 가자, 펭귄들의 대륙으로!

(5) 베트남 레이스 _ 이제 다시 새로운 시작이다!

(6) 북극점 마라톤 _ 세상에서 가장 추운 마라톤

(7) 히말라야 100마일 런 _ 세계의 지붕을 달리다

(8) 트렌스 알파인 런 _ 알프스 산맥을 넘어서

(9) 카미노 데 산티아고 _ 나를 찾아 떠나는 순례의 길

(10) 남아프리카 칼라하리 사막 익스트림 마라톤 _ 아프리카 초원을 달리다

(11) 오스트레일리아 레이스 _ 캥거루의 나라를 가로지르다

(12) 프랑스 횡단 _ 북쪽부터 남쪽까지 프랑스 시골 여행

(13) 독일 횡단 _ 나는 무엇을 위해 달리고 있을까

♣ (독서대장정 386권째 독후감) 2014.05.17. /
　 소설 토정비결 1

<이재운> 님이 저술한 <소설 토정비결 1>이라는 제목의 책(펴낸 곳: 해냄출판사)은 선도의 대가 토정 이지함 선생의 일생과 그 후예들의 이야기를 그린 역사소설로 1991년 출간 이후 300만 부 이상의 판매고를 올렸다고 한다.

토정의 삶을 통해 사람의 運은 어디에 있는지, 우리의 삶에서 중요한 것은 무엇인지에 관하여 성찰해보는 시간을 갖을 수 있었다.

『土亭秘訣』은 의약·점·천문·지리·음양·술서 등에 모두 능했으면서도, 흙담집에서 생활하는 등 가난한 생활을 즐기고 기이한 행동을 하는 등 많은 일화를 남겨 기인이라고 일컬어졌던 토정(土亭) 이지함(李之菌) 선생이 조선 명종 때 만든 비결(秘訣)로, 당시 중국에서 유행하던 여러 가지 술서(術書)를 인용해 엮었다고 한다.

『土亭秘訣』은 출생 년· 월·일·시를 숫자로 따지고 주역의 음양설에 근거해 1년의 신수를 보며 사람들의 길흉화복을 예언하고 있으며, 이러한 종류의 비결은 신라말 도선으로부터 시작된 것으로 여겨지고 있는데, 지금도 정초에 거리에서 『土亭秘訣』로 1년의 신수를 점치는 모습을 흔히 볼 수 있다고 한다.

♣ (독서대장정 388, 389권째 독후감) 2014.05.24. / 조선명탐정 정약용 1편, 2편

<이수광> 님이 저술한 <조선명탐정 정약용 1편, 2편>이라는 제목의 장편소설(펴낸곳: 산호와 진주)에는 다산 정약용 선생이 지

은 <흠흠신서>, <조선왕조실록>, <무원록>, <심리록> 등을 바탕으로 조선시대 살인사건의 발생에서 판결까지를 다루면서 명판관으로서의 다산 선생의 진면목이 그려져 있다.

단순히 사건의 해결에 그치는 것이 아니라, 살인사건의 범인에 대한 재판에서 권력에 휘둘리지 않는 다산 정약용 선생의 모습을 묘사하면서 개혁군주 정조의 독살설에 대한 미스터리도 풀어 간다.

최근 대법원은 '청소년용 재판교재'를 출간하면서 솔로몬, 포청천, 정약용을 세계적인 명판관으로 꼽은 바 있다고 한다. 다산 정약용 선생은 그가 저술한 <흠흠신서>에서 법리 논쟁을 치열하게 전개했고, 그런 법리는 여러 재판 사건에서 법의 정수를 보여준다고 한다.

이 소설은 조선시대에 실제로 일어났던 사건을 재판하고 그 판결문을 다루고 있고, 다산이 펼치는 명쾌한 판결은 민본정치를 실현하고자 한 그의 삶을 잘 보여주고 있는데, 실학자로서의 모습뿐만 아니라 형조참의(정3품, 지금의 법무부 차관보)를 역임하면서 살인사건을 수사하고 판결한 다산 정약용 선생의 또다른 모습을 입체적으로 그려낸 역사소설이다.

茶山에 관한 많은 책을 보아 왔지만 이 소설보다 다산의 삶을 더 재미있게 묘사한 책을 보지 못했었다. 이 책을 읽고 나니 불현듯 다산의 발자취가 남겨있는 능내리(경기도 남양주시 조안면 능내리) 소재 다산 생가를 방문하고 싶은 충동이 일어난다.

♣ (독서대장정 396권째 독후감) 2014.06.09. /

안중근 의사의 유해를 찾아라

<안태근, 김월배> 님이 공동으로 저술한 <안중근 의사의 유해를 찾아라>라는 제목의 책(펴낸곳: 스토리하우스)은 안중근 의사의 遺骸 환국을 위해 발로 뛰고 있는 두 학자가 그간 모은 자료와 연구 결과를 토대로 안 의사의 유해가 당시 뤼순 감옥(중국 랴오닝성 다롄시 뤼순구 소재) 공공묘지에 묻혔다는 주장을 담은 책이다.

저자 중 한 분인 안태근 교수님은 2010.03.26. 안중근 의사 순국 100주년을 기념하여 EBS 프로듀서로서 TV 다큐멘터리 '안중근 순국 백년 - 안 의사의 유해를 찾아라' 를 연출했고, 2011년 '안중근뼈대찾기사업회'를 발족해 안중근 의사 유해 찾기에 적극 나서고 있는 분이다.

<이문열> 님이 저술한 <불멸 - 소설 안중근>을 읽었을 때 안중근 의사의 애국심에 매우 감동했던 경험이 있었는데, 이번에 <안중근 의사의 유해를 찾아라>라는 제목의 책을 읽고 나니 안중근 의사를 崇慕하는 마음이 더욱 깊어진다.

이 책의 1, 2, 3부 각 시작 부분에 소개된 아래와 같은 문장이 매우 인상적이다.

" 중일갑오전쟁 후, 중조인민의 일본제국주의 침략을 반대하는 투쟁은 본 세기 초 안중근이 하얼빈에서 이토히로부미를 사살하는 것으로부터 시작되었다. "   - 중국 전 총리 저우언라이 -

" 혁명가가 되려거든 쑨원처럼 되고, 대장부가 되려거든 안중근
처럼 되어라. "   - 중국 속담 -

" 일본인으로서 이런말을 하게 된 것은 가슴 아픈 일이지만,
   안중근은 내가 만난 사람들 중에서 가장 위대한 사람이었다. "
                         - 안중근을 조사했던 미조부치 타카오 검사 -

♣ (독서대장정 402권째 독후감) 2014.06.28. /
대왕 세종 1편

<이상우> 님이 저술한 <대왕 세종 1편> 이라는 제목의 장편역사
소설(펴낸곳: 집사재)을 통해 우리나라 최고의 위인인 세종 대왕
의 애민 정신과 인간적인 고뇌를 엿볼 수 있었다.

이 소설은 임금 세종과 인간 세종의 역사적 삶을 새로운 시각으
로 바라본 소설로, 세종의 대표적 업적인 '한글 창제' 외에도 세
종이 이룬 다양한 업적들과 그동안 잘 알려지지 않은 인간적인
면모들을 자세히 전해준다.

저자는 재위 32년 동안 임금의 역할에 대해 고민한 세종의 인간
적 고뇌를 중심으로 스토리를 풀어가지만, 그것에만 초점을 맞춘
것이 아니라 당시의 뛰어난 인물들에 대해서도 소개하고 있는데,
실천적 행정가 황희, 청백리의 표상이자 위대한 문장가인 맹사
성, 불세출의 발명가 장영실, 천재적인 음악가 박연 등에 관한
이야기도 함께 전해준다.

이 소설을 읽는 내내 이 소설이 발간된 연도인 2008년에 KBS

TV에서 방영되었던 드라마 <대왕 세종>이 연상되어 이 소설 속으로 더 깊이 빠져들 수 있었다.

♣ (독서대장정 407권째 독후감) 2014.07.14. / 소설 동의보감 上편

<이은성> 님이 저술한 <소설 동의보감 上편>이라는 제목의 장편 역사소설(펴낸곳 : (주)창비)은 1999.11.29~2000.06.27에 MBC에서 방영되었던 TV드라마 <허준>의 원작소설로, 醫聖 허준의 순결한 이타주의, 병들어 고통 받는 민초에 대한 무한한 애정, 이 나라의 풀 한 포기 나무 한 그루까지 사랑했던 그의 민족애가 생생하게 묘사되어 있는 감동적인 소설이다.

우리 시대의 대문호 <이문열> 님의 아래와 같은 내용의 추천평에 깊이 공감한다.

" 한번 책을 펴자 하루 밤 하루 낮을 꼬박 바쳐 세 권의 책을 내리 읽게 한 이 책의 강한 흡인력은 아마도 허준의 깊이를 모를 '인간애'일 것이다. 거기다 전편에 걸친 갈등과 화해, 해박한 한의학 지식, 그 시대의 살아 숨 쉬는 인물들은 독자를 압도하기에 충분하다. "

♣ (독서대장정 415권째 독후감) 2014.08.02. / 추사 2

<한승원> 님이 저술한 <추사 2>이라는 제목의 장편소설(펴낸곳: 열림원)은 천재 예술가로, 화려하지만 비운했던 정치가로 조선

말기 역사에 큰 획을 그은 추사 金正喜(1786~1856) 선생의 우뚝한 삶과 예술을 그린 역사소설이다.

천재 예술가로서, 북학파의 선구자로서, 안동 김씨의 세도정치와 당당히 맞선 지고지순한 정치가로서, 양자와 서얼 자식을 둔 한 많은 아비로서의 추사의 인생역정을 엿볼 수 있다.

추사 선생이 神筆이 될 수 있었던 것은 타고난 재능과 아래와 같은 말로 표현될 수 있는 끊임없는 노력이 있었기 때문이라고 생각된다.

" 마천십연 독진천호(磨穿十硯 禿盡千毫) :

　벼루 열 개를 구멍 내고 붓 천여 자루를 몽당붓이 되게 하다 "

북한산 비봉의 명칭은 이곳에 신라 진흥왕순수비가 있었기 때문인데, 1816년 추사 선생께서 이 비석이 신라 진흥왕순수비라는 것을 고증하기 전까지는 무학대사비 또는 도선국사비로 알려졌었다고 한다.

추사 선생이 24세 때 중국에서 본격 수입한 금석고증학을 우리 역사현장에 처음 적용하기 시작한 것은 30대 초반의 진흥왕순수비 고증부터라고 한다. 추사 선생은 31세 때(1816년) 김경연과 함께 북한산비 조사에 나섰다고 한다. 당시 무학대사비나 도선국사비로 알려진 이 비석에 추사 선생은 "이것은 신라 진흥대왕순수비이다(此新羅眞興大王巡狩之碑)"라고 직접 새겨놓았고, 그것도 모자라 32세 때는 조인영과 함께 재차 진흥왕순수비를 찾아가 "자세하게 남아 있는 글자 68자를 확정한다(審定殘字六十

八字)"고 명기하고, 이 비석의 글자를 또다른 진흥왕순수비인 황초령비(함경도 소재) 탁본과 일일이 고증했었다고 한다.

詩書畵, 經學<유교 經書의 뜻을 해석하거나 천술(闡述)하는 학문>, 금석고증학 등에서의 추사 선생의 위대한 업적에 깊은 경의를 표한다.

♣ (독서대장정 417권째 독후감) 2014.08.10. / 유림 5편

<故 최인호> 님이 저술한 <유림 5편>이라는 제목의 장편소설(펴낸곳: 도서출판 열림원)은 23세의 젊은 나이로 58세의 퇴계를 찾아가 단 2박3일 동안이지만 운명적인 만남을 통해 깊은 영향을 받은 巨儒 이율곡의 생애를 감동적으로 그리고 있다.

이기일원론을 주장하며 퇴계와 함께 우리나라 조선성리학의 양대 산맥을 형성한 이율곡 선생께서 23세 때 장원급제하였던 글 '天道策'은 천문,기상,순행과 이변 등에 관한 대책으로 이율곡 선생을 해동공자로 불리게 하며 천재성을 중국까지 떨치게 했다고 한다.

생원시(生員試)·진사시(進士試)를 포함해 응시한 아홉 차례의 과거에 모두 장원으로 합격하여 '구도장원공(九度壯元公)'의 별칭을 얻었던 불세출의 수재, 이율곡 선생...

외침에 대비해 十萬養兵說을 주장했다가 오히려 나라의 혼란을 조장한다는 탄핵을 받고 정계를 떠나 이듬해인 1584년 48세의 젊은 나이로 병을 얻어 세상을 떠난다...

그로부터 8년 후인 1592년, 단군 이래 최대 국란인 임진왜란이 발발한다. 이율곡 선생의 십만양병설이 시행되었었다면 우리 민족의 최대 비극인 임진왜란이 일어나지 않았을지도 모르겠다.

♣ (독서대장정 428권째 독후감) 2014.09.11. / 소설 1905 下편

<신봉승> 님이 저술한 <소설 1905>이라는 제목의 소설(펴낸곳: 도서출판 선)은 왕조의 명운이 다한 구한말 비극의 시대를 살면서 확고한 국가관으로 지식인의 사명과 원로의 소임이 무엇인지를 온몸으로 보여주었던 면암 최익현 선생의 생애를 그린 대하 역사소설로, '진정한 애국이란 무엇인가'를 성찰하게 하였다.

면암 최익현 선생께서는 1905년 을사늑약이 체결되자 '창의토적소(倡義討賊疏)'를 올려 의거의 심경을 토로하고, 8도 백성들에게 포고문을 내어 항일투쟁을 호소하며 납세 거부, 철도 이용 안 하기, 일체의 일본상품 불매운동 등 항일의병운동의 전개를 촉구하였으며, 74세의 고령으로 전북 순창에서 약 400명의 의병을 이끌고 관군, 일본군에 대항하여 싸웠으나 패전, 체포되어 쓰시마 섬에 유배되었다가 일본이 주는 음식을 먹지 않고 단식하다가 그곳에서 생을 마감했었다고 한다.

조선 유림의 표상이었던 면암 최익현 선생의 행보가 조선통치의 걸림돌이 될 것임을 두려워하면서 "조선군 10만 명은 두렵지 않으나, 오직 최익현 한 사람이 두렵다"라고 말했었던 조선 초대

통감 이토오 히로부미도 면암 선생의 타계를 탄식하면서 조선의 참선비에게 경의를 표했었다는 대목이 무척 인상적이다.

면암 선생의 일대기를 감상하면서 참지식인의 소임이 무엇인지를 성찰하였다.

♣ (독서대장정 429권째 독후감) 2014.09.13. /
의상대사 - 마음을 비우시게 근심걱정 사라지네

<윤청광> 님이 저술한 <求道小說 의상대사 / 마음을 비우시게 근심걱정 사라지네>라는 제목의 소설(펴낸곳: 언어문화)을 통해 우리나라에 불교 화엄종(華嚴宗)을 개창한 의상대사의 발자취를 감상하였다.

의상대사와 그 제자들에 의해 화엄사상은 신라 사회에 널리 확산되었고, 신라 하대(下代)에는 전국 곳곳에 화엄종 사찰이 세워졌었는데, 그 가운데 부석사(浮石寺), 비마라사(毘摩羅寺), 해인사(海印寺), 옥천사(玉泉寺), 범어사(梵魚寺), 화엄사(華嚴寺), 보원사(普願寺), 갑사(岬寺), 국신사(國神寺), 청담사(靑潭寺) 등을 '화엄십찰(華嚴十刹)'이라고 한다. 오늘날에도 유명한 부석사, 화엄사, 해인사, 범어사, 갑사 등이 의상대사의 화엄종과 관련이 있다는 사실이 인상적이다.

이 소설의 제목은 의상대사께서 77세로 열반하실 때 제자들에게 남긴 유훈이라고 하는데, 진리의 말씀임이 분명한데 생활 속에서 실천하기가 쉽지 않은 것 같다.

♣ (독서대장정 442권째 독후감) 2014.10.12. /

　　소설 대장정 5편

<웨이웨이> 님이 저술한 <소설 대장정 5편>이라는 제목의 소설 (펴낸곳: (주)도서출판 보리)은 마오쩌뚱, 저우언라이 등이 소속한 중국 공산군(紅軍) 제1방면군이 추격해오는 장제스의 국민당군과 계속 싸우면서 1934년 10월 15일 장시성 루이진의 근거지를 떠나 1935년 10월 19일 산시성 우치진에 도착할 때까지 18개의 산맥을 넘고 24개의 강을 건너는 숱한 고난과 역경을 수많은 그림과 함께 리얼리티하게 감동적으로 그려 낸 역사소설이다.

장정의 총 길이는 1만 5000여 킬로미터, 총 참여 인원은 10만 명 이상으로 장정 기간을 1년으로 환산하고 1명을 1미터로 계산하면 100킬로미터에 이르는 행렬이 하루에 40킬로미터 이상을 쉬지 않고 행군한 셈이고, 그들이 휴대한 무기와 식량 등을 감안한다면 이는 인류 역사에서 가장 위대한 행군으로 기록될 만하다고 한다.

모스크바 출신 볼셰비키들에게 늘 밀리던 마오쩌뚱이 어떻게 중국 혁명 세력의 헤게모니를 장악해가는지, 중국 공산당이 고난을 딛고 어떻게 인민의 마음을 얻게 되는지 등을 엿볼 수 있었다.

제5편의 마지막 부분에서, 대장정을 마친 마오쩌뚱이 1년 동안 대장정을 함께 하면서 동고동락했던 紅軍에게 한 아래와 같은

연설이 무척 인상적이다.

『 동지들, 우리가 장시를 떠나온 지도 거의 일 년이 되어 갑니다. 그 동안, 장제스는 우리를 없애려고 온갖 애를 썼습니다. 수십만 대군으로 포위하고 추격하고 길을 막았습니다. 하지만 적들이 우리를 무찔렀습니까? 무찌르지 못했습니다. 우리는 겹겹으로 둘러싼 적들을 뚫고 나와 끝내 이겼습니다.

반고가 하늘을 연 뒤로 삼황오제를 거쳐 오늘에 이르는 동안 이런 일이 또 있었습니까? 없었습니다. 이것은 중국 무산 계급의 자랑이며 중국 공산당의 자랑이며 중화 민족의 자랑이기도 합니다. 중화 민족도 이러한 군대가 있어야만 구할 수 있습니다. 지금 우리 군대는 抗日의 최전선으로 나가 신성한 임무를 짊어져야 합니다.

물론 우리도 큰 손실을 입었습니다. 우리가 출발할 때는 팔만 육천명이었습니다. 지금은 칠천 명입니다. 칠천 명이 너무 적지 않느냐고 말하는 사람이 있습니다. 그렇습니다. 하지만 동지들, 살아남은 칠천 명은 혁명의 씨앗이라는 것을 잊어서는 안 됩니다. (후략) 』

♣ (독서대장정 451권째 독후감) 2014.11.27. /
　아마겟돈 레터 - 인류를 핵전쟁에서 구해낸 43통의 편지
<제임스 G. 블라이트> 님과 <재닛 M. 랭> 님이 공동으로 저술한 <아마겟돈 레터 인류를 핵전쟁에서 구해낸 43통의 편지>라는

제목의 책(펴낸곳 : 시그마북스)에는 1962년 10월 ~ 11월 쿠바 미사일 위기 당시 미국의 케네디 대통령, 소련의 흐루쇼프 서기 장, 쿠바의 카스트로 총리 등이 핵전쟁의 위기에서 은밀하게 주 고받았던 43통의 편지,성명서 등이 담겨있다.

2011년에 개봉한 할리우드 영화 《엑스맨: 퍼스트 클래스》는 1962년 쿠바 미사일 위기 때 초능력자들의 활약으로 제3차 세계 대전을 저지했다는 내용을 담고 있는 블록버스터 영화로 국내 팬들에게도 잘 알려져 있는데, 반면 실제 쿠바 미사일 위기 시에 활약했던 주역들에 대해서는 지난 반세기 동안 올바른 평가보다 는 호사가들의 낭설과 추측들이 더 무성했다고 한다.

이에 저자들은 쿠바 미사일 위기 당시 미국 국방부 장관이었던 로버트 맥나마라와 함께 약 30년간 지속해온 쿠바 미사일 위기 연구의 총결산인 『아마겟돈 레터』를 내놓았는데, 이 책의 주인공 인 케네디 대통령, 흐루쇼프 서기장, 카스트로 총리는 쿠바 위기 를 전후로 전 인류의 종말을 초래했을 아마겟돈(인류 최후의 전 쟁)을 막기 위해 43통의 편지와 성명서를 주고받았다고 한다.

핵전쟁으로 인해 인류가 멸망할 수도 있는 일촉즉발, 절체절명의 순간에 미소 양국 수반의 대타협이 없었다면 1962년 10월 지구 의 종말이 초래되었을 것이라는 생각이 절로 든다.

♣ (독서대장정 454권째 독후감)　2014.12.03. /
　잘 산다는 것에 대하여 –

백 년의 삶이 나에게 가르쳐준 것들

<박상설> 님이 저술한 <잘 산다는 것에 대하여>라는 제목의 책 (펴낸곳: 토네이도미디어그룹(주))은 오지탐험가이자 심리치료사이며 우리나라 오토캠핑 선구자인 저자가 자연과 인간에 대한 특별한 성찰을 담은 책이다.

저자는 구순을 앞둔 노인이지만 여전히 걷고 등산하고 캠핑하면서, 인간 DNA 안에 각인된 자연 회귀 본능을 따를 때 우리가 궁극적으로 행복해질 수 있다고 이야기하고 있다.

제3장의 내용 중 "사유하는 마라토너" 라는 소제목 부분에 기술된 아래와 같은 내용이 마라토너인 내게 큰 울림을 주었다.

『 삶의 힘은 어디서 오는가. 마라톤을 거울삼아 생각해본다. 마라톤, 낯설고 생소하고 두렵다. 42.195km는 상상할 수 없는 지옥이다. 접근할 수 없고 주눅 들게 하는 딴 세상 이야기다. 직접 뛴 체험을 말로는 설명할 수 없다. 뛴 사람만이 알 뿐이다.

마라톤은 정신적·육체적으로 자기학대를 스스로 만들어 하는 운동이다. 이 본질은 극한 상황에서 마주친 인간 실존의 처절한 드라마다. 땀과 피와 눈물로 얼룩진 몸부림이다. 삶의 저항이고 수용이다. 불가능에 도전하고 무상의 가치를 흡족하게 받아들이는 인간 정신의 고귀한 승화다.

마라톤은 이 세상에서 가장 혹독한 노동이고 고독이며 고문이다.
(중략)

마라토너는 정신과 육체의 한계를 넘어 긍정과 부정을 융합한다.

달리면 생각이 한 점으로 모이고, 극한에 이르러 무아마저 버린다. 극한 상황으로 내몰아 '스스로 그러함[自然]'의 순리를 깨닫는다. 결국 사유하는 마라토너는 괴짜이고 철학자다. 그저 달린다. 홀로의 뒷모습이 어찌 그리도 청아한가. 하나의 아름다움이 있으려면 반드시 하나의 고통과 하나의 고독도 함께 있어야 한다고 믿고 달리는 사람들. 마라토너는 세상을 냉철하게 꿰뚫어보는 냉정한 합리주의자다.

외로움은 인간의 숙명이다. 대부분 외로움에서 벗어나기 위해 남과 같이 있으려 한다. 고독과 외로움의 증후군에서 벗어나자. 오히려 외로움 속으로 더 파고들어가 더 좋은 고독으로 도약하자. 혼자 있는 고통을 혼자 있는 즐거움으로 치유 받는 훈련 기법을 일상화하자, 마라토너처럼. 』

♣ (독서대장정 457권째 독후감) 2014.12.14. /
소설 정관정요(貞觀政要) 제1편 創業

<나채훈> 님이 저술한 <소설 정관정요(貞觀政要)>라는 제목의 소설(펴낸곳: 미래지식)을 통해 중국 역사상 가장 위대한 황제로 평가받고 있는 당나라 태종 이세민의 통치철학을 엿볼 수 있었다.

일본의 역대 정치가 중 일본인의 사랑을 가장 많이 받았던 다나카 前 수상은 " 20대에 삼국지를 읽고 30대에 정관정요를 읽으라"고 말했다고 한다.

당나라 왕조의 기틀을 마련한 태종 이세민의 통치철학을 담은 <정관정요>는 통치자의 인재 등용 전략, 통치자와 백성들을 연결시켜 주는 고리역할로써의 관리의 의무, 민의를 반영한 정치 등을 강조하고 이를 위한 구체적인 방안을 제시하고 있는 통치철학서라는 평가를 받고 있다고 한다.

이 소설을 읽는 내내 "조직 발전의 원동력이 '인재'에 있으며 '인재관리'가 조직의 미래를 결정짓는 가장 중요한 요소 중 하나이다" 라는 평범한 진리를 새삼 실감하였다.

♣ (독서대장정 461권째 독후감) 2014.12.24. / 양귀비의 사랑과 배반에 관한 보고서 下편

<나채훈> 님이 저술한 <양귀비의 사랑과 배반에 관한 보고서 上편>이라는 제목의 소설(펴낸곳: 들마루)은 양귀비가 '나라를 망친 여자'의 대표인 듯 회자되는 것에 대해 반론을 제기하면서 양귀비의 명예를 회복시켜줄 의도로 쓰여졌다고 한다.

治世 전반기는 <개원(開元)의 치(治)> 라는 칭송을 받으며 중국 역사상 몇 안 되는 태평성세를 이끌었던 당나라 6대 황제 현종은 양귀비를 맞으면서 사랑에 눈이 멀어 정치는 관심 밖의 일이 되고 조정은 간신배들에 의해 장악되면서 민초들의 삶은 피폐해진다.

下편에서는 양귀비의 6촌 오빠인 양국충이 현종의 은총을 받기 위해 자신의 한계를 모르고 이민족 출신의 군부 실력자 안녹산과 치열하게 다투는 과정에서, 반역죄에 몰릴 위험에 처한 안녹산이 병력을 일으켜 '양국충을 몰아내겠다'는 명분으로 당나라 조정에 대항하게 되는 '안사의 난'의 배경 등이 흥미진진하게 전개된다.

'안사의 난' 이후 천하대국 당나라는 쇠락의 길을 걷게 되는데, 통치자의 初心 상실이 초래한 因果應報라고 사료된다.

(76) 마라톤 14년차 겸 독서대장정 5년차 –
    2015년도 페이스북 게시본 발췌본
    (독서대장정 독후감)

♣ (독서대장정 465권째 독후감) 2015.01.05. /
    Bear Grylls 뜨거운 삶의 법칙

<베어 그릴스> 님이 저술한 <Bear Grylls 뜨거운 삶의 법칙> 이라는 제목의 책(펴낸곳: 이지북)을 통해 "不狂不及"의 진수를 확인할 수 있었다.

이 책은 저자의 유년시절의 이야기부터 전 세계 최강 영국 특수부대 SAS(Special Air Service)에 입대하기까지 겪었던 혹독한 일들, 낙하산 추락사고로 인해 척추뼈 세 개가 부러져 다시 걸을 수 없을지 모르는 고통 속에서도 에베레스트 등반을 꿈꾸고 결국 그것을 실현한 저자의 실제 이야기를 담았다.

디스커버리 채널(Discovery Channel)에서 방영했던 인간과 자연의 대결(Man vs. Wild)에서 맹활약했었던 저자의 모습이 기억에 생생하다.

감당할 수 없을 정도로 최대한의 극한까지 자신을 내몰아 그 상황에서 살아남았을 때 얻는 성취감의 기쁨을 무엇보다 좋아하는 저자의 열정과 도전 정신에 뜨거운 박수를 보낸다.

♣ (독서대장정 467 ~ 479 권째 독후감) 2015.01.24. / 만화 도쿠가와 이에야스 제1권 ~ 제13 권

<만화 도쿠가와 이에야스>라는 제목의 책(원작: 야마오카 소하치, 극화: 요코야마 미쯔데루, 역자: 이길진, 펴낸곳: (주)에이케이 커뮤니케이션즈)은 1억 5천만부라는 일본 출판사상 최대의 발행 부수를 기록한 <야마오카 소하치>의 대하 역사 소설 <<도쿠가와 이에야스>>를 원작으로 한 만화이다.

이 책은 일본 역사상 가장 긴장이 감돌던 변혁기이자 사회적 유동성이 격심했던 전국 시대를 종식시키고 새 시대의 질서를 구축해 260여 년(1603년 ~ 1867년)이란 장기간에 걸쳐 안정된 정권을 실현시킨 승리자인 <도쿠가와 이에야스>의 일대기를 그린 책으로, 어려서 부모를 여읜 그가 위기와 고난에서 벗어나는 처세술, 혼미한 사회를 극복하는 전략, 부하를 육성하고 통솔하며 조직을 슬기롭게 움직여 나가는 탁월한 통제력 등을 현대적인 감각으로 흥미진진하게 묘사하고 있다.

<도쿠가와 이에야스>의 통합과 포용의 탁월한 리더십이 이 시대에도 절실히 요구되고 있다.

오다 노부나가(織田信長·1534~1582)가 가신인 아케치의 모반으로 자결하게 되고, 이후 노부나가의 세력을 도요토미 히데요시(豊臣秀吉·1536~1598)가 장악한 후 초기에는 히데요시와 이에야스 세력이 혈전을 몇 차례 벌이기도 했으나,

신중했던 도쿠가와 이에야스(德川家康·1543~1616)가 15년간 도요토미 히데요시에게 신하의 예로 부하 노릇을 하며 조선 침략에는 참여하지 않고 세력을 키웠다가

도요토미 히데요시가 죽은 후 마침내 세키가하라 전투에서의 승리로 일본 천하통일의 기반을 다지고 260여 년간 일본 역사상 가장 평화로운 시대를 맞이하게 되는 과정을 감상하면서 <도쿠가와 이에야스>의 뛰어난 처세술에 깊은 인상을 받았다.

♣ (독서대장정 485 ~ 494권째 독후감) 2015.03.28. / 수호지 제1편 ~ 제10편

『삼국지』, 『서유기』, 『금병매』와 함께 중국 4대 기서 중 하나인 『수호지』(시내암 지음/이문열 옮김, (주)민음사 펴냄) 시리즈 10권을 모두 읽었다.

불의로 가득 찬 세상에 도전하는 백여덟 영웅호걸의 통쾌한 투쟁이 너무 재미있다.

정의파 호걸들의 활약과 민중들의 삶을 다각도로 조명하고 있는

이 작품은 중국의 역사와 문화에 대한 내용은 물론 현대를 살아가는 우리들이 알아두면 좋을 다양한 삶의 이치가 담겨 있다.

우리 시대의 대문호 이문열 님의 문장으로 되살아난 "중국 송나라 시대의 다양한 등장 인물들의 심리묘사"가 흥미진진하다.

현대 독자의 기준으로 보면 지나치게 폭력적이고 여성혐오적인 묘사가 없는 것은 아니지만, 『수호지』는 다차원적인 인물 묘사와 생생하고 다채로운 언어로 독자들의 상상력을 사로잡는다.

농민 반란을 찬미하는 소재 때문에 1949년 중화인민공화국 건국 이후에는 권장 도서가 되기도 했으며, 특히 마오쩌둥이 가장 좋아하는 책 중의 하나였다고 한다.

♣ (독서대장정 495권째 독후감)   2015.03.29. /
더 늦기 전에 도전한 미 대륙 자전거 횡단기 –
곧 마흔, 자전거를 타고 시간 변경선에 서다

<양금용> 님이 저술한 <곧 마흔, 자전거를 타고 시간 변경선에 서다>라는 제목의 책(펴낸곳: (주)FKI미디어)은 38세의 평범한 회사원이 자전거 한 대로 홀로 LA에서 뉴욕까지 51일 동안 5,130킬로미터를 달리며 길 위에서 얻은 경험과 시행착오 끝에 자신의 새로운 가능성과 희망을 다시금 발견하는 이야기를 담고 있다.

이 책을 읽고 나니 4대강 국토종주 자전거길(인천에서 부산까지 633km)을 따라 잠실에서 낙동강 하구언 을숙도까지 566km 구

간을 언젠가는 도전해야겠다는 용기와 열정이 솟구친다.

♣ (독서대장정 512권째 독후감) 2015.05.18. /
나는, 러너다 - 어느 평범한 50대 가장의
세계 6대 메이저 마라톤 서브 3 도전기

<박성배> 님이 저술한 <나는, 러너다> 라는 제목의 책(펴낸곳: 도서출판 솔깃)은 '아마추어 마라토너들의 로망'이라 불리는 서브 3 (42.195km를 2:59:59 이내 완주)를 보스턴,뉴욕,시카고,런던,베를린,토쿄마라톤 등 세계 6대 메이저 마라톤대회에서 달성하는 위업을 기록한 마라톤참가기이다.

13년 3개월 동안 풀코스 46회를 완주하였지만 최고기록은 3:19:48에 불과한 나로서는 저자의 훌륭한 완주기록이 그저 부러울 따름이다. 저자의 도전과 성취에 힘찬 박수를 보낸다.

♣ (독서대장정 514권째 독후감) 2015.05.26. /
일생에 한번은 프라하를 만나라 -
천년의 세월을 간직한 예술의 도시

<김규진> 님이 저술한 <일생에 한번은 프라하를 만나라>라는 제목의 책(펴낸곳: (주)북이십일 21세기북스)은 한국외국어대 교수로 재직중인 저자가 무려 26번이나 체코를 방문하며 그간의 기록들을 차곡차곡 모아, 일반인들에게는 잘 알려져 있지 않은 체코만의 매력을 소개한 여행서이다.

석양이 지는 블타바 강을 가로지르는 카렐교, 뛰어난 야경을 자랑하는 프라하 성, 필스너 맥주의 본고장, 국민 1인당 맥주 소비 세계1위 국가(아래 참조<연간 기준>, 출처: Euromonitor International) 등등이 프라하와 체코를 수식하는 말이라고 한다.

1위 체코: 143리터	2위 독일: 110리터
3위 오스트리아: 108리터	4위 에스토니아: 104리터
5위 폴란드: 100리터	6위 아이레: 93리터
7위 루마니아: 90리터	8위 리투아니아: 89리터
9위 크로아티아: 82리터	10위 벨키에: 81리터

또한, 프라하는 2005년에 SBS TV에서 방송된 주말 특별기획 드라마 <프라하의 연인>(주연: 전도연,김주혁,김민준)으로도 우리들에게 소개된 바 있는 낭만의 도시이기도 하다.

몇 년 전에 이탈리아,스위스,프랑스 등을 여행하면서 서유럽을 체험했으므로, 머지않은 장래에 체코,독일,오스트리아 등을 여행하면서 동유럽을 체험하고 싶다.

♣ (독서대장정 518권째 독후감) 2015.06.13. /
    목격자들 - 조운선 침몰 사건 제2편

대하소설 <불멸의 이순신>의 저자인 <김탁환> 님이 저술한 <목격자들 / 조운선 침몰 사건 제2편>이라는 제목의 장편소설(펴낸 곳: (주)민음사)은 조선 정조 시대 실제 기록으로 존재한 조운선

(국가에서 수납하는 조세미(租稅米)를 지방의 창고에서 경창(京倉)에 운반하는 데 사용하였던 선박)의 다발적 침몰 사건을 모티브로 삼은 역사소설로, 자연재해로 위장된 선박 침몰 사건을 파헤치는 御史 홍대용(북학파), 규장각 서리 김진, 의금부 도사 이명방 등의 담대하고 치밀한 활약이 돋보인다.

성리학에 의문을 품은 조선 후기의 뛰어난 실학자 담헌 홍대용은 '군주가 아무리 바른 정치를 해도 백성들은 여전히 가난을 면치 못하고 있다. 이는 성리학이 인간의 도리를 가르치기는 하지만, 인간의 삶에 실질적인 도움은 주지 못하기 때문이다.' 라고 주장하면서 실학의 중요성을 강조했다고 한다.

御心에 눈치 보지 않고 정조대왕에게 백성을 위한 정치를 할 것을 요청하는 직언을 주저하지 않는 홍대용의 기개를 우리 시대의 정치인들도 본받아야 할 것 같다.

♣ (독서대장정 532권째 독후감) 2015.08.02./서울 스토리

<이현군, 양희경, 심승희, 한지은> 님이 공동으로 저술한 <서울 스토리>라는 제목의 책(펴낸곳: 청어람미디어)은 자연지리·문화지리·역사지리·도시지리학자들이 10년 넘게 현장답사와 토론을 거듭하면서 서울을 살펴본 책으로, 시간의 변화에 따라 달라지는 서울의 이야기를 재미있게 소개한 책이다.

 (1) 18.2km의 도성(서울성곽)은 동쪽의 낙산, 서쪽의 인왕산, 남쪽의 남산, 북쪽의 북악산을 연결한 성곽이라는 사실과 그 중 절반 정도의 구간이 일제강점기에 훼손되었다는 사실, (2) 내가

한국금융연수원에 갈 때 지나갔던 삼청동의 상가들 중 상당수가 한옥을 개조하여 영업하고 있다는 사실, (3) 헌법재판소 근처에 있는 정독도서관이 우리나라 근대 최초의 관립중등학교로 1900년에 설립되었던 경기고등학교가 있었던 자리라는 사실, (4) 제2롯데월드가 건축 중인 잠실이 과거에는 섬이었는데 1971년에 석촌호수의 동쪽에서 서쪽으로 흐르던 송파강을 석촌호수 지역만 남겨두고 매립한 결과 육지가 되었다는 사실 등등이 매우 흥미롭다.

1394년(태조 3년) 조선의 수도를 개경에서 한양으로 옮긴 이후 621년간 우리나라의 중심이 되어 왔던 서울을 이해하는 데 많은 도움이 되는 책이라고 생각한다.

♣ (독서대장정 533 ~ 544권째 독후감) 2015.09.20. /

帝王三部曲 건국군주 강희대제 제1편 ~ 제12편

<이월하> 님이 저술한 <帝王三部曲 건국군주 강희대제 제2편>이라는 제목의 대하역사소설(펴낸곳: 도서출판 산수야)은 중국 역대 황제 중 재위기간(1661년~1722년<61년>)이 가장 길었던 중국 청나라의 제4대 황제로, 삼번의 난을 평정한 뒤 국가를 안정시켜 강희제, 옹정제, 건륭제로 이어지는 134년 청나라의 전성기를 개창했던 강희대제의 용인술(用人術)이 담긴 인간경영소설이다.

대만 총통 천수이벤은 『帝王三部曲』을 천하를 얻으려면 반드시

읽어야 할 소설이라고 극찬했다고 한다.

강희대제의 용인술(用人術)은 중국의 사서인 '송사(宋史)'에 나오는 '의인불용(疑人不用), 용인불의(用人不疑)' 라는 말로 압축된다. 즉, '의심 가는 사람은 쓰지 말고, 일을 맡긴 후에는 의심하지 말라' 동서고금을 막론하고 치세(治世)의 지침이 되는 주옥같은 어록이라고 생각한다.

시진핑 중국 국가주석도 자주 이와 같은 청나라의 전성기를 거론하면서 미래 중국의 모델로 삼고 있다고 한다.

이 책은 중국 역사소설가 얼웨허(二月河)님이 쓴 『강희대제(12권)』, 『옹정황제(10권)』, 『건륭황제(18권)』 등으로 구성된 '帝王三部曲' 시리즈 중 첫 번째 시리즈로, '帝王三部曲' 시리즈는 중국에서 1억 부 이상이 팔린 베스트셀러이며 CCTV 드라마로도 만들어졌다고 한다.

여덟살이라는 어린 나이에 황제의 자리에 올라 수차례의 찬탈 위기를 절묘한 용인술(用人術)과 전략으로 극복한 강희대제의 드라마틱한 인생이 생생하게 묘사되어 있다.

♣ (독서대장정 545 ~ 554권째 독후감) 2015.11.04. / 帝王三部曲 개혁군주 옹정황제 제1편 ~ 제10편

<이월하> 님이 저술한 <帝王三部曲 개혁군주 옹정황제 제1편> 이라는 제목의 대하역사소설(펴낸곳: 도서출판 산수야)은 강희대제의 4남이자 건륭제의 아버지로 중국인들이 "康乾盛世" 라고 부

르는 청나라의 전성기(134년) 한 가운데 끼어 있는 옹정황제를 흥미롭게 그린 소설이다.

청나라는 한족이 아닌 만주족이 세운 국가였기 때문에 한족들의 반만(反滿)정서가 심했는데, 민족평등주의자였던 옹정황제가 한족들의 반만(反滿)정서에 쐐기를 박기 위해 했다는 아래와 같은 金口玉音이 매우 인상적이다.

『 너희들은 청조가 이민족이기 때문에 정통 중국의 천자가 아니라지만 천자란 하늘(天)의 대행자이며 하늘은 민족을 차별하지 않는다. 하늘의 이치로 보건데 백성은 군주를 선택하고 단순히 중원을 차지한 자가 아니라 덕이 있는 자를 옹호한다. 하늘에 부끄러움 없이 오로지 덕으로 다스린다면 오랑캐도 충분히 위대한 것이다. '화이지변(華夷之辯)'은 사악한 소인이 반란을 일으키기 위해 만들어 낸 구실에 불과하다. 만일 이 구호로 반란을 꾸민다면 만대의 죄인이 될 것이다. 』

중국인들은 '모든 욕은 내가 다 먹겠다 ' 며 하루에 잠자는 4시간을 제외하고는 오로지 정무에만 매달리다 집무실에서 순직한 옹정황제를 '입국지조' 로 부르며 의로 천하를 다스린 진정한 천자로 평가한다고 한다.

♣ (독서대장정 555권째 독후감) 2015.11.08. /
帝王三部曲 절대군주 건륭황제 제1편

<이월하> 님이 저술한 <帝王三部曲 절대군주 건륭황제 제1편>

이라는 제목의 대하역사소설(펴낸곳: 도서출판 산수야)은 강희대제의 손자이자 옹정제의 4남으로 중국인들이 "康乾盛世"라고 부르는 청나라의 전성기(134년)의 후반기를 화려하게 장식한 건륭황제(재위 1735~1795년)를 흥미롭게 그린 소설이다.

조부 강희제의 재위기간(61년)을 넘는 것을 꺼려 재위 60년에 퇴위하고 태상황제가 되었는데, 이 태상황제기간 3년을 합하면 중국 역대황제 중 재위기간이 가장 길다고 한다.

건륭황제의 재위기간에 문화적으로는 그의 개인적 자질까지 가미되어 발전이 절정에 달했고, 예수교 전도사들을 통해 서양의 학문과 기술이 전래되는 한편, 중국이 유럽에 소개되는 등 국제적 교류의 길이 열렸고, 고증학(考證學)의 번영을 배경으로 『사고전서』가 편집되고 『명사(明史)』가 완성되는 등 수사사업(修史事業)도 활발하게 진행되었으나, 총애하던 화신의 전횡과 관리의 독직(瀆職), 만주인과 무관들의 타락 등으로 백련교(白蓮敎)의 난이 표면화되는 등 각지에서 반란이 일어나 대청 제국은 차츰 쇠퇴기로 접어들게 된다.

건륭황제가 청나라를 통치하던 시기는 조선의 영조(1724~1776년)와 정조(1776~1800년)가 우리나라를 통치하던 시기로, 그 당시 조선은 청나라의 학술·문물·기술을 적극 받아들여 조선의 물질 경제를 풍요롭게 하고 삶의 질을 높일 것을 주장한 북학이 융성하던 시기이다.

(77)   마라톤 15년차 겸 독서대장정 6년차 –
2016년도 페이스북 게시본 발췌본
(독서대장정 독후감)

♣ **(독서대장정 575권째 독후감) 2016.04.16. /**
어떻게든 굴러가는 88일간의 자전거 유럽여행

<김정희> 님이 저술한 <어떻게든 굴러가는 88일간의 자전거 유럽여행>이라는 제목의 책(펴낸곳 : 도서출판 더블:엔)은 스페인에서 그리스까지(스페인-프랑스-벨기에-네덜란드-독일-스위스-이탈리아-그리스) 유럽 8개국을 88일 동안 자전거로 여행하면서 온몸으로 체험한 경험담을 생생한 사진들과 함께 소개한 유럽여행기이다.

2010.10월 내 가족과 함께 여행했었던 프랑스-스위스-이탈리아 지역을 소개한 부분을 읽을 때는 그 당시의 소중한 추억들이 새록새록 떠올랐다.

♣ **(독서대장정 580권째 독후감) 2016.05.26. /**
나라 없는 나라

<이광재> 님이 저술한 <나라 없는 나라>라는 제목의 장편소설(펴낸곳: 다산북스)을 통해 동학농민혁명의 역사적 가치를 다시 한 번 깊이 성찰하는 계기가 되었다.

동학농민혁명이 단순히 몇몇 탐관오리를 징치하기 위한 농민들

의 전쟁이 아니라 이 땅을 민중 중심의 민주적 세상으로 만들기 위한 위대한 전쟁이었음을 새삼 실감할 수 있었다.

농민군을 압도하는 일본군과 관군의 화력을 극복하지 못하고 결국은 패배하였지만 매국노들이 판치는 나라를 구하기 위한 민중들의 뜨거운 애국심과 용기가 깊은 울림을 주었다.

♣ (독서대장정 584권째 독후감) 2016.06.18. / 파기환송

<마이클 코넬리> 님이 저술한 <파기환송> 이라는 제목의 소설(펴낸곳 : (주)알에이치코리아)은 새로운 DNA 증거가 발견되면서 파기환송된 12세 소녀 살인사건의 형사재판을 주제로 한 스릴러이다. 용의자의 유죄를 확신하는 변호사 미키 할러가 LA경찰국 해리 보슈의 전폭적인 지원하에 특별검사로 활약한다.

24년이 지난 사건은 새로운 증거나 증인을 찾기 어렵고...

피고인 측 변호사는 언론 플레이를 통해 재판에 영향력을 행사하며...

유죄 평결을 위해서는 배심원들 전부가 만장일치로 유죄를 인정해야 한다는 미국 캘리포니아 주의 형사법이 흥미롭다.

♣ (독서대장정 588권째 독후감)　2016.07.09. /

두개의 별 두개의 지도 다산과 연암 라이벌 평전 1탄

<고미숙>님이 저술한 <두개의 별 두개의 지도 다산과 연암 라이벌 평전 1탄>이라는 제목의 책(펴낸곳: 북드라망)은 18세기 조선

지성사의 가장 큰 사건 '문체반정'과 '서학'에 대한 연암 박지원 선생과 다산 정약용 선생의 사유와 태도가 어떻게 다른지를 다양한 이야기를 통해 살펴봄으로써 두 사람의 기질 차이를 생생하게 보여주는 평전이다.

'영국에 세익스피어가 있었다면 독일에는 괴테가 있었고, 중국에 소동파가 있었다면 조선에는 박지원이 있었다'는 명성을 얻게 만든 조선 최고의 베스트셀러 '열하일기'를 저술한 연암 박지원 선생...

조선시대 최고의 실학자, 500권이 넘는 저작을 남긴 저술가, 거중기를 만들어 수원 화성을 지은 과학자, 백성들의 억울함을 풀어 주는 명탐정, 다양한 기법으로 2,500여 수의 시를 지은 시인이기도 한 다산 정약용 선생...

조선의 르네상스기를 빛낸 조선 최고의 석학 연암 박지원 선생과 다산 정약용 선생의 삶을 비교해보는 계기가 되었다.

♣ **(독서대장정 596권째 독후감) 2016.08.24. /**
　　스캔들 세계사 1

<이주은> 님이 저술한 <스캔들 세계사 1>이라는 제목의 책(펴낸 곳: 도서출판 파피에)에는 다채롭고 흥미진진한 22가지 역사 에피소드가 담겨있다.

영국 튜더 왕조의 헨리 8세(재위기간 : 1509년 ~ 1547년)는 첫 번째 왕비인 캐서린(메리 1세의 어머니)과는 이혼하였고, 두 번

째 왕비인 앤 불린(엘리자베스 1세의 어머니)은 처형시켰으며, 세 번째 왕비인 제인 세이모어(에드워드 6세의 어머니)와는 사별하였고, 네 번째 왕비인 앤과는 이혼하였으며, 다섯 번째 왕비인 캐서린 하워드(앤 불린과 사촌)는 처형시켰으며, 여섯 번째 왕비인 캐서린 파와는 결혼한 지 4년 만에 55세의 나이로 영국 역사상 가장 스캔들이 많았던 파란만장한 삶을 마감하였다는 이야기 등이 매우 흥미롭다.

'정글북'의 작가 '키플링'의 "역사를 이야기 형식으로 가르친다면 결코 잊히지 않을 것이다."라는 말에 깊이 공감한다.

♣ (독서대장정 598권째 독후감) 2016.09.04. /
세상에서 가장 위험한 비밀 프로젝트 원자폭탄

<스티브 셰인킨>님이 저술한 <세상에서 가장 위험한 비밀 프로젝트 원자폭탄>이라는 제목의 책(펴낸곳: 작은길 출판사)은 1945년 8월 6일 히로시마에, 8월 9일 나가사키에 각각 투하되어 일본을 항복하게 만든, 인류 역사상 가장 가공할 무기인 원자폭탄에 관한 이야기이다.

2차 세계대전이 발발하기 1개월 전인 1939년 8월 2일 알베르트 아인슈타인이 미국의 프랭클린 델라노 루스벨트 대통령에게 '독일의 히틀러가 원자폭탄을 개발하고 있을 가능성이 있다'고 경고하자 루스벨트 대통령은 '미국이 독일보다 먼저 원자폭탄을 개발해야 한다'고 판단하고 원자폭탄 개발 프로젝트를 극비리에 추진

한다.

1945년 4월 12일 루스벨트 대통령이 임기 중에 사망하면서 정권을 승계한 해리 트루먼 대통령은 원자폭탄 개발에 박차를 가하고, 4월 30일 독일의 히틀러가 자살하면서 독일은 항복하지만, 일본은 항복하지 않고 결사항전하자, 미국은 7월 16일 원자폭탄 폭발 시험에 성공한 후, 8월 6일 히로시마에 20,000톤급 티엔티의 파괴력을 가진 원자폭탄을 투하하였음에도 불구하고 일본이 항복하지 않자 8월 9일 나가사키에 22,000톤급 티엔티의 파괴력을 가진 원자폭탄을 투하하여 8월 15일 일본이 항복함으로써 2차 세계대전이 종식되었다.

이후 소련의 스탈린도 1949년 8월 29일 원자폭탄 폭발 시험에 성공하게 되면서 미국과 소련의 핵무기 경쟁은 치열해지고, 1952년 11월 1일 미국이 원자폭탄보다 500배 이상의 위력을 가진 수소폭탄을 개발하자 1953년 8월 20일 소련이 수소폭탄 폭발 시험에 성공한다.

인류의 멸망을 초래할 수도 있는 핵무기 경쟁의 비밀이 흥미진진하게 전개된다.

♣ (독서대장정 602권째 독후감) 2016.09.16. /
칼날 위의 역사

<이덕일> 님이 저술한 <칼날 위의 역사>라는 제목의 책(펴낸곳: 도서출판 인문서원)은 역사학자인 저자가 21세기 대한민국의 정

치, 외교, 안보, 경제, 인사 등 사회 각 분야별 현안에 관하여 조선왕조의 역사 속에서 건져 올린 생생한 사례들을 제시하면서 비판하고 대안을 제시한 책이다.

1905년 러일전쟁 당시 러시아의 발틱 함대를 궤멸시킨 일본연합 함대 사령관 도고 헤이하치로 제독이 이순신 장군을 軍神으로 추앙하면서 했다는 아래와 같은 발언이 소개된 부분이 인상적이다.

" 나를 영국의 넬슨에 비유하는 것은 받아들일 수 있지만, 이순신 제독에 비유하는 것은 감히 받아들일 수 없다."

자신과 넬슨은 국가의 전폭적인 지원을 받고 전투에 나섰지만 이순신 장군은 음해하는 세력이 숱한 상황에서도 승리했기 때문이라고 한다.

♣ (독서대장정 616권째 독후감) 2016.12.12. / 골든 그레이 GOLDEN GRAY

<강헌구> 님이 저술한 <골든 그레이 GOLDEN GRAY>라는 제목의 책(펴낸곳: (주)쌤앤파커스)은 대한민국 '비전 멘토'인 저자가 정년퇴직, 귀촌 그리고 창업이라는 삶의 과정을 몸소 겪으며, 직접 '골든 그레이 라이프'를 설계하고 계획하며 6년에 걸쳐 완성한 역작이라고 한다.

'100세 시대'를 맞아 50세 이후 50년의 'GOLDEN TIME'을 어떻게 보람차게 보낼 것인지에 관하여 사색하는 시간을 갖았다.

(78) 마라톤 16년차 겸 독서대장정 7년차 –
2017년도 페이스북 게시본 발췌본
(독서대장정 독후감)

♣ **(독서대장정 619권째 독후감) 2017.01.08. / 고백**

법정 스릴러의 대가, 초특급 베스트셀러 작가인 <존 그리샴>님이 저술한 <고백>이라는 제목의 장편소설(펴낸곳 : (주)문학수첩)은 미국 텍사스 주의 작은 도시 슬론에서 17세 치어리더 소녀가 실종되고, 변호사의 처절한 변론에도 불구하고 무고한 흑인 미식축구 선수 돈테에게 사형이 선고된 후 9년 동안 억울한 옥살이를 하다가, 사형 집행일 바로 전날 진범이 언론에 자신이 살인범을 고백했음에도 불구하고 법원은 이를 무시하여 결국 돈테는 염화칼륨 등의 주사를 맞고 사형을 당하였고, 사형 집행일 바로 다음 날 위 진범이 기자등과 함께 실종소녀의 무덤을 발굴하고서야 돈테가 누명을 벗게되는 슬픔과 분노로 가득한 스토리로 구성되어 있다.

사형폐지론에 힘을 실어주는 놀라는 서스펜스와 사회 비판이 담긴 최고의 법정 스릴러라고 평가할 만하다.

♣ (독서마라톤 650권째 독후감) 2017.06.03. /
　　나는 죽을 때까지 재미있게 살고 싶다

정신과 전문의 겸 이화여대 명예교수이신 <이근후> 선생님이 저술한 <나는 죽을 때까지 재미있게 살고싶다>라는 제목의 책(펴낸곳: (주)웅진씽크빅)에는 멋지게 나이 들고 싶은 사람들을 위한 인생의 기술들이 담겨있다.

"본업은 정년을 맞는 순간 끝나지만 취미로 즐기는 일은 죽을 때까지 계속할 가능성이 크다. 퇴직 후 무엇을 할지 몰라 하염없이 시간을 보내는 이들이 많다. (중략) 당신의 즐거움은 무엇인가. 그것만 잘 개발하고 찾아내면 인생을 끝까지 즐겁고 행복하게 살 수 있을 것이다." 라는 저자의 메시지를 통해 취미생활의 중요성을 공감할 수 있었다.

♣ (독서마라톤 665권째 독후감) 2017.08.03. / 영웅 백범

<홍원식> 님이 저술한 <영웅 백범>이라는 제목의 책(펴낸곳: 지식의 숲)을 통해 우리 민족의 영원한 지도자 백범 김구 선생님의 멸사봉공의 삶을 감상하였다.

통일 헌법 이념으로서의 백범 사상을 연구하여, 국내 최초의 백범 전공 법학박사 학위를 취득한 저자의 '백범 사랑'이 녹아있는 이 소설을 읽는 내내 백범 김구 선생님은 이념을 뛰어넘어 남북 모두가 존경하는 최고의 민족 지도자라는 점에 깊이 공감하였다. 1948.4월 하순~5월 초순 북한을 방문한 백범 선생님과 김일성의

회담 내용을 묘사한 부분이 매우 흥미롭다.

♣ (독서마라톤 676권째 독후감) 2017.09.16. /
사람에게 돌아가라

<장문정>님이 저술한 <사람에게 돌아가라>라는 제목의 책(펴낸 곳: 쌤앤파커스)은 처절한 외로움의 시대를 살아가는 삶의 지혜를 담고 있다.

미국의 역사가 헨리 애덤스가 '진정한 벗 사귀기가 그만큼 어렵다'는 취지에서 말했다고 소개된 아래와 같은 말이 인상적이다.

" 평생에 벗이 하나 있으면 많은 것이다. 둘이면 매우 많은 것이며, 셋은 거의 불가능하다. "

♣ (독서마라톤 685권째 독후감) 2017.10.24./오싱 제6권

<하시다 스가코>님이 저술한 <오싱 제6편> 이라는 제목의 대하소설(펴낸곳: 청조사)은 <타임>지도 극찬한 한 여인의 인간승리를 그린 휴머니즘 스토리이다.

일곱 살 어린 나이로 쌀 한 가마에 남의 집 더부살이로 팔려 가는 주인공 오싱의 80여 년에 걸친 여인의 일생!

파란만장한 한 여인의 일생이 깊은 울림을 주는 대하소설이다.

미국의 레이건 전 대통령도, 일본의 나카소네 전 수상도 <오싱>을 보고 눈물을 흘렸었고, 일본 열도를 들끓게 한 NHK-TV 대하드라마 <오싱>의 선풍은 전 일본인의 98%를 '오싱열병'에 빠뜨렸다고 한다.

♣ (독서마라톤 690권째 독후감) 2017.11.17. /
내게 남은 날이 백일이라면

<리카이푸>님이 저술한 <내게 남은 날이 백일이라면> 이라는 제목의 책(펴낸곳: 중앙일보플러스(주))을 통해 삶의 진정한 가치에 관하여 성찰하는 시간을 갖았다.

애플의 연구개발 임원을 시작으로 마이크로소프트의 부사장을 거쳐 구글 차이나의 사장을 역임한 저자는 중국판 트위터 웨이보에 5천만 명 이상의 팔로어를 거느린 중국 최고의 '청년 멘토'로 활약하던 중 우연히 받은 건강검진에서 뜻밖에 림프종 4기 판정을 받고 모든 일은 중단한 채 1년 7개월 동안 항암치료를 받아 기사회생한 후 성공과 명예를 좇아 분초를 다투며 살아온 과거를 반성하고 이제는 진정으로 삶에 가치 있는 것과 의미 있는 성취가 무엇인지 분별할 수 있게 되었다고 한다.

♣ (독서마라톤 691권째 독후감) 2017.11.19. /
우리 야구장으로 여행갈까?

<김은식/박준수>님이 저술한 <우리 야구장으로 여행갈까?>라는 제목의 책(펴낸곳 : 브레인스토어)을 통해 1982년 출범하여 지금까지 35년 동안 국민 스포츠로 발전하여 10개 구단 체제를 갖춘 한국 프로야구의 역사와 묘미를 감상할 수 있었다.

- 20세기 최강팀이자 통산 11회 우승의 금자탑을 수립한 해태 타이거즈(현 기아 타이거즈),

- 21세기 최강팀이자 한국시리즈 최다 준우승 기록을 보유한 삼성 라이온즈,

- 프로야구 출범 원년 우승 기록을 보유한 두산 베어즈,

- 1999년에 한 번 우승한 한화 이글스,

- 인천을 연고지로 한 팀의 변천사(삼미 슈퍼스타~청보 핀토스~태평양 돌핀스~현대 유니콘스~SK 와이번스),

- 최근 창단된 NC 다이노스(창원)와 KT WIZ(수원) 등등 각 구단의 역사와 각 구단 홈구장의 특징,

- 한국 프로야구 역사에 큰 족적을 남긴 레전드 선수들의 활약 등등이 매우 재미있게 소개되어 있다.

♣ **(독서마라톤 695권째 독후감)** 2017.11.30. /
나는 더 이상 여행을 미루지 않기로 했다

<정은길>님이 저술한 <나는 더 이상 여행을 미루지 않기로 했다>라는 제목의 책(펴낸곳: 다산북스)은 인생의 터닝 포인트를 만들기 위해 과감히 직장을 그만두고 7천만원을 모아 남편과 함께 1년간 세계 35개국 여행을 다녀온 저자가 여행 예찬을 기록한 에세이다. 저자의 용기가 부럽다.

♣ **(독서마라톤 697권째 독후감)** 2017.12.04. /

허영만의 자전거 식객

<허영만/송철웅>님이 저술한 <허영만의 자전거 식객>이라는 제목의 책(펴낸곳: 가디언)은 국민 만화가 <허영만>님 외 6명이 자전거를 타고 2010년 9월 강화도를 시작으로 남한의 해안선을 따라 서해,남해,동해를 올라 2012년 4월 강원도 고성 통일전망대까지 장장 19개월 동안 매월 2박3일씩 19번으로 나눠 구간 종주 방식으로 총 주행거리 2,363km를 달린 대장정을 기록한 자전거 여행기이다.

60대 중반의 적지 않은 나이에 열정적인 질주를 감행한 허영만 원정대장과 대원들의 도전과 성취에 뜨거운 박수를 보낸다.

허영만 대장은 지금까지 백두대간 종주, 요트 남한 해안선 일주, 자전거 남한 해안선 일주, 뉴질랜드 캠퍼밴 일주 등 끊임없는 도전을 지속해 왔다고 한다.

♣ (매헌 윤봉길 의사 기념관 탐방) 2017.12.09.

중화민국의 장제스가 아래와 같이 윤봉길 의사를 극찬하였다고 한다.

" 중국의 100만 대군도 해내지 못한 일을 조선인 청년이 해내다니 정말 대단하다 "

9/30 국제평화마라톤대회에서 풀코스 53번째 완주 때 달렸던 양재천에 오늘 오후 10주 만에 나가 탄천과 양재천의 합류 지점에

서 양재시민의 숲(매헌 윤봉길 의사 기념관)까지 왕복 12km를 뛰면서 타워팰리스 등 아파트들이 숲을 이루고 있는 양재천변의 겨울 풍경을 추억의 앨범에 담았다.

전반부 6km는 양재천의 상류 방향으로 뛴 다음 양재시민의 숲에서 반환하여 후반부 6km는 양재천의 하류 방향으로 뛰었는데, 반환점인 양재시민의 숲에 있는 '매헌 윤봉길 의사 기념관'에 입장하여 약 30분 동안 관람하면서 윤봉길 의사의 위대한 업적에 깊은 경의를 표하고 동상 앞에 준비된 국화로 헌화하였다.

1932.4.29. 중국의 상하이에서 만 24세의 나이에 사랑하는 부인과 자녀를 조국에 남겨두고 국가와 민족을 위해 목숨을 바치신 윤봉길 의사의 애국애족정신과 용기있는 독립운동은 한민족뿐만 아니라 동병상련의 입장이었던 중국인들에게도 깊은 감동을 주어 중국 국민당의 장제스도 대한민국의 상해임시정부의 독립운동을 적극적으로 지원하는 기폭제가 되었고, 1943.11월 중화민국의 장제스 총통이 이집트 카이로에서 미국의 루즈벨트 대통령, 영국의 처칠 수상과의 카이로회담에서 도출한 카이로선언에도 영향을 미쳤을 것이라고 한다.

카이로선언의 내용 중 한국문제에 관하여 "3강국은 한국민이 노예적인 상태에 놓여 있음을 상기하면서 한국을 적당한 시기에 자유롭고 독립적인 국가로 만들 것을 굳게 다짐한다" 고 하였다고 한다.

원래 초안에는 장제스의 의견이 반영된 "가장 빠른 시일 안에"라고 되어 있었던 것이 수정된 것인데, 이는 루즈벨트가 한국이 자치능력이 부족하다고 판단하고 한국의 정치적 혼란을 방지하기 위한 조처로서 신탁통치를 내세워 즉각적인 독립을 반대하고 독립의 시기를 늦춘 것이라고 한다.

한미관계에 관하여 다시 한 번 생각해보게 하는 대목인 것 같다.

윤봉길 의사의 위대한 업적에 대하여 다시 한 번 경의를 표한다.

♣ (독서마라톤 700권째 독후감) 2017.12.14. /
앞으로 5년, 부동산 상승장은 계속된다

닥터아파트 CEO <오윤섭>님이 2016.11월에 출간한 <앞으로 5년, 부동산 상승장은 계속된다>라는 제목의 책(펴낸곳: 원앤원북스)은 '지금 아파트를 살 것인가? 말 것인가?' 라는 질문에 해답을 제시하고 있다.

부동산 투자의 안목을 키우는 데 유익한 지침서가 될 것 같다.

(79) 마라톤 17년차 겸 독서대장정 8년차 –
2018년도 페이스북 게시본 발췌본
(독서대장정 독후감)

♣ (독서마라톤 707권째 독후감) 2018.01.10. /
누구나 한번쯤 읽어야 할 채근담

<미리내공방>에서 저술한 <누구나 한번쯤 읽어야 할 채근담>이

라는 제목의 책(펴낸곳: 정민미디어)에는 평생 과거시험에 낙방하면서도 청렴한 생활과 인격 수련에 정진했던 홍자성(명나라 말엽의 유학자, 채근담 원문의 저자)이 세상 사람들에게 삶의 지혜를 전하는 생활 철학이 담겨있다.

이 책의 이름은 송나라 학자인 왕신민의 "사람이 항상 나무뿌리를 씹을 수 있다면 모든 일을 이룰 수 있다."는 말에서 따온 것이라고 한다.

비록 사람이 풀뿌리와 나무껍질로 연명한다 해도 매사에 성심을 다해 노력하면 아무리 어려운 일도 이루지 못할 것이 없다는 뜻이며, 이 책의 내용도 여기에 토대를 두고 있다고 한다.

주옥같은 어록들이 담겨있어 인격 수양과 생존 처세를 아우르는 자기계발의 고전이라고 평가할 만한 것 같다.

♣ (독서마라톤 709권째 독후감) 2018.01.18. /
캐나다에 말 걸기

<최혜자>님이 저술한 <캐나다에 말 걸기>라는 제목의 책(펴낸곳: 한국학술정보(주))은 50대 여성인 저자가 2010년 캐나다 밴쿠버 소재 주립대학 UBC에서 2년간 객원연구원 생활을 마치고 캐나다 횡단 여행을 결심하고 태평양 연안 밴쿠버에서 대서양 연안 퀘벡을 거쳐 미국 뉴욕까지 7,217km의 거리를 약 5주 동안 버스를 이용하여 여행한 기록을 담고 있다.

2010년 동계올림픽이 열렸던 밴쿠버, 캐나다 최대 도시이자 영

국풍의 도시 토론토, 나이아가라 폭포, 캐나다의 수도인 오타와, 1976년 하계올림픽이 열렸던 프랑스풍의 도시 몬트리올, 세계의 중심 도시 뉴욕 등 캐나다의 주요 도시와 미국 뉴욕의 진면목을 감상할 수 있었다.

♣ (독서마라톤 710권째 독후감)　2018.01.25.　/
##　 여행하는 인간

정신과 의사인 <문요한>님이 저술한 <여행하는 인간>이라는 제목의 책(펴낸곳: (주)해냄출판사)은 20여 년 동안 다른 사람들의 아픔과 행복을 고민하고 바쁘게 살아왔지만 문득 자신의 자유와 행복은 늘 미뤄왔다는 사실을 깨달은 저자가 결국 2014년 스스로 안식년을 선포하고 인생에서 잃어버린 것들을 다시 만나기 위해 알프스산맥의 마터호른, 히말라야산맥의 안나푸르나, 파타고니아, 안데스산맥의 아타카마사막, 칠레의 이스터 섬, 티티카카호수, 마추픽추 등등 세계 각지를 여행하면서 사색한 기록을 담고있다.

나도 머지않은 장래에 은퇴하면 사색의 여행을 떠나고 싶다.

♣ (독서마라톤 711권째 독후감) 2018.01.28./샬레 스위스

<김문희/정소현>님이 저술한 <샬레 스위스>라는 제목의 책(펴낸곳: (주)샬레트래블앤라이프)을 통해 알프스의 만년설, 푸른 초원, 그림 같은 호수 등이 공존하는 나라 스위스의 진면목을 간접

체험할 수 있었다.

- 수수하지만 세련된 스위스의 제1도시 취리히,
- 알프스와 호수가 공존하는 중세도시 루체른,
- 곰이 사는 스위스의 수도 베른,
- 라인 강변의 예술적 중세 도시 바젤,
- 신비한 초록 호수 사이에 낀 베르너 알프스의 관문 인터라켄,
- 아이거 북벽 기슭에 있는 알핀 하이킹 천국 그린델발트,
- 절벽 위에 있는 평화로운 무공해 리조트 뮈렌,
- 숨이 멎을 듯한 절경을 자랑하는 청정 마을 벵겐,
- 알프스의 제3봉 마터호른을 품은 알핀 리조트 체르맛,
- 레만 호반의 매력적인 국제 도시 제네바,
-중세도시와 호반 휴양지가 공존하는 올림픽의 수도 로잔,
- 하이디와 피터가 살고 있는 한가로운 시골 마을 마이언펠트,
- 동계올림픽을 두 번 개최한 시크하고 우아한 홀리데이 리조트 생모리츠,
- 지중해 스타일의 매력적인 호반 도시 루가노,
- 마조레 호수의 보석 같은 휴양지 로카르노 등등

그림 같은 풍경 사진들과 감성적인 글들에 흠뻑 취했다.

2010.10월 가족과 함께 유럽여행을 갔을 때 조망했었던 알프스의 최고봉 몽블랑(해발 4,807m), 제네바 등에서의 소중한 추억들이 선명하게 떠오른다.

머지않은 장래에 스위스의 보석 같은 명소들을 꼭 탐방하고 싶다.

♣ (독서마라톤 719권째 독후감)   2018.03.01. /

울고 싶을 때 사하라로 떠나라

<유영만/유지성>님이 공동으로 저술한 <울고 싶을 때 사하라로 떠나라>라는 제목의 책(펴낸곳: (주)쌤앤파커스)을 통해 불굴의 투지와 뜨거운 열정이 충만해야만 완주할 수 있는 사막마라톤의 세상을 엿볼 수 있었다.

수도공고 출신으로 한양대 교수가 된 유영만 교수와 세계 최초로 '사막 레이스 그랜드 슬램(사하라 사막, 고비 사막, 아타카마 사막, 남극)'을 2회나 달성한 유지성 오지레이서는 "청춘경영"이라는 동일한 제목의 책을 각각 저술했다는 사실이 인연이 되어 2012년 사하라 사막 마라톤에 함께 출전하였다고 한다.

유지성 님은 '자신을 극한으로 몰아붙여 끝끝내 한계를 돌파하는 경험을 통해 사막에서도 인생에서도 버티는 자가 살아남는다'고 강조한다.

3/18(일)에 출전하는 제89회 동아마라톤대회에서 생애 55회째 42.195km를 완주하는 데 동기부여가 되는 좋은 책이라고 생각한다.

♣ (독서마라톤 722권째 독후감)   2018.03.17. /

희박한 공기 속으로

저자가 속한 에베레스트 등반대가 1996년 5월 세계 최고봉 에베레스트 정상(해발 8,848m)을 밟고 하산하던 중 체감온도 영하 70도의 눈폭풍이 휘몰아쳐 평지의 1/3밖에 되지 않는 산소량에 허덕이며 사투를 하였으나 적지 않은 등반대원들이 사망하게 된다. 그들의 목숨을 건 불굴의 도전정신이 많은 것을 생각하게 한다.

♣ (독서마라톤 724권째 독후감) 2018.03.25. / 15소년 표류기 2

프랑스의 <쥘 베른>님이 저술한 <15소년 표류기 2> 라는 제목의 책(펴낸곳: 도서출판 열림원)은 1860년 뉴질랜드 항구에 정박해있던 범선의 정박밧줄이 누군가에 의해 몰래 풀리면서 범선에 타고있던 8~14세의 15명의 소년들이 남태평양의 망망대해를 표류하다가 뉴질랜드에서 동쪽으로 7,200km나 떨어진 남아메리카의 최남단 마젤란해협 근처의 제주도 크기의 무인도(체어먼 섬)에 도착하여 2년 동안 생존하다가 표류한 해적들을 무찌르고 탈출하여 고향 뉴질랜드 오클랜드로 생환한다는 스토리이다.

이 소설은 저자의 나이 60세 때인 1888년에 출간된 모험소설인데, 영국의 소설가 '다니엘 디포'가 1719년에 발표한 "로빈슨 크루소"의 혈통을 잇고 있는 작품이라고 한다.

원제목은 '2년 동안의 휴가'인데, 1896년 일본에서 영역본을 일본어로 발췌 번역하면서 '15소년 표류기'로 바꾼 것이라고 한다.

15명의 소년들이 온갖 시련과 고난을 극복하고 전원 생환하는 과정이 흥미진진하다.

♣ (독서마라톤 727권째 독후감) 2018.04.08. /
페루, 내 영혼에 바람이 분다

前 KBS 아나운서 <손미나>님이 저술한 <페루, 내 영혼에 바람이 분다>라는 제목의 책(펴낸곳: (주)위즈덤하우스)은 여행 작가로 인생 2막을 살고 있는 저자가 스페인/일본/아르헨티나 여행기에 이어 저술한 페루 여행기이다.

아마존/마추픽추/티티카카/나스카/쿠스코/콘도르 등등 잉카제국의 숨결이 생생하게 느껴지는 멋진 여행기이다.

♣ (독서마라톤 729권째 독후감) 2018.04.14. /
아무도 밟지 않은 땅 5극지

<홍성택>님이 저술한 <아무도 밟지 않은 땅 5극지>라는 제목의 책(펴낸곳: 드림앤)은 저자가 달성한 '세계 최초 베링해협, 그린란드, 북극점, 남극점, 에베레스트 3극점 2극지 탐험 성공기'이다. 저자의 불굴의 도전정신에 힘찬 박수를 보낸다.

♣ (독서마라톤 750권째 독후감) 2018.07.01. /
100명의 특별한 유대인

- 작가 : 박재선   - 출판사 : 메디치미디어
창의성을 선정 기준으로 삼는 노벨상 수상자의 23%가 유대인이라고 한다.

미국 인구의 2.2%에 불과한 650만 명의 유대인이 미국의 정치/경제/사회/문화 전반에 미치는 영향력은 지대하다고 한다.

이 책에 소개된 100명의 유대인의 영향력에 관하여 읽고 나니 "불과 1,600만 명에 지나지 않는 유대인이 오늘날 세계를 지배한다" 라는 말이 어느 정도 사실인 것 같다.

♣ (독서마라톤 751권째 독후감) 2018.07.09. /
스페인, 너는 자유다

- 작가: 손미나   - 출판사 : 웅진지식하우스

KBS TV의 간판 아나운서에서 여행 작가로 변신한 <손미나> 님이 저술한 이 책은 저자가 1년 동안 스페인에서 자유를 만끽하면서 체험한 생생한 경험을 담고 있다.

바르셀로나, 마드리드, 세비아, 꼬르도바, 마요르까, 이비사 등등 정열로 가득한 스페인의 주요 도시들을 꼭 여행해보고 싶다.

♣ (독서마라톤 752 권째 독후감) 2018.07.23. /
내가 사랑한 유럽 TOP 10

- 작가 : 정여울   - 출판사 : 홍익출판사

사랑을 부르는 유럽 / 직접 느끼고 싶은 유럽 / 먹고 싶은 유럽 / 달리고 싶은 유럽 / 시간이 멈춘 유럽 / 한 달쯤 살고 싶은 유럽 / 갖고 싶은 유럽 / 그들을 만나러 가는 유럽 / 도전해보고 싶은 유럽 / 유럽 속 숨겨진 유럽...

테마별로 베스트 여행지 TOP 10을 소개하여 총 100곳이 소개되어 있다. 스페인과 프랑스 접경에 위치한 '산티아고 순례자의 길'을 꼭 걷고 싶다...

♣ (독서마라톤 753권째 독후감) 2018.07.30. / 괴테 시집

영국에 세익스피어가 있다면, 독일에는 괴테가 있고, 중국에 소동파가 있다면, 조선에는 박지원이 있다.

60년에 걸쳐 완성한 필생의 대작이며 세계 문학 사상 최대 걸작 중 하나인 <파우스트>의 저자인 독일의 대문호 괴테의 주옥같은 서정시를 감상하였다.

괴테에 대한 아래와 같은 평가가 인상적이다.

"모든 독일 작가들 중에서 괴테야말로 내가 깊이 빚졌다고 느끼는 작가다."   - 헤르만 헤세-

"단순함에서 훌륭한 내용으로 발전함에 있어 우리는 괴테를 뛰어넘을 수 없다." -프리드리히 니체-

"여기도 사람이 있군! "   - 나폴레옹-

♣ (독서마라톤 754권째 독후감) 2018.08.06. /
     기업경영과 법의 만남

- 작가 : 신흥철   - 출판사 : 오래

지난 주말에도 기록적인 폭염이 계속되었다.

판사, 대기업 임원, 대형 로펌 파트너 변호사를 거쳐 현재는 강소 로펌의 대표변호사로 활동중이신 저자께서 기업경영과 법을 접목시킨 '기업경영과 법의 만남'이라는 제목의 경영/법률서를 발간하셨다고 하여 지난 주말에 무더위 속에 이 책을 읽었다. 소개되어 있는 사례들이 매우 흥미진진하여 폭염을 잊고 빠져들었다.

기업경영을 하는 기업의 임원들은 물론이고 이들을 보좌하는 기업의 직원들도 법률리스크를 관리하는 차원에서 이 책에 소개된 다양한 법률사례를 숙지하고 기업의 업무를 수행한다면 기업 업무 수행 시 발생할 수 있는 법적 위험들을 상당 부분 예방할 수 있을 것으로 보인다.

1815.6.18. 발생한 워털루 전투와 관련하여 1815.6.20. 영국의 로스차일드 가문이 전 재산을 털어 영국 공채에 투자하여 현재 가치로 약 20조원에 해당하는 이익을 창출하였다고 소개된 일화가 매우 흥미롭다(위 일화의 진위 여부는 확실치 않다고 소개됨).

♣ (독서마라톤 756권째 독후감) 2018.08.12./ 센트럴파크
- 작가 : 기욤 뮈소   - 출판사 : 밝은세상
가슴 절절한 사랑 이야기와 숨 막히는 서스펜스가 결합된 이 소설은 2014년 프랑스 베스트셀러 1위였고 전 세계 40여 개국에서 출간되었다고 한다.

파리경찰청 강력계 팀장인 여주인공 알리스는 임신한 몸으로 연쇄살인마 검거에 나섰다가 뱃속의 태아와 사랑하는 남편을 잃게 되고, 30대의 젊은 나이에 알츠하이머병이라는 불치병까지 발병하는 운명에 처한다.

섬세하고 치밀한 구성, 숨 막히는 서스펜스 등이 폭염을 잊고 빠져들게 만든다.

♣ (독서마라톤 758권째 독후감) 2018.08.26. / 콘클라베

- 작가 : 로버트 해리스   - 출판사 : 알에이치코리아

영국이 낳은 이 시대 최고의 소설가, 로버트 해리스의 장편소설 "콘클라베"...

바티칸의 교황이 선종하자 전 세계 118명의 추기경들이 시스티나 예배당에 모여 차기 교황을 선출하기 위한 비밀회의에 들어간다.

전체의 2/3를 득표해야 교황으로 선출되는데, 7차 투표까지 이 요건을 갖춘 인물이 없어서 8차 투표를 실시하여 92표를 득표한 인물이 교황으로 선출되는데, 선출된 직후 추기경단장은 선출된 교황이 여성이라는 사실을 알게 되면서 충격이 빠진다.

♣ (독서마라톤 759권째 독후감) 2018.09.01. /
홍루몽 제1권

- 작가 : 조설근, 고악   - 출판사 : 나남

"홍루몽은 중국에서 삼국지보다 더 많이 읽히는 책"이라고 한다.

홍루몽은 청나라 시대 조설근(1715-1764)이 쓴 장편 소설로, 중국 금릉(지금의 난징)을 배경으로 주인공 가보옥과 그의 고종 사촌 누이 임대옥의 이룰 수 없는 사랑을 묘사하면서 가문의 흥망성쇠를 웅장하게 그리고 있는 대하 소설이다.

영국에는 "셰익스피어는 인도와도 바꿀 수 없다"는 말이 있듯이 중국에는 "<홍루몽>은 만리장성과도 바꿀 수 없다"고 할 정도로 <홍루몽>은 현대 중국인이 가장 사랑하는 고전소설로 꼽힌다고 한다.

마오저뚱은 '홍루몽'을 최소한 다섯 번 이상은 읽어야 한다고 말하면서, '홍루몽'을 읽지 않으면 중국의 봉건사회를 이해할 수 없다고 말했다고 한다.

'홍루몽'은 중국 속담의 보고라는 말에 걸맞게 이 책에는 촌철살인의 속담들이 담겨있고, 인생의 희로애락을 엿볼 수 있었다.

♣ (독서마라톤 760권째 독후감) 2018.09.04. / 월든

- 작가 : 헨리 데이비드 소로   - 출판사 : 문예춘추사

저자는 1845년 7월부터 1847년 9월까지 매사추세츠 주 콩코드 근교의 월든 호숫가에 지은 작은 통나무집에서 검소한 자급자족의 독거 생활을 하면서 사색의 시간을 갖는다.

1775년 4월 19일 미국 독립전쟁의 시발점이 된 영국 정규군과 미국 주민들 간의 첫 소규모 충돌이었던 <콩코드 전투>가 이곳

에서 발생하였다고 한다.

복잡한 도시를 떠나 조용한 자연 속에서 사색의 시간을 갖고 싶다.

♣ (독서마라톤 765권째 독후감) 2018.09.30. /
　　　물고기 선생 정약전

- 작가 : 김일옥　　- 출판사 : 개암나무

조선시대 최고의 실학자인 다산 정약용 선생의 형이자 병조좌랑이라는 벼슬을 지낸 뛰어난 인재인 손암 정약전 선생은 순조의 천주교 탄압으로 인해 동생 정약용 선생이 전남 강진에서 유배생활을 할 때 본인은 전남 신안군 흑산도에서 외로운 유배생활을 하면서 바다 생물 백과사전 "자산어보"를 탄생시켰다.

홍어에 관한 아래와 같은 설명이 인상적이다.

" 동지 후부터 잡히기는 하나 입춘 전후에 잡은 것이 가장 맛이 있고, 2~4월에 잡은 것은 그보다 못하다. 회로 먹거나 구워서 먹는 경우가 많지만, 국을 끓여 먹거나 얇게 썰어 말려서 포로 먹을 수도 있다. 목포 지방에서는 홍어를 약간 썩혀서 막걸리 안주로 먹는데, 이를 홍탁이라고 한다.

뱀은 홍어를 싫어해 홍어 씻은 물을 버린 곳에는 가까이 오지 않으며, 뱀에 물린 자리에 홍어 껍질을 붙이면 잘 낫는다. "

♣ (독서마라톤 766권째 독후감) 2018.10.01. / 몽생미셸

- 작가 : 한주영   - 출판사 : TERRA

' Mont-Saint-Michel ' 은 '미카엘 대천사의 산'이라는 의미의 수도원으로,

프랑스 파리에서 서쪽으로 370km 떨어진 노르망디 남서쪽 코탕탱반도 남쪽의 해발고도 82m의 화강암 덩어리의 섬에 지어진 1,300년의 역사를 자랑하는 중세시대의 수도원이라고 한다.

저자는 8년 동안 약 700회의 유로자전거나라 지식가이드 투어로 약 15,000명의 여행자에게 몽생미셸을 소개하였다고 한다.

백년전쟁(1337~1453년) 당시 몽생미셸은 전략적, 종교적으로 중요한 곳이었기 때문에 이곳을 차지하려는 영국과 이곳을 지키려는 프랑스 사이에 총 13회의 공방전이 있었는데, 프랑스는 116년간의 전쟁기간 중 단 한 차례의 틈도 허용하지 않으면서 이곳을 프랑스인의 자부심으로 지켰다고 한다.

매년 350만명이 방문한다는 그림처럼 아름다운 그곳에 꼭 가보고 싶다.

♣ (독서마라톤 770권째 독후감) 2018.10.28. /
     저커버그 이야기

- 작가 : 주디 L. 해즈데이   - 출판사 : 움직이는서재

페이스북의 창업자이자 CEO, 그리고 세계 역사상 최단시간에 억만장자가 된 '마크 저커버그'의 열정과 도전이 느껴지는 책이다.

'지구 상의 모든 이를 연결하겠어. 그럼 재미있는 일들이 많이

일어날 거야!' 라는 그의 꿈이 가장 성공한 SNS 페이스북을 2004.2.4. 탄생시켰다고 한다.

♣ (독서마라톤 771권째 독후감) 2018.10.28. / 절대고독

- 작가 : 고도원   - 출판사 : 꿈꾸는책방

2001.8월부터 <고도원의 아침편지>로 매일 아침 360만 명의 가슴을 깨워온 저자가 '일생을 살면서 한 번쯤 진정한 자기 만남의 시간이 필요하다'는 메시지를 전하고자 펜을 들었다.

'때로는 일부러라도 고독의 시간을 만들어 나 자신에게 선물해 주어야 한다.'는 저자의 메시지가 인상적이다.

♣ (독서마라톤 772권째 독후감) 2018.11.09. /
인생은 짧다 카르페 디엠

- 작가 : 로먼 크르즈나릭   - 출판사 : 더퀘스트

'카르페 디엠 Carpe diem'은 영어로 'seize the day'라는 의미라고 한다.

2천 년쯤 전에 고대 로마의 시인 호라티우스(Horatius)가 처음 사용한 말이라고 한다.

"오늘이 삶의 마지막 날인 것처럼 산다"는 메시지가 많은 것을 생각하게 한다.

♣ (독서마라톤 773권째 독후감) 2018.11.13. /

가끔은 격하게 외로워야 한다

- 작가 : 김정운   - 출판사 : 21세기북스

저자는 '외로움이 존재의 본질이기 때문에 격하게 외로운 시간을 가져야 한다'고 강조한다.

저자는 2012년 1월 1일, 만 50세가 되면서 '난 이제부터 내가 하고 싶은 일만 한다!'고 결심하고 일본으로 건너가 4년 동안 오랜 꿈이었던 그림을 본격적으로 그리며 저작 활동에 몰두했다고 한다.   저자의 용기가 부럽다.

♣ (독서마라톤 781권째 독후감)   2018.12.16. /
포경선 에식스호의 비극 - 바다 한가운데서

- 작가 : 너새니얼 필브릭   - 출판사 : 다른

이 책의 주제가 된 고래잡이배 에식스호의 조난(1820년)은 20세기의 신화적 비극인 타이타닉호의 침몰(1912년)에 버금가는 19세기의 해양참사 가운데 하나이고, 허먼 멜빌은 에식스호의 사건에서 영감을 얻어 미국 문학 최대의 걸작으로 평가받는 "백경"을 저술했다고 한다.

태평양에서 향유고래의 공격으로 침몰한 고래잡이배 에식스호의 선원들은 갈증과 굶주림 속에서 거친 파도/비바람과 사투를 하면서 그야말로 일엽편주로 94일간에 걸쳐 7,200km를 표류하는 과정에서, 죽은 동료 선원들의 시신을 먹고, 그것도 모자라 운명의 제비뽑기로 죽임을 당할 자(피해자)와 이를 실행할 자(가해자)

를 정하는 너무나 충격적인 경험을 하게 된다.

이 책의 저자는 표류자들이 거친 바다와 사투를 벌이면서 굶주림, 질병, 공포 등으로 참혹하게 무너져가는 처절한 과정을 냉혹하게 재현해줌으로써 생명의 소중함을 다시 한 번 새롭게 일깨워주고 있다.

(80) 마라톤 18년차 겸 독서대장정 9년차 –
2019년도 페이스북 게시본 발췌본
(독서대장정 독후감)

♣ (독서마라톤 789권째 독후감) 2019.01.21. /
   작은 삶을 권하다

 - 작가 : 조슈아 베커   - 출판사 : 와이즈맵

전 세계 '작은 삶 운동'의 선도자로 꼽히는 저자는 매달 200만명이상이 찾는 블로그 <작은 삶을 사는 법>을 운영하며 새로운 삶의 가치를 전파하고 있다고 한다.

소유를 줄이고 사람들과 나눔으로써 더 풍성한 인생을 찾도록해주는 저자의 블로그는 <석세스>가 선정한 영향력 있는 10대웹사이트 중 하나로 선정되기도 했다고 한다.

미니멀 라이프(minimal life : 불필요한 물건이나 일 등을 줄이고, 일상생활에 꼭 필요한 적은 물건으로 살아가는 '단순한 생활

방식')에 관하여 사색하는 시간을 갖았다.

♣ (독서마라톤 791권째 독후감) 2019.02.05. /
　　4월의 어느 맑은 아침에 100 퍼센트의 여자를
　　만나는 것에 대하여
- 작가 : 무라카미 하루키　　　- 출판사 : 문학사상사
일본에서는 1983년에 출간되었던 저자의 단편소설집으로, 모두
18편의 작품이 실려 있다.
단편 하나하나가 저마다의 색깔을 보여주며 저자의 초기 작품세
계를 보여준다.
교보문고가 2009년 1월부터 10년간 소설 누적 판매량을 집계한
결과, 일본 추리소설 작가인 히가시노 게이고가 127만부로 판매
량 1위를 차지했고, 무라카미 하루키가 100만부로 2위, 베르
나르 베르베르가 85만부로 3위, 기욤 뮈소가 57만부로 4위를
각각 차지하였다고 한다.

♣ (독서마라톤 813권째 독후감) 2019.06.29. /
　　허영만과 함께 타는 요트 캠핑
　- 작가 : 허영만, 송철웅　　　- 출판사 : 가디언
만화가 허영만 화백과 의기투합한 대원들이 2009.06.05. ～
2010.05.03. 무동력 요트를 타고 경기도 화성시 전곡항을 출발
하여 강원도 삼척시 삼척항까지 남한의 해안선 3,057km를 구간

단위로 일주한 항해기이다.

격렬비열도, 어청도, 흑산도, 우이도, 목포, 마라도, 거문도, 여수, 욕지도, 진해, 부산, 울산, 포항, 삼척, 속초, 울릉도, 독도 등등...   눈부시게 아름다운 우리나라 섬 여행의 특별함과 비박의 짜릿함을 간접체험할 수 있었다.

♣ **(독서마라톤 815권째 독후감) 2019.07.06. /**
내 인생 최고의 버킷 리스트, 책쓰기다

 - 작가 : 오정환   - 출판사 : 호이테북스

책 쓰기의 노하우가 상세하게 소개되어 있다. 작가 지망생들에게 권하고 싶은 책이다.

맺음말의 후반부에 소개된 아래와 같은 내용이 인상적이다.

"당신의 이름이 책 표지에 새겨지고, 그 이름이 찍힌 책이 전국 서점에 깔리며, 집집마다 책꽂이에 꽂힐 것이다. 당신이 쓴 책이 국립중앙도서관에 있고, 국회도서관에 있고, 도립.시립도서관에서 살아 움직일 것이다. 당신이 느끼는 흥분만큼이나 당신의 책을 읽은 사람들도 흥분할 것이다.

당신의 책이 불쏘시개가 되어 아무개의 삶을 변화시킬지 누가 알겠는가. 그 정도면 충분하지 않은가. 살아서 책 한 권 남기는 이유로는. "

♣ **(독서마라톤 821권째 독후감) 2019.08.22 /**

마라톤에서 지는 법

- 작가 : 조엘 H. 코언   - 출판사 : 클

이 책의 저자는 미국 애니메이션 <심슨 가족>의 작가이자 프로듀서라고 한다.

저자는 2013년 뉴욕마라톤에서 42.195km를 4:26:03의 기록으로 완주하여,

오프라 윈프리(1954년생)가 1994년 해병대마라톤에서 4:29:20의 기록으로 완주함으로써 생긴 이른바 '오프라 라인(4시간 30분 : 느린 편에 속하는 마라톤 참가자들 사이에 목표로 설정된 악명 높은 시간<위키피디아의 묘사>)'를 달성하였고, 2014년 시카고마라톤에서는 4:44:01 의 기록으로 풀코스를 또 다시 완주하였다고 한다.

과체중이었던 저자가 42.195km를 완주하기 위해 최선을 다한 피나는 훈련 과정이 무척 감동적이다.

♣ (독서마라톤 823권째 독후감) 2019.10.13 /

대한민국 베스트 축제여행

- 작가 : 지진호   - 출판사 : 상상출판

맛과 멋 그리고 스토리가 있는 전국의 20개 축제가 상세하게 소개되어 있어 축제의 현장으로 떠나고 싶은 충동이 생긴다.

특히 '진도 신비의 바닷길 축제'에 관하여 소개된 아래와 같은 내용이 흥미롭다.

1975년 당시 주한 프랑스 대사였던 '피에르 랑디' 님이 진돗개 연구차 진도에 왔다가 우연히 바닷길이 갈라지는 현장을 목격하고 이를 '한국판 모세의 기적'이라고 프랑스 신문에 소개하면서 세계적으로 알려지게 되었고,

1978년 일본 NHK TV에서는 이른바 '한국판 모세의 기적'을 세계 10대 기적의 하나로 소개하기도 하였다고 한다.

그 후 외국 관광객들의 진도 방문이 잦아지자 진도군에서도 이곳을 관광명소로 개발하기 시작하였고, 그 일환으로 1978년부터 '진도 영등제'를 개최해 오다가 최근 '진도 신비의 바닷길 축제'로 그 명칭을 변경하여 오늘날까지 이르고 있다고 한다.

신비의 바닷길은 매년 음력 2월말에서 3월초에 진도군 고군면 회동리와 의신면 모도리 사이 2.8 km의 바다에 조수간만의 차로 해저의 사구가 40여 m 폭으로 물위로 드러나 바닷길을 이룬다고 한다.

바닷길의 사진을 보니 올해 2월에 방문했었던 샌프란시스코 금문교의 길이 2.8 km와 비슷한 길이로 느껴졌다.

♣ (독서마라톤 824권째 독후감) 2019.10.17 /
   책은 사람을 만들고 사람은 책을 만든다
   - 작가 : 박성천   - 출판사 : 미다스북스

소설가 조정래 작가 외 22인의 지성인들의 지성의 원천은 독서임을 실감할 수 있었다.

조정래 작가님은 마흔에 '태백산맥'을 시작하여 '아리랑'을 거쳐 '한강'을 끝내고 나니 예순이 되었다고 한다. 이와 같은 대하소설 3부작은 전 32권 원고지 5만 3천 여장에 그 높이가 5.5m라고 한다.

창작 혼을 불태운 작가정신에 경의를 표한다.

수년 전에 읽었던 '태백산맥'과 '한강' 시리즈의 감동이 생생하게 떠오른다.

♣ (독서마라톤 825권째 독후감) 2019.10.23 / 미국 동부

- 작가 : 윤영주, 서태경   - 출판사 : 시공사

보스턴, 뉴욕, 워싱턴 D.C, 필라델피아, 볼티모어, 나이아가라, 시카고 등 미국 동부 지역의 주요 관광지가 상세하게 소개되어 있어 미국의 심장부를 여행하는 데 많은 도움이 될 것 같다.

미국 대통령 관저인 백악관에 관한 아래와 같은 소개가 인상적이다.

공사는 1792년 10월 시작되어 1800년 11월 1일에 부분적으로 완공됐지만 이이러니하게도 정작 이 공사를 진두지휘한 조지 워싱턴은 백악관에 기거하지 못했다. 맨션의 첫 번째 주인이 된 2대 대통령 존 아담스 역시 곧 열린 대통령 재선에서 토머스 제퍼슨에 패하면서 한 달도 채 머무르지 못하고 떠나게 된다.

~ (이하 생략) ~

♣ (독서마라톤 828권째 독후감)   2019.10.26 / 벌새
　　　- 작가 : 김보라　　　- 출판사 : 아르테(arte)

이 책에는 2019.8.29. 개봉된 영화 '벌새'의 시나리오와 이 영화에 대한 평론들이 담겨있다.

이 영화는 1994.10.21. 07:40경 발생한 성수대교 붕괴 사고를 소재로 하고 있다.

성수대교 상부 트러스트 48m가 붕괴되어 49명이 추락하여 32명이 사망하고 17명이 부상을 당한 사고에서 주인공 '은희'의 언니 '수희'는 평소와 달리 등교버스를 늦게 타게 되어 사고를 당하지 않게 되나, '은희'의 멘토 '영지'는 사고를 당하고 만다.

성수대교 붕괴사고 후 1995.04.26. ~ 1997.07.03.　재건설이 이루어졌고, 1998.12.31. ~ 2004.09.17.　왕복 4차선에서 8차선으로 확장공사가 이루어져 현재의 모습을 갖추었다고 한다.

오늘은 공인중개사 자격시험이 실시된 날이다. 공인중개사 자격시험을 생각하면 성수대교가 떠오른다.

마라톤 입문 1년차였던 2002.10.20. 조선일보 춘천마라톤 대회일과 공인중개사 자격시험일이 겹쳐 꿈에 그리던 춘천마라톤 출전을 포기하고 공인중개사 시험에 응시해 합격했던 그날. 나는 춘천마라톤을 참가하지 못한 아쉬움을 달래기 위해 시험이 끝난 직후 가족과 함께 잠실한강공원으로 나가 가족들이 잠실한강공원에서 연날리기를 하는 동안 나는 잠실한강공원(여의나루역에

서 16.5km 지점)에서 여의나루역까지 왕복 33km를 마라톤 훈련을 실시하기로 결정하고, 해 질 녘 저녁노을을 벗 삼아 여의도를 향하여 힘차게 출발하였다.

그런데 하프(21.0975km) 지점을 통과한 이후부터는 오늘처럼 날씨도 추운데다 시험으로 인한 피로가 누적되어 너무 졸렸다. 추운 날씨에 이대로 잠을 자면 죽을 수도 있겠다는 공포가 난생 처음 엄습해왔다. 그래서 27km 지점(동호대교 남단)부터는 빠른 속도로 걷기 시작하였는데, 걸으면서도 졸음이 쏟아졌다. 사력을 다해 졸음을 이기고 계속 걸으면서 나를 기다리고 있을 가족이 걱정되어 전화를 하고 싶은데, 핸드폰을 휴대하지 않았고 추운 날씨에 어두워서 그런지 지나가는 행인들도 없어서 방법을 모색하면서 빠른 속도로 계속 걷던 도중 28km 지점(성수대교 남단)에서 "성수대교 8차선 확장공사 현장"의 컨테이너의 불빛을 발견하였다.

성수대교가 2004.09.17.에 왕복 4차선에서 8차선으로 확장되었으니까 2002.10.20. 그날은 8차선 확장공사가 완공되기 2년 전 시점이었던 것이다.

구세주 같은 컨테이너의 불빛을 발견하고, 컨테이너 사무실에 들어가 공사 현장의 직원으로부터 전화기를 빌려 가족에게 전화를 하여 가족과 서로의 안부를 확인했었던 추억이 엊그제 같은데 벌써 17년이라는 장구한 세월이 흘렀다.

17년이 지난 올해는 내일이 조선일보 춘천마라톤 대회일이다. 감회가 깊다.

17년이 지난 지금도 나는 잠실대교에서 성수대교까지 왕복 12km를 자주 달리고 있다.

♣ (독서마라톤 834권째 독후감) 2019.12.10 /
내 인생을 바꾼 한 권의 책 2
　　- 작가 : 공병호 외　　- 출판사 : 리더스북
공병호/이지성/박경철/노회찬/박경림/배한성/문영린/한만청/노한균...
이 시대 지성인들의 인생에 큰 영향을 미친 책들이 소개되어 있다.
공병호 경제학박사가 "코끼리와 벼룩"(저자 : 찰스 핸디)을 소개하면서 언급한 '누구나 인생의 어느 시점엔 무소속으로 살아가야 한다'는 말이 인상적이다.

♣ (독서마라톤 835권째 독후감) 2019.12.30 /
안녕, 내일 또 만나
　　- 작가 : 윌리엄 맥스웰　　- 출판사 : 한겨레출판사
미국 중북부 일리노이 주 중부의 도시, 링컨 외곽에 살던
두 부부의 치정에 얽힌 별거, 살인, 자살...
　친구의 부인과의 불륜이 두 가정을 철저하게 파괴하는 비극을 초래한다...

에필로그

마라톤이든 독서든 여행이든 자전거 타기든 초지일관의 자세로 꾸준하게 실행하여 자신의 좋은 습관으로 만드는 것이 중요하다고 생각한다. "인생은 마라톤이다."라는 말이 있듯이 우리의 삶은 짧은 시간에 끝내는 단거리 달리기가 아니라 긴 시간 동안 희로애락을 경험하는 마라톤과 비슷하다. 42.195km를 달리는 과정에서 겪게 되는 한계 상황을 극복한 강인한 정신력으로 우리의 인생을 살아간다면 인생 항해에서 겪게 되는 수많은 격랑과 풍파를 헤쳐나갈 수 있을 것이라고 생각한다.

'독서마라톤'이라는 말이 있다. 누구나 소중하게 생각하는 독서를 습관화하기 위하여 독서를 마라톤처럼 꾸준하게 실행하기 위한 목적으로 각 단체에서 '독서마라톤' 붐이 일고 있다. 국가통계에 따르면 우리나라 성인 1인당 연간독서량은 2008년 11.9권이었던 것이 2015년에는 9.1권으로 7년 동안 2.8권이나 하락했으며, 특히 성인 10명 중 3명은 1년에 책을 한 권도 읽지 않는다고 한다. OECD 발표에 의하면 미국인은 한 달에 6.6권, 일본은 6.1권, 프랑스는 5.9권인데 비해 한국인은 1.3권에 불과하다고 한다. 2016년 미국의 시사교양지 『뉴요커』가 "한국인들은 책도 읽지 않으면서 노벨문학상을 원한다."라는 칼럼을 실었다고 한다.

당송팔대가 중 한 사람인 송나라의 구양수는 글을 잘 쓰기 위해서는 3多(多讀, 多作, 多商量)가 필요하다고 하였다. 즉 좋은 글을 쓰기 위해서는 많이 읽고, 많이 쓰고, 많이 생각해야 한다는 것이다. 이처럼 중요한 독서를 습관화하기 위해서 마라톤처럼 꾸준하게 실행할 목적으로 열풍이 일고 있는 '독서마라톤'이 일시적인 유행이 아니라 일상생활로 정착되기를 소망해본다.

노벨문학상 후보로 자주 거론되는 일본의 대문호 『무라카미 하루키』님은 마라톤 마니아일 뿐만 아니라 독서광이기도 하다고 한다. 그는 독서를 통해 연마한 통찰력·상상력·창의력을 그의 작품 속에 효과적으로 녹여낸다고 한다. 우리도 인생의 희로애락을 경험할 수 있는 마라톤과 통찰력·상상력·창의력을 연마할 수 있는 독서를 생활화한다면 삶이 보다 풍요로워질 것이라고 생각한다.

아울러, 일상에서 벗어나 삶의 새로운 활력을 찾을 수 있는 여행과 남녀노소 누구나 즐길 수 있는 자전거 타기를 통해 생기 넘치는 활기찬 인생을 살아가기를 희망한다.